文明互鉴与现代中国丛书

描述·阐释·批评
翻译研究的多维视野

王岫庐 著

图书在版编目(CIP)数据

描述·阐释·批评：翻译研究的多维视野 / 王岫庐著.—北京：商务印书馆，2024
(文明互鉴与现代中国丛书)
ISBN 978-7-100-21431-5

Ⅰ.①描… Ⅱ.①王… Ⅲ.①中国文学—文学翻译—研究 Ⅳ.①I046 ②I206

中国版本图书馆 CIP 数据核字(2022)第 125525 号

文明互鉴与现代中国丛书
描述·阐释·批评：
翻译研究的多维视野
王岫庐 著

商 务 印 书 馆 出 版
(北京王府井大街36号 邮政编码100710)
商 务 印 书 馆 发 行
北京虎彩文化传播有限公司印刷
ISBN 978-7-100-21431-5

2024年5月第1版 开本 710×1000 1/16
2024年5月北京第1次印刷 印张 $15^{1}/_{2}$

定价：69.00元

文明互鉴与现代中国丛书

编　委　会

总　序

王东风

文明互鉴是人类发展的一大动力，人类文明发展到今天得益于不同文明圈之间的互动与互鉴。中华文明之所以能生生不息、勇往直前，也正与这一文明善于学习、兼收并蓄、有容乃大的民族精神有着密切的关系。国学大师季羡林先生曾经这样说：

> 中华文化这一条长河，有水满的时候，也有水少的时候，但却从未枯竭。原因就是有新水注入。……最大的有两次，一次是从印度来的水，一次是从西方来的水。①

季羡林先生所说的“新水注入”，就是历史上中华文明对外国文明的两次重大借鉴。中国能有今天的文明与富强，在很大程度上就得益于这两次的“新水注入”：第一次是对印度文明的借鉴，即汉唐时期的佛经翻译运动，第二次是对西方文明的借鉴，即从明末开始的西学东渐。

始于东汉的佛经翻译，表面上看只是一场宗教活动，但实际上则是古代中国向印度文明学习的一次刻骨铭心的经历。印度文明投射在佛教中的哲学、逻辑学、文学、绘画、音乐等等通过表层的宗教交流而悄然对中国社会的方方面面产生了深远的影响，有力地推动了中国

---

① 季羡林，《中国翻译词典》序，林煌天（编）《中国翻译词典》，武汉：湖北教育出版社，1997。

文明的发展。

自明末开始，中国开始接触西方知识。由明末清初耶稣会士主导的文化交流最初为我们引入了大量的自然科学知识，对推动中国的科技发展做出了很大的贡献。亲身参与那场文化交流的徐光启，在目睹了西方先进的知识体系后，发出了“欲求超胜，必先会通；会通之前，先须翻译”的呼吁。从中不难看出，徐光启已经清楚地看到了中国的落后和西方的强大。但在当时那种“普天之下，莫非王土”的集体无意识之中，他的高瞻远瞩又有几人能识？

清末时期，两位福建才子严复与林纾横空出世，为中国引入了大量的西方人文思想和文学作品，引发了中国的启蒙运动，开新文化运动之先声，中国开始告别闭关锁国，铲除封建社会，加入世界的现代文明进程。而由陈独秀、胡适等开启的新文化运动，从某种意义上讲，就是一场引进与借鉴西方知识的运动。中国正是在新的知识的启蒙之下，将西方的思想与中华民族的智慧相融合，开始了自己独特的社会变革。

把中国从封建社会的落后与愚昧中唤醒的是新文化运动。虽然当今社会的发展的主角已经是高科技，但一百多年前新文化运动的先声则是文学改良和语言革命。大量的西方文学被引入中国，当人们以一种惊异的眼光看到一个与中国完全不一样的世界的同时，西方的各种政治经济思潮也随即蜂拥而入，其中最引人注目的就是马克思主义。新文化运动不仅解放了中国的文字、文学，也解放了中国人的思想。中国在克服了政体更新和外寇侵略的阵痛之后，便在西方文明最为先进的思想的指导下，开始了波澜壮阔的社会主义建设，中国文明逐渐进入了高速发展的轨道。

新文化运动之所以从文学改良和语言革命开始，是因为文学是文明的播种机。欧洲文明的发展历程也证明了这一点。西方文明的起源实际上是在一个远离欧洲大陆的小岛上，即地中海的一个地处欧洲与非洲之间的希腊岛屿——克里特岛。欧洲文明进程的启动即来自于古罗马在征服古希腊之后对古希腊文明的学习，而推动欧洲文明进一步发展的文艺复兴运动则更是从文学改良和语言革命两方面双管齐下，进而将来自不同文明的知识撒播于欧洲，引领着欧洲告别愚昧，走向富强。法国学者梅肖尼克就曾说过这样一句话："欧洲就是生于翻译、存于翻译、依于翻译的。"[①] 翻译是文明互鉴的桥梁。可以说，整个世界的文明实际上都是在文明互鉴的过程中发展起来的。

本丛书的推出之际适逢中国共产党成立 100 周年。想当年，共产主义思想进入中国，就正是中国的有识之士借鉴西方先进知识的结果。中国共产党把马克思主义与中国社会的实际相结合，领导着中国人民走出了一条中国特色的社会主义道路，在这条路上战胜了一个又一个阻碍社会进步的困难和势力，最终将一个一穷二白的国家发展成了世界强国。

历史证明了一个真理：文明的进步与社会的发展离不开民族与民族之间、国家与国家之间的相互学习，取长补短。中国自上世纪初的新文化运动之后，经历了半个多世纪的战乱和摸索，终于走上了改革开放的道路，在短短的四十多年间，就将一个贫穷的国家打造成了一个跻身世界前列的富强之国。中国社会之所以能实现高速发展，其中一个重要的原因就是实行了对外开放的战略决策。在此进程之中，中国知识分子就像海绵一样，如饥似渴地吸取着国外先进的知识与经验，从而迅速地克服了一个又一个有碍社会发展的短板，实现了跨越式的发展。

对外开放的核心之一就是学习国外先进的知识与经验，因此一个必不可少的工具就是外语。中国改革开放的一个具有战略性举措就是恢复高考，而恢复高考之后的大学教育有一个极具战略眼光的举措，那就是要求所有的大学生都要学习外语。当初，很多人对这一改革措

---

① Meschonnic, Henri. *Poétique du traduire*. Paris: Verdier, 1999, p. 38.

施很不理解，但四十多年过去了，历史证明，这一教育改革是何等的高瞻远瞩。一个开放的国家，必定是一个耳聪目明、胸怀远大的国家，这样的国家必定会走向富强。

不同的文明往往有不同的语言，因此文明互鉴首先就离不开语言。本丛书聚焦“文明互鉴与现代中国”这一主题，拟从语言、文学、文化、历史、哲学等方面入手，探讨中国文明对外国文明的学习、借鉴和应用，以及中国文明对外国文明所产生的影响。

入选本丛书的成果主要来自于中山大学的“百人计划”引进人才或主持过国家社科或教育部项目的学者。这一丛书将持续建设下去，每年都会推出新的研究成果。

最后，感谢商务印书馆的鼎力相助；感谢学界长期以来对我们的支持与帮助，还希望各位学者、同仁对我们的成果提出宝贵意见；感谢中山大学领导的关爱和同事们的努力，让我们一起砥砺前行，再创辉煌。

谨以本丛书的编纂出版，向中国共产党建党100周年献礼！

2020年9月8日

目　录

引论　翻译研究的范式更替

翻译在整个人类历史的文化交流中一直起着举足轻重的作用，但是翻译学（Translation Studies）作为一门学科，直到20世纪下半叶才逐渐建立起来。1972年于哥本哈根召开的第三届国际应用语言学会议上，霍姆斯（J.S. Holmes）发表了《翻译研究的名与实》（"The Name and Nature of Translation Studies"）。这篇文章对翻译学的学科命名、性质提出了构想，勾勒了今后翻译研究的范围和结构，是翻译研究领域具有里程碑意义的作品，被西方译学界认为是"翻译研究的学科创建宣言"（根茨勒，2004：93）。

经过几十年的发展，翻译研究已经成为一门蓬勃发展的新学科，由前学科、学科逐渐演变为跨学科乃至泛学科的研究（廖七一，2012）。在这一过程中，翻译理论和相关学科的理论之间一直存在着密切的对话与交流，与哲学、人类学、历史学、文化研究、认知科学等学科交互发展。翻译研究跨学科化发展趋势，既具备人文社会学科互通共生的特点，也符合现代翻译学研究本身发展的需要。

从20世纪70年代开始，一批具有不同学术背景的研究者开始致力于翻译研究，由此而引发了一场范式更迭，进而助力翻译学成为一个独立的学科（Palumbo，2009：3）。"范式"一词，中文有榜样、规范、模式等义。范式的英文paradigm，从词源学看则是"排列、展示"的意思。20世纪50年代开始，美国著名的科学史学者库恩（T.S. Kuhn）开始使用范式对科学史进行解释和描述，在《科学革命的结构》（“The Structure of Scientific Revolutions”）（1962：10—11）一文中，范式开始发展为一个重要的核心概念。在库恩看来，范式用来指代某一特定学科成员所共享的信条信念、价值观念、方式方法等体系，也可以指该体系中的具体研究方法。库恩所说的范式和科学共同体（scientific community）相关，他认为科学革命就是新范式取代旧范式的过程，科学发展出现的新观念，往往无法用常规科学范式来解释，为了解释新观念，必须寻找出一种新的话语体系，构建一种新的理论观，也就是形成一种新的范式。自库恩提出范式的概念以来，它被应用于各种自然科学和社会科学领域，用以评判一门学科的建立、发展和基本的研究方法。应该说，在学科发展中，范式的作用是宏观指导的方法论作用，范式的发展会引领整个学科方法论的发展。

在翻译研究中，不少学者讨论过翻译研究的范式。不同学者对范式界定的标准不同，有些学者按照时间的顺序，将翻译研究范式划分为前语文学时期、语文学时期、语言学时期以及后语言学时期（文化学时期）这几种（姜秋霞，2007）；也有学者根据翻译研究的理论背景，划分为语文学范式、结构主义语言学范式、解构主义范式和建构主义范式的四种研究范式（吕俊，2006）；还有按照翻译研究整体话语体系特点，划分为语文学研究范式、语言学研究范式、文化研究范式、哲学研究范式（杨平，2009）。值得注意的是，翻译学中所说的研究范式，和库恩所说的科学范式并不完全相通。人文学科的范式更替，具有更多演化和传承的特点，而非革命和取代，因此翻译研究中不同范式的研究方法往往是动态共存、相互兼容的。

传统的翻译学研究有着浓厚的社会人文传统。中国语文学范式下的翻译研究，依托佛经翻译活动而起，延绵一千多年。罗新璋《翻译论集》的“代序”对中国传统译论体系做出了精辟的概括：从中国古代译家“案本而传”“乖不趣本”的主张，到晚清西学翻译活动中严复提出的“译事三难：信、达、雅”，发展到傅雷先生的“神似说”与钱锺书先生提出的“化境说”，中国传统语文学翻译研究形成了“案本——求信——神似——化境”之整体。

20 世纪 60 年代发展起来的语言学范式下的翻译研究，使翻译研究走出主观与经验总结为主的传统语文学范式，为更加科学、理性地探索翻译活动的规律提供了指引。语言学中的语义学、语法学、语用学、篇章语言学、社会语言学、认知语言学等理论，悉数被介绍并运用到翻译研究的领域中来，使得翻译研究形成了更为科学和全面的学科视野。

自 20 世纪 80 年代以来，描述翻译学得到全面发展，强调对翻译现象作出客观而科学的描述，研究重心由过去对文本内部的关注，拓展到对文本形成过程、外部影响因素的讨论。翻译研究中文化及社会研究范式的兴起，将翻译当作一项文化政治活动来考虑，评价翻译与社会、政治、身份、意识形态等多重元素之间的关系。研究者不仅要描述翻译现象，而且要理解翻译的社会效用和价值。后殖民主义、文化唯物主义以及女性主义理论是翻译研究借鉴较多的理论。文化研究的重要概念，诸如赞助人（patronage）、意识形态（ideology）、诗学（poetics）等，及社会学的重要概念，诸如场域（field）、惯习（habitus）、资本（capital）等，对于理解翻译的社会及文化属性，以及翻译产品在社会文化空间的生产、传播、流通与接受等，有重要意义。

自从翻译学研究重心从文本转向文化和社会，学科的视野得以拓展。翻译研究不同研究范式的革新和演化，意味着翻译研究一方面要保持传统范式的合理内核，另一方面也需要继续探索、尝试接纳不同的理论和研究方法。在研究模式从语文学转向语言学、又到文化的跨学科融通中，需要始终保持一种思辨的态度。毕竟，对大量的、系统的翻译事实作出描述和考察，其背后的意图最终是有关翻译的规律性、原则性、本质性的发现，因此翻译研究的发展脉络中，也一直贯穿着哲学层面的思考。哲学所关注的，不是形而下的细节，而是抽象和概括的规律。任何一门学科都不可能为一切日常的、琐碎的现象，无一例外地提供解释、说明或解决办法；但是，当这些问题积累得越来越多，研究者就必须从更高的层次或新的视角来思考，找到解开各种迷局的工具。翻译研究的哲学范式，就试图从认识论、实在论、生成论、价值论等方面，从更为玄远和宏观的角度，思考语言、思维、概念等问题对于翻译的意义和影响。目前，不乏哲学家们将翻译作为隐喻，探讨思维、理解等普遍性的问题，也有相当多的翻译研究者擅长运用哲学话语建构翻译体系，但是总体而言，按照库恩的范式标准，翻译的哲学范式还处在萌芽阶段和发展的初期。

在过去几十年的学科发展中，翻译学的研究对象、研究路径和思维方式都发生了变化。在研究对象方面，翻译研究版图不断扩大，从字词的推敲、文本的意义，到风格的再现，再到各种文化、社会、政治因素的操纵和影响，都成为翻译学的研究对象。在研究方法方面，发生了从"规约性"（prescriptive）到"描述性"（descriptive）的转变，过去对于绝对的、完美的或理想的翻译的追求逐渐隐没，取而代之的是对各种翻译现象进行真实、客观、准确的描述的愿望。看待翻译的思维方式，也经历了从分析到综合的发展。"分析"是把事物分解为各个部分加以考察的思维方法，"综合"则是把事物的各个部分联结成一个整体再加以考察的思维方法。传统语文学范式聚焦于字词对比和考据，语言学范式从文本的层面推敲翻译的转换过程以及对译文和原文等值的思考，在一定程度上都更为侧重分析的思维方法。相对而言，文化范式下的翻译研究是一种侧重综合的思维方法，它聚焦实际存在的译文或翻译行为，跳出原文和源语静态、封闭的文本体系框架，以译语或目的语为导向，以译本为研究对象，将翻译放到政治、意识形态、经济、文化等更广阔的视野中去研究，希望通过对客观现象的描写不断找出规范，加以累积归纳，从而得出并校验更为普遍的法则。

回顾翻译学发展的思路和脉络，各种研究范式之间虽有差别，但都从不同的角度丰富了对翻译现象及翻译活动的理解与认识。无论是以字词、文本，还是更大的文化作为研究对象，无论是以原作、源语，还是译作、译入语作为遵循和依靠的中心，无论是以索隐式、印象式或评判式的方式解读意义，还是按照语言转换规律和文本内部的构成规律去思考翻译，无论是依据规约性还是描述性的指向，无论采用规范主义还是实证主义的方式，都是站在译学的场域中思考规范与事实的关系，不断地对翻译现象进行阐释和再阐释。事实上，规约与描述、分析与综合之间的差别应该被看作一种区别，而并非二元对立，二者都是人类认识世界、思考问题的方式。正如哲学家蒯因（Willard Van Orman Quine）（1976：132）在一个著名的比喻中所表达的那样："我们的父辈的知识是一件文本的织物。通过我们自己的有点任意的和深思熟虑的修正和添加，在我们手中得到了发展和改变，而这种发展和改变或多或少是由我们的感官的持续的刺激引起的。这是一件灰白色的织物，事实是黑色，惯例是白色。但我觉得并无实质性的理由认为这件织物中有任何纯黑的细线，或任何白色的细线。"

目前关于翻译研究的话语体系的思考，有必要从翻译学研究学科出现的伊始，去审视翻译研究话语体系的脉络与结构。这样做并非为了指认出纯黑的事实或纯白的惯例，而是因为只有对这片"灰白色的织物"的内在编织结构和形成逻辑有充分认识，才有可能开始设想如何剪裁、漂染、熨烫、加以利用，并试图在其中作出些许自己的"有点任意的和深思熟虑的修正和添加"。

第一章　从规约到描述

1972 年在哥本哈根召开的第三届国际应用语言学会议上，霍姆斯提交了一篇题为《翻译研究的名与实》的论文。这篇文章对翻译学的学科命名、性质提出了构想，勾勒了今后翻译学的研究范围和结构，是翻译学领域具有里程碑意义的作品，被西方译学界认为是“翻译学的学科创建宣言”（根茨勒，2004：93）。1976 年，以霍姆斯为首的一批学者在比利时的鲁汶大学又召开了一次会议，比 1972 年的那一次影响更大。会议后来集结出版了著名的论文集《文学与翻译》（*Literature and Translation*），勒菲弗尔（André Lefevere）为论文集撰写了附录，题为“翻译学：学科目标”（Translation Studies: The Goal of the Discipline）。在此，他（1978：234）呼应霍姆斯 1972 年的文章，提出了一个倡议：“我提议，就用 Translation Studies 来作为这个学科的名称……”翻译学作为一门学科，一门跨界学科，终于“实”至“名”归。

霍姆斯指出，随着来自语言学、哲学和文学，甚至是信息理论、逻辑学和数学的研究者加入翻译领域，翻译学的研究方法已经极大丰富，翻译学作为一门独立的学科正在成形。霍姆斯的翻译学构想分为纯翻译学（Pure Translation Studies）和应用翻译学（Applied Translation Studies）两大类，在纯翻译学下面又进一步细分出描写翻译学（Descriptive Translation Studies）和理论翻译学（Theoretical Translation Studies）。霍姆斯强调，描写翻译学是与经验现象联系最直接最紧密的分支，是理论翻译学和应用翻译学的基础。他构想的描写翻译学包括三方面内容：（1）译本导向研究（product-oriented），从译作文本出发，对翻译成品进行历时和共时研究。这部分研究可能为大规模翻译文集提供素材，构建翻译史的书写；（2）过程导向研究（process-oriented），关注翻译过程或行为本身，研究的是译者的认知和心理。这部分研究可能促成新的研究领域，如翻译心理学或心理翻译学；（3）功能导向研究（function-oriented），针对翻译在目的语社会文化中的功能描写，强调对语境（context）而非文本（text）的研究。这部分研究可能会推动翻译社会学的发展。

霍姆斯勾勒的描写翻译学研究版图，凸显出经验科学的两大目标——“描写实际中的特殊现象；建立解释并预测现象的普遍原则”（Toury，2012：9），为翻译学科的发展指明了从规范转向描写的发展路向。20 世纪 50 年代以前，无论是语文学范式还是语言学范式的翻译研究，往往以制定出用以指导翻译活动的规范或标准为目的。描写性翻译研究则更重视实际存在的译文或翻译行为，旨在通过对客观现象的描写不断找出规范，加以累积归纳，从而得出并校验更为普遍的法则。毕竟，任何翻译理论都必须通过实际翻译去检验、修改和纠正，否则就会陷入空谈和停滞，以至于影响整个翻译学科的发展。从这个角度来说，霍姆斯对于描写翻译学的构想，为翻译学的蓬勃发展奠定了基础，也为翻译研究的文化转向埋下了重要的伏笔。虽然他尚未对翻译与文化的关系展开详细论述，但已经不难想象两者间错综复杂的关联。译本导向和过程导向的翻译研究，表面上关注的是翻译文本和翻译行为，而实际上任何翻译文本和翻译行为都不可能存在于真空里，因此描写性翻译研究势必要考虑译本或翻译行为背后的文化背景。功能导向的翻译研究，进一步突破了对译本和翻译过程本身的关注，将翻译置于目的语社会文化的脉络中，追问翻译事件发生以及影响翻译结果的语境因素，大大拓宽了传统翻译研究的范畴。

关于描写性翻译研究和文化转向之间的关系，20 世纪 90 年代后期铁木茨科（Maria Tymoczko）（1999：25）对描写翻译学的定义给出了简单明晰的表述："描写翻译学在研究翻译的产品、过程及功能的时候，把翻译放在时代中去研究。总而言之，是把翻译放到政治、经济、文化中去研究。"霍姆斯勾勒的翻译学科图景，尤其是他对于描写翻译学的构想，让翻译研究开始融合原文和译文的语言比较以及对目标语文化环境的考察。语言学派的研究范式对文本比较展开了不同角度的探究，而对文本所处的文化环境的描写则需要引入语言学以外的研究框架。一旦突破语言的限制，引入文化的视野，和翻译相关的现象和材料顿时变得相当纷繁复杂，简单的罗列、去语境化的对比或静态的分类显然还不够，需要更有解释力的理论来解释各种现象之间的关系。多元系统论（Polysystem Theory）就是在这样的情况下进入翻译学的视野，为理解翻译及其社会文化功能提供了强大的理论模型。

第一节　多元系统论

多元系统论形成于 20 世纪 70 年代，由以色列学者伊文－佐哈（Itamar Even-Zohar）提出。《多元系统论》（"Polysystem Theory"）这篇著名论文，最初发表于 1979 年，后来于 1990 年、1997 年两次修订，逐渐从针对文学和翻译的理论拓展为一个更为宽泛意义上的文化研究理论。其中 1979 年、1990 年的两个版本，重点主要针对文学和翻译，把翻译放入文化活动这一大环境下，系统考察了翻译文学在文学系统中的地位，打破了翻译研究的文本局限性，对翻译研究的"文化转向"产生了相当重大的影响。中国香港学者张南峰（埃文－佐哈尔、张南峰，2002：19）评论认为，"多元系统论给翻译研究开辟了一条描写性的、面向译语系统的、功能主义的、系统性的新途径，推动了翻译研究的文化转向，催生了一个跨国界的翻译研究学派”。

伊文－佐哈提出的多元系统论，借鉴了俄国形式主义和捷克结构主义的思想。形式主义学派认为文学作品不应该被抽离出来独立研究，而应被视为文学系统的一部分，而文学系统又与其他系统之间有连绵不断的动态关系。为了明确表达动态的、历史主义的、异质结构的系统观念，伊文－佐哈创造了“多元系统”（Polysystem）这一术语：

> 多元系统由众多系统集合而成，各系统间彼此交叉、重合，同时作出不同的选择；但多元系统以一个整体发挥作用，内里众多系统相互作用、彼此影响。（Even-Zohar，1990：42）

各种社会符号现象都可被视为一个多元系统，每个多元系统内部由若干不同的系统组成，同时外在也与其他的多元系统相互依存、制约，共同组成整体文化的“大多元系统”（mega-/macro-polysystem）。任何一个多元系统都不是静态或者机械的存在，其内部系统间会发生变化，外部分隔相邻系统的界限也在不断改变，任何一个多元系统中的现象，都不应该被抽离出来孤立看待，而需要在更大的整体文化的多元系统动态变化中加以解释。

从多元系统内部来看，中心与边缘（center vs periphery）、经典化与非经典化（canonized vs non-canonized）之间定位及互动的不断变化，构成了多元系统的内在动态演变。因此，多元系统论的原则之一是不以价值判断为准则来选取研究对象，进而强调有必要将以往有意排斥或无意忽略的现象纳入研究范围。传统文学研究大多把目光集中在“阳春白雪”式的所谓“高雅”文学形式，对其他文学形式关注甚少，翻译文学更是长期被主流学界忽视和边缘化。而实际上，翻译文学在文学多元系统中，并非永远居于次要的位置。伊文-佐哈指出，在三种情况下翻译文学有可能参与塑造多元系统的中心，并在文学多元系统的革新进程中发挥举足轻重的作用：

> （1）当某个文学多元系统尚未定型，文学的发展处于正在建立的阶段，往往需要借鉴参考现成的、更为资深或成熟的文学模型。
>
> （2）当某个文学（在一组相关的大文学体系中）处于“边缘”或“弱势”的阶段，当小国文化为大国文化所支配，就可能出现大量翻译作品的输入。
>
> （3）当一种文学出现转折点、危机或真空阶段，此时该文学体系中现存的、已确立的模式不能再满足读者的需要，外来的模型也就容易渗透进来。（Even-Zohar，1978：121）

在以上三种情况下，翻译活动变得频繁而重要，占据了文学系统的主要或中心位置，扮演革新的角色。从事翻译活动的往往是目标文化中具有影响力的作家，翻译作品会引入新的诗学、技巧、表达方式和其他元素，并成为目标文化中新模型的基要。但在更通常的情况下，翻译文学处于文学多元系统次要和边缘的位置，遵循传统的形式，以较保守的方式去迎合目标文学系统的文学规范（同上：122）。

在对系统行为模式的探讨中，伊文-佐哈（1990：39）提出了重要的概念“形式库”（repertoire）；形式库包括规则和材料两个方面，语言在形式库中的规则就是语法，材料则是词汇。当系统处于保守的状态，就会按照既定模式制造可预测度高的产品，称为二级产品（secondary product）；而在系统处于革新状态时，新元素不断注入，出现可预测性低的一级产品（primary product）。一级产品占据系统中心后，又会稳定下来变成二级模式，形成新的保守状态。一个系统的行为模式，往往与这个系统在多元系统中的位置有关。翻译文学在多元系统中的位置，对译者行为模式以及翻译策略的选择有决定性影响：当翻译文学处于多元系统的中心位置时，往往会积极参与创造，不惜打破本国的传统规范；当翻译文学处于边缘位置时，则更多套用本国文学现有的表达方式。伊文－佐哈指出：

> 当翻译文学处于边缘地位时，它的表现则完全不同。此时，译者的主要精力都集中在为外国文本寻找最佳的、现成的二级模式上，结果往往造成不充分的翻译，或者（我更愿意这么说）在所实现的等值性和假定的充分性之间出现了更大的差异。（同上：51）

这实际上是说，当翻译文学处在边缘地位时，本土文学或民族文学就处于中心或主流的地位，此时译者的语言文化价值观会跟从主流价值规范，因而在翻译时就会不自觉地采用所谓二级模式的表达方式，不愿意积极引进新的表达方式，唯恐遭到主流价值观的质疑和否定。用西方翻译学界后来的话语来说，就是采用归化的翻译策略。伊文－佐哈有关翻译规范、翻译充分性等一系列观点，在后来图里（Gideon Toury）关于翻译规范的讨论中得到了更为详细的说明。

图里和伊文－佐哈都在特拉维夫大学工作。图里早期曾协助伊文－佐哈，采用多元系统理论对希伯来语－英语翻译文学中涉及的诸多文化因素进行大量系统、全面的描写性研究。后期，图里根据先前的研究成果，进一步探索文化交际和翻译现象的规则，发展了伊文－佐哈的多元系统理论，为描写翻译研究提出了具有方法论意义的基本假设，集中体现在他对翻译“规范”（norm）问题的阐述。

早在二十世纪六七十年代，包括列维（Jiří Levý）和波波维奇（Anton Popovič）在内的很多学者都认识到，翻译是译者在规范制约下的抉择活动。然而当时对于规范的讨论，主要局限于原语和译语的两种语言和文本本身。图里从伊文－佐哈提出的多元系统论中得到启发，将规范置于更大的文化背景中进行审视。他认为译者总是在特定语境中进行翻译，他的翻译行为当中以及翻译活动每个阶段的决定，不但受到译入语和源语两种语言体系的制约，同时也受到两种文化体系的制约。借鉴社会学研究的相关论述，图里（2012：55）将规范定义为：

> 将某一社会群体所共享的普遍价值或观念——如传统意义上的对与错、适当与不当——转化为在特定情况下适当而正确的行为指令，规定在某种情境下哪些是被禁止的、哪些又是被允许的行为。

图里将社会文化制约因素的不同类型区分为规则（rule）、规范和个体特性（idiosyncrasy）。规范的制约力介乎规则和个体特性之间，而不同力度的制约因素之间的界限是模糊的：规则是普遍的、比较客观的规范，个体特性是特定的、比较主观的规范，规范既蕴含了某一群体共享的社会价值观，受到特定时代社会文化的约束，同时这些价值观亦通过教育和社会化的过程，内化于译者的个人意识形态，制约译者在翻译过程中的抉择。在实际翻译中，译者往往会受到三种规范的制约："初始规范"（initial norms）、"预备规范"（preliminary norms）和"操作规范"（operational norms）（同上：56—61）。

初始规范立于整个规范体系的最顶层，是译者在目的语文化的规范和源语言文化的规范之间作出的总体倾向性选择。初始规范体现在翻译操作的各个阶段，也贯穿于实际翻译活动的始终，统摄翻译的具体行为和作品。翻译文学在文学多元系统中所处的位置，对于翻译的初始规范有决定性影响。当翻译文学处于中心位置时，译者往往会偏向源语言文化，翻译策略注重译文的“充分性”（adequacy），力图尽可能忠实再现原文的文本关系；而当翻译文学处于边缘位置时，译者则更有可能从目的语文化出发，考虑接受语境和受众，翻译策略上也会偏重译文的“可接受性”（acceptability），希望为外国作品寻找现成的本国模式，把原文直接套过来。图里所说的充分性和可接受性是一个不可分割的连续体，因为在现实中翻译不可能实现完全的充分性，也不可能彻底可接受，而始终会位于翻译规范连续体两极的中间地带。

预备规范涉及翻译政策以及翻译的直接性。翻译政策指的是特定时期对翻译文本类型和语言的选择，翻译的直接性指的是特定文化对经由第三种语言转译的接受或容忍（Toury，1980：53—54）。预备规范反映了翻译活动的社会文化背景，在翻译准备阶段就开始起作用，主要影响译员对翻译源文本的选择。大多数情况下，译者对源文本的选择不完全出于个人兴趣，也要考虑到意识形态、文化、经济和社会因素。翻译过程中，如果译者无视预备规范，其翻译作品可能无法为目标读者所接受，甚至根本无法出版流通。

操作规范指的是在实际翻译过程中指导译者进行翻译决策和选择的规范，包括母体规范（matricial norm）和篇章－语言规范（textual-linguistic norm）。其中，母体规范在宏观上决定代替源语材料出现的译语材料的形式，例如全文翻译还是部分节译，章节、段落、剧幕的划分等；篇章语言规范则在微观层面影响译者译语材料的选择，包括遣词造句、标点符号等语言或语篇的决策。

在实际翻译活动中，初始规范、预备规范和操作规范并不呈现一种单向控制的关系。预备规范在时序上先于操作规范，前者关涉翻译选材，后者关涉文本生成过程，两者会折射出一定的初始规范。初始规范决定了译作的总体倾向，具有逻辑上的统领作用，但并非完全限定了预备规范和操作规范的方方面面。一篇译作总体上体现充分性或可接受性的倾向，而在选材、语言或篇章的操作层面，却有可能展现出复杂而多样的特点，并非完全符合总体的初始规范。应该说，翻译中初始规范、预备规范和操作规范之间彼此交叉作用，共同影响翻译活动。

描写性翻译研究的目的，就在于找出翻译活动中的规范，加以累积而得出更有普遍性的翻译“法则”（law）。图里（2012：36—38）构建的描写翻译研究可以概括为三步：

（1）把译语文本置于译语文化系统中，观察其作为翻译的可接受程度；

（2）把源语文本同译语文本进行比较，辨识译语文本和源语文本之间的偏移；

（3）归纳源语文本和译语文本的对应模式。

通过大量的个案研究，图里总结了两条翻译的普遍法则：一是渐进标准化法则（the law of growing standardization）（同上：267—274），二是干涉法则（the law of interference）（同上：274—279）。渐进标准化法则指译文改动源文本模式，采用目标语言体系中的常用措辞。图里认为，译者把源语中新奇陌生的文本置换成符合译语读者阅读习惯和审美期待的内容或形式，其目的是为了提高译作的可接受性。他借用了伊文-佐哈的多元系统论，提出译作的标准化程度取决于翻译在译语文学多元系统中的地位：翻译在译语文学多元系统中愈是处于弱小或边缘位置，译作标准化的程度就愈高；反之，译作标准化的程度就愈低（同上：268—274）。干涉法则指译文对构成源文本的各种现象——例如词汇特征、句法特征等——进行复制：如果源文本的语言特征复制到译入语后并不反常，这种干涉就是积极转换（positive transfer）；如果原文的语言特征复制到译入语后，造成了反常的用法，则是消极转换（negative transfer）。图里（同上：275—279）指出，对干涉的容忍程度取决于社会文化因素以及文学体系的威望，人们对从强势语言或文化译入的作品所持容忍度较高。

毫无疑问，图里提出的描写性翻译研究方法，将翻译学的整个学科发展向前推进了很大的一步。其最重要的影响在于摒弃了传统译论在原文和译文之间预设的规约性的等值，从目标文学系统出发考察翻译文本的实际形态，找出影响翻译过程的各种规范，并主张通过大量的个案研究，归纳总结出翻译活动的或然法则。这样一来，就不能将某个翻译文本孤立出来研究，而需要将其置于所处的文化系统及文学系统来进行考察；同时，等值或充分性也不再是规约译文和原文之间关系的前提，而可能因文本所处的社会、历史、文化环境的变化而变化。图里将文化和文学系统纳入研究框架，为翻译研究后来的文化转向奠定了基础。

不可否认，伊文－佐哈的多元系统论为图里关于翻译规范和翻译法则的讨论提供了重要的理论基础。图里的个案研究表明，翻译中初始规范的倾向、翻译作品标准化的程度，以及译文读者对干涉的容忍程度，在很大程度上取决于翻译文学在译入语多元系统中的位置。在多元系统论基础上开展的翻译研究，也存在一定的局限性。根茨勒（Edwin Gentzler）（2004：120—123）认为，图里的描写翻译研究过于依赖形式主义的抽象模型，忽略了现实世界对文本和译者的制约，从个案研究中进行概括而得出翻译法则的进路，往往也充满了过度概括的风险。毕竟，图里对规范的总结和归纳必须建立在对受规范约束行为的观察基础上，而事实上翻译过程中存在许多变量，研究者不可能面面俱到地予以探究，因此得出的规范和法则也不一定具有普遍性。英国翻译理论家赫曼斯（Theo Hermans）曾指出图里早期的研究大多倡导经验主义的描写，忽略了翻译过程中的权力关系和文本背后复杂的政治及意识形态因素。

文化多元系统极其复杂，总是在不断变化，并与社会的其他系统互相影响，翻译不是完全自足的封闭体系，必然会受制于其中的几个系统和若干因素。如果仅通过观察实际的译文或翻译行为，很难确切得出促成这些翻译决策的规范。因此，经验主义的翻译研究必须将社会、文化、意识形态等元素纳入考察范畴，建立综合性的理论框架和方法论，才能够更加有效地发现、辨认并阐释那些操纵译者作出相关翻译决策的规范。在伊文－佐哈和图里等人多元系统研究的影响下，国际比较文学学会举办了数次以"翻译文学"为主题的会议。来自英国、比利时、荷兰的若干学者将讨论焦点聚集在个案研究的方法上，进一步推进了目标语言导向描写性翻译研究，将研究重心转移到对文化、文本之间的互动，对译者身份和出版业角色的反思，以及对文本生产机制中操纵力量的探讨。赫曼斯主编了相关学者的论文集《文学的操纵：文学翻译研究》（*The Manipulation of Literature: Studies in Literary Translation*），翻译学界的操纵学派也由此得名。操纵学派的研究全面开启了翻译研究的文化转向，被视为20世纪80年代翻译学发展史上的一个具里程碑意义的成果。

第二节 操纵学派与文化转向

操纵学派（Manipulation School）主要起源于荷兰语"低地国家"，在欧洲各国发展成熟后又传入美国。其代表人物除了赫曼斯，还有勒菲弗尔和巴斯内特（Susan Bassnett）等人。勒菲弗尔和巴斯内特原是比较文学界的著名学者，他们的翻译研究借鉴比较文学研究的方法，研究对象以文学翻译为主，并顺应文化研究的发展趋势。在《文学的操纵：文学翻译研究》一书的序言里，赫曼斯（1985：10—

11）阐明了操纵学派的基本立场，这段话如今也可以被看作描写翻译学发展到成熟期的宣言：

> 他们的共同之处，简而言之，在于把文学看作一个复杂而动态的系统；坚信理论模式和实例分析之间有持续的互动；对文学研究采用描写性的、以目的为导向的、功能性的以及系统性的研究方法；致力于研究影响翻译生成及接受的规范和限制，翻译和其他文本之间的关系，以及翻译在某个特定文化和各文化之间所处的位置和角色。

可以看出，操纵学派一方面受到多元系统论的启发，将文学看作一个动态的多元系统，将翻译视为目标文学系统中一个组成部分；另一方面受到以目的为导向的描写翻译研究方法的影响，将翻译视为译入语社会一种文化现象，对翻译的生成、影响和角色展开系统性、描写性而非规定性的研究。同时，赫曼斯（同上：11）又旗帜鲜明地指出，“从目标文学的视角来看，所有的翻译都意味着为了某种目的对原文文本进行某种程度的操纵”。

要理解“操纵”这一概念，就必须考虑到操纵学派发展背后的另一相当重要的思想资源——解构主义。解构主义通过对意义产生中的差异和延宕的探究，提出文本意义不确定性的命题，这就从根本上消解了翻译中源文本的中心和权威，也使得研究者有可能将译文看作经过延异（différance）、播撒、补充、误读之后而生成的新的经验和文本。在勒菲弗尔的研究中，翻译被视为对原文的“折射”（refraction）和“改写”（rewriting）。

在1981年的《翻译文学：走向一种综合理论》（“Translated Literature: Towards an Integrated Theory”）一文中，勒菲弗尔（1981：75）使用折射的概念指代“为了某些受众（比如儿童）而加工，或根据某种诗学或意识形态而改编的文本”。折射的范围很广，包括“漫画、学校文集中的摘录、大学用的文集、电影、电视剧、剧情总结和批评论文”等各种类型的文本。翻译，甚至原创作品都可以被视为折射，受到包括“经济、作家使用的语言、意识形态和诗学”的制约。一年之后，他又在《大胆妈妈的黄瓜：文学理论中的文本、系统和折射》（“Mother Courage’s Cucumbers: Text, system and refraction in a theory of literature”）一文中，引入了赞助人（patronage）的概念，进一步阐述了文学系统中控制机制的运行方式。赞助人有可能是个人、群体，或者由机构担任，它们促进（或当它们不支持时压制）文学生产，包括意识形态、经济、地位等组成成分。其中，意识形态成分确保文学不可过分偏离社会中的其他系统，经济成分保障作家的生计，地位成分让作家得到社会中的某种地位。如果不同类型的赞助由同一个人、群体和机构实施，可视为集约型赞助人；反之，则称为分散型赞助人。赞助人很少直接影响文学系统，文学系统内部的行为准则是诗学；在文学系统内部，发挥作用的是专业人士，例如批评家。

1985 年赫曼斯主编的《文学的操纵：文学翻译研究》一书收录了勒菲弗尔的《我们为什么把时间浪费在改写上？》（“Why Waste Our Time on Rewrites?”）一文，用“改写”代替了“折射”，并一直在后来的作品中沿用改写的说法。他（1985：232）将翻译和文学批评、口译、编辑和文学史的编撰一律看作改写的形式。改写的作用十分重要，它可以塑造一个文学的形象，在文学系统演化中扮演关键角色。影响改写的制约因素有意识形态、诗学、话语世界（universe of discourse）和作品所使用的自然语言（同上：233），翻译受所有四个制约因素的影响，因此是一种最明显的改写形式（同上：234）。在这篇文章中，勒菲弗尔延续了一贯的系统论立场，将文学系统置于社会和文化系统之中来研究，将后者视为前者的环境，文学系统和社会系统互相开放，相互影响。文学系统有一个控制机制，以确保系统之间的协调。这个控制机制由两个要素构成，一个由阐释者、批评家、书评家、文学教师和译者等专业人士代表，他们根据诗学从内部控制文学系统；另一个主要在文学系统外部运行，是来自系统环境的赞助，它们一般对文学的意识形态更感兴趣。

勒菲弗尔在1992出版的《翻译、改写和文学名声的操纵》（*Translation, Rewriting and the Manipulation of Literary Fame*）一书中对改写理论进行了全面回顾和解说，从系统论角度研究文学系统控制机制的两个要素——意识形态和诗学。这两个要素背后实际上被两股力量所操纵：意识形态的背后一般是赞助人，赞助人通常代表了主流价值观的意志；诗学的背后则是批评家、翻译家、教授等专业人士，他们是本土文化的传统诗学取向的代言人。这是两个具有控制性的要素，译者的文本和语言选择均受这两个要素所操纵，但在这两个要素发生冲突时，往往是意识形态胜出。

勒菲弗尔从文学系统出发，思考文学系统演化机制，突出改写和改写者在操纵文学和文化系统中发挥的功用。随着媒体的发展和普及，以前处于边缘位置的改写形式，包括翻译、文集、文学史、参考书、报纸评论、专业期刊、批评文章、表演、电视等，发挥了日益显著的影响，这些改写形式直接参与构建、改写，甚至“创造了一位作家、一部作品、一个时代、一个文类，有时甚至整个文学的形象”（Lefevere，1992b：5）。至此，改写和操纵作为文学研究的理论框架已然相当成熟，并且也开始成为翻译研究中的关键词。

勒菲弗尔对翻译的兴趣源自翻译是一种最明显的文学改写形式，而他的研究主要源自比较文学的背景，指向对更广泛的文学系统运作和演化机制的理解。他的合作者巴斯内特则更聚焦在翻译研究的领域，思考翻译作为改写所发挥的功能及其过程中涉及的操纵。正是因为巴斯内特和勒菲弗尔的一系列合作，才最终促成了翻译学的“文化转向”（cultural turn）。

1990 年，这两位学者共同编辑出版了论文集《翻译、历史与文化》（*Translation, History, and Culture*）。两人合写的引言《普罗斯特的祖母和一千零一夜——翻译学的文化转向》（“Proust's Grandmother and the Thousand and One Nights: The ‘Cultural Turn’ in Translation Studies”）正式明确提出了翻译学的文化转向，指出过去那种在形式主义真空中对翻译进行评价式、教学式研究的时代已经过去了，语言传递的是文化，翻译行为和翻译文本所展现的是两种文化之间的横向融合和纵向权力操纵的关系。因此在翻译研究中，目前的研究对象和研究问题都需要被重新定位。正如书中所言，“现在研究的，是嵌在源语言和目标语文化符号网络中的文本。这样，翻译研究既可以充分利用语言学范式，又可以在充分利用的基础上有所超越”（1990：12—13）。

将文化转向看作对传统语言学研究范式的扬弃或超越，在该论文集收录的多篇论文中都有体现。其中，来自维也纳大学的斯内尔－霍恩比（Mary Snell-Hornby）在《语言转码或文化转换？德国翻译理论述评》（“Linguistic Transcoding or Cultural Transfer? A Critique of Translation Theory in Germany”）一文中，讨论了翻译研究的语言学进路和文化导向进路的分别。所谓文化导向（cultural orientation），就是翻译单位不应局限于字词句等语言符码之间的转换，而要扩展到社会交往和文化，因为文本是“外部世界不可分割的一部分”，是“词语化了的社会文化”，受外部社会文化背景制约（Snell-Hornby，1990：82）。早在 1988 年出版的《翻译研究——综合法》（*Translation Studies: An Integrated Approach*）中，斯内尔－霍恩比就已经提出要把几种传统的翻译研究方法综合起来使用的主张。1990 年的文章中她（同上：84）延续了这种观点，从“二战”后德国翻译理论的发展现状中，总结出语言学派的科学翻译观、文学批评派的语言学无用观，以及以文化为导向的研究进路。她（同上：85）认为，把翻译简单看作语言符码转换的观点已被大多数人摒弃，目前应该把研究的方向调整到文化的进路上来。

简而言之，在吸纳语言学研究方法的基础上对其进行超越，就是当时巴斯内特和勒菲弗尔所说的文化转向之初衷。这种翻译研究由文本拓展到文化，把翻译研究中的文本同语境、历史和文化结合起来，一方面利用文本研究的语言学方法，另一方面也要看到文本之外的文化权力关系对翻译活动的影响。换言之，翻译的文化转向只是一次研究重点的拓展，并非要取代之前语言学范式的研究。而这拓展的范围，主要就体现在文化研究、政治研究以及意识形态研究为翻译研究带来的新视野和新问题，这恰是翻译学之操纵学派最为关心的研究议题。

1992年，卢德里奇出版社出版了由巴斯内特和勒菲弗尔合作担任总主编的翻译研究系列丛书（Translation Studies Series）。在丛书总序中，二人（1998：7）总结了文化进路下操纵学派翻译研究的基本主张：

> 翻译，当然是对原文的改写。无论出于什么意图，所有的改写都反映了某种意识形态和诗学，并因此而操纵文学在特定的社会以特定的方式发挥功能。改写就是操纵，为权力服务，其积极影响有助于文学和社会的演化。改写会引入新的观念、新的文体、新的方法，翻译的历史也是文学创新的历史，是一个文化型塑另一个文化的历史。同时，改写也有可能压制创新，造成扭曲或限制。在一个各种操纵都在日益增多的时代，对翻译所体现的文学操纵过程的研究能够帮助我们更好地了解我们生活的这个世界。

这套丛书是翻译学系列著作的第一次集体亮相，明确将改写和操纵作为翻译研究关键词，探讨文学和社会中的意识形态和权力机制，强调翻译在文学和社会中作为一种型塑力量（shaping force）而发挥的功能。

将翻译看作一种改写，打破了原先语言学范式的预设，将文化的视野引入了翻译研究。翻译不再是一个简单的语码重组过程，而是对原文的改写，改写背后既会涉及译者的能力、身份等主观因素，也会涉及媒体、出版社、期刊等的赞助人制度、意识形态等层面的因素。传统译论中强调的忠实，不可能是唯一正确的翻译策略，而只是众多翻译策略中的一种。作为一种文本操纵的重要方式，翻译的运作过程受到译者认同的或赞助人强加的意识形态的制约，也受到目标语文学里占支配地位的诗学的影响。在特定文化背景中生产出来的翻译文本，又会对其所处的系统产生文化建构的力量。操纵学派的翻译研究及其带来的翻译研究之文化转向，对传统意义上翻译所处的从属地位发起了强有力的挑战，进一步拓展了翻译研究的范围，提升了翻译学的学科地位。根茨勒（1993：2）在《当代翻译理论》（*Contemporary Translation Theories*）一书中，将20世纪60年代以来的译论归纳为五个派别，分别为强调翻译的艺术和美学价值的美国翻译培训派（the American Translation Workshop），侧重翻译实践和功能等值的翻译科学派或翻译语言学派（the “Science” of Translation），重视翻译与文化相互制约和建构的早期翻译学派（Early Translation Studies），在社会文化系统中解释翻译现象的多元系统论与翻译学派（Polysystem Theory and Translation Studies），以及将翻译和思维、解释活动直接联系起来、颠覆传统结构主义翻译观的解构主义学派（Deconstruction）。在这五大学派中，早期翻译学派、多元系统论和翻译学派、解构主义学派都对翻译的文化向度有不同角度和侧重的思考，这使得翻译研究突破了经验主义和语言学研究范式，开始走向更为宽广的研究天地。赫曼斯（1985：14）在《文学的操纵》

（*The Manipulation of Literature: Studies in Literary Translation*）的导言《翻译研究和一种新的范式》（"Translation Studies and a New Paradigm"）中指出，从文化的进路去研究翻译，带来了"研究视野的极大拓宽，因为在最宽泛意义上的、一切和翻译相关的现象，现在都成为了研究对象"。

文化进路下的描写翻译学的确更加兼容并包。研究者希望在实证研究中对翻译现象进行描写和解释，在选择研究对象方面尽量避免事先设定的标准和偏见。例如，过去的翻译研究大多关注经典文学作品的翻译，而操纵学派则提醒人们记住"经典"本身就是一个被建构出来的概念，翻译在这个建构过程中起到了举足轻重的作用。翻译研究的对象从文本拓展到文化之后，这种研究便跳出了以往关于翻译是否忠实，或者应该意译还是直译的辩论，而开始平心静气地思考翻译本身到底是什么，目标语文化对译本的生成产生了什么影响，译本又对目标语语言和文化产生了什么影响，等等。然而，有一个问题依然无法回避：研究是否可能顾及所有现存的翻译呢？或者说，是不是所有现存的翻译都值得去研究呢？显然不是的。

图里（1980：22）曾经把翻译看作"在目的语系统中任何以翻译的形式呈现，或是被当作翻译的目的语文本"。从严格意义上说，这句话并没有真正定义翻译，而是把翻译的定义"悬搁"了起来。现象学中所说的悬搁，就是悬搁主观判断，强调在直观中对认识对象的审察，因为这种审察是直观的，所以不带有先入之见。同样，操纵学派采用了描写翻译学的方法，希望在选择研究对象的时候，尽可能避免事先设定的标准和偏见。然而，把翻译的定义悬搁起来，并不意味着对翻译就没有任何先验和经验的认识。毕竟，从解释学的角度来看，先见甚至偏见可能恰恰是解释和理解得以可能的条件和前提。要把与经验密切相关的先见完全悬搁起来，完全客观并直观地观察研究对象，从严格意义上说是不可能做到的。在实际研究中，必须首先持有特定立场或经验，才可能进行任何形式的观察和研究。在这个意义上，研究就不可避免地带有一定的主观性，会受到“与我们的主体位置、参考体系、个人理解、思维理念以及所接受的意义相关的想法和信念的影响”（Tymoczko，2002：22）。越来越多的翻译学者已经注意到个人价值观念和社会场域对研究数据产生的过滤、影响和建构作用，开始改变描写性研究所倡导的价值中立，转而强调研究工作的社会和政治意义。

第三节 翻译与政治

赫曼斯（1999：157）在讨论翻译学的不同进路时，区分了描写性翻译研究进路（descriptive approach）和指向性翻译研究进路（committed approach）。过去在谈到翻译研究操纵学派的主要研究方法时，他（1985：11）曾明确说明这一派的翻译学者采用的是“描写性的、以目的为导向的、功能性的以及系统性的研究方法”。描写性研究进路和传统规定性翻译研究的不同之处在于，其立足点不在于对翻译进行评价或指导，而是对翻译的现象进行描写和解释，或是对未来的翻译作出预测。这一不带批判性态度的研究方法相当有可取之处，但是随着翻译研究文化转向的开展和操纵学派研究的深入，研究者发现：虽然摆脱了传统翻译研究关于语义等值的价值判断标准，但是实际的研究依然不可能完全屏蔽价值判断。研究者不仅要描写翻译现象，而且要把翻译当作文化建构的力量来考虑，理解翻译的社会效用，就必然涉及评价翻译与社会、政治、身份、意识形态等多重元素之间的关系。对于这一将价值判断重新引入翻译研究的趋势，赫曼斯称之为指向性翻译研究进路。指向性翻译研究进路的一个重要信念是，翻译是一项文化政治活动，翻译研究也必须体现出政治参与性，因此在翻译与政治之间搭起了一座桥梁。研究者从不同的理论框架出发，发现翻译活动有不同的政治维度，其中比较有影响力的三种理论框架分别是：后殖民主义、文化唯物主义，以及女性主义理论。

后殖民主义理论在翻译研究中的运用有助于更好地解释翻译过程中的权力关系。在这方面值得一提的是斯皮瓦克（Gayatri Chakravorty Spivak）和尼南贾纳（Tejaswini Niranjana）的研究。这两位女性学者都来自印度这个前殖民地国家，也许和她们共同的文化及性别背景有关，二人对于语言间的不平等现象、文化权力以及翻译的操纵都十分敏感。在《翻译的政治》（"The Politics of Translation"）一文中，斯皮瓦克分析了翻译的政治之维，并认为翻译实践应当体现被殖民地区的特点，从而抵制殖民者的文化挪用（cultural appropriation），强调翻译在文化碰撞与交融过程中呈现或隐现的权力关系。尼南贾纳同样把翻译当作实现介入、抵抗和变革的契机。她重视翻译的情境，以历史化思维审视翻译，尤其关注其中所体现的殖民者与被殖民者之间的关系。她认为翻译是传输霸权的话语之一，对于主体的再现有很大的影响。她鼓励译者应该通过翻译来反映被殖民主体的复杂性，从而达到改写历史的目的。在她（1992：186）看来，为了挑战现存的对非西方世界的单一理解，译者必须"介入其中，铭刻异质性，让人们从纯粹化的迷思中惊醒，从而体现原本就充满裂痕的起源"。

韦努蒂（Lawrence Venuti）也同样强调了译者的介入，但是他的出发点是文化唯物主义。在早年的《译者的隐身》（*The Translator's Invisibility*）一书中，韦努蒂就批评了传统翻译理论对译文流畅性和可读性的强调，指出这样的译文误导了读者，遮蔽了译文的身份和译者的主体性。美国翻译界、出版界、评论界、读者界有一种信念，认为最优秀的译者应该能够"隐身"在其译作中，"透明"地展现原著的精髓，优秀的翻译作品阅读起来应该是"流畅"的，给读者的印象仿佛不是一部译作。他还指出，对翻译这一错误的信念一方面边缘化了译者，让译者屈从于原著作者并将其翻译视为次要实践，另一方面抹杀了不同语言文化之间的差异。根据译入语文化盛行的风格对原文本进行改写，让异国文本为美国普通读者的审美所接受，这一归化（domestication）的翻译策略在韦努蒂（1992：13；1995：20）看来，不啻于是一种“文化帝国主义”。他（1995：34）倡导译者采取异化（foreignization）的翻译策略，来昭示而不是企图掩盖自己在翻译中的介入和操纵。这一异化的策略在韦努蒂的研究中亦称“少数族化”或是抵抗式翻译策略（“minoritizing” or resistant translation strategy），从而更加强调翻译在对抗强势语言、文化及其规范中的作用。在相同伦理和差异伦理之间，韦努蒂选择了后者，颠覆了传统翻译理论根基中对同质性和忠实性的强调。他认为好的译文不是为了让读者沾沾自喜，而是要让他们放下文化自恋和文化虚荣，体验到原文的异质性。韦努蒂所提出的差异伦理与法国当代翻译理论家、翻译家、哲学家贝尔曼（Antoine Berman）提出的“翻译伦理”也有契合之处。贝尔曼认为，翻译始终处于关联之中，其本质是“开放的、对话的、杂合的、去中心化的”（1984：16），这样的本质决定了翻译的伦理是“认可和接纳作为‘他者’而显现的‘他者’”（1999：74），符合翻译伦理的译文必须能够尊重并显现他者之异。在翻译策略上，他（同上：75）主张尽可能直译，因为“翻译即是译‘字’，翻译是以‘字’组成的文本”。这种“以异为本”的翻译伦理和“译字为本”的直译策略，分别对应了贝尔曼提出的两个评判译文的标准：伦理标准和诗学标准。伦理标准侧重强调对原文的“尊重”，而诗学标准要求“译者真正完成了写作，完成了一部作品，而且译文要和原文的能指保持某种紧密的对应”（Berman，1995：94）。贝尔曼的翻译理论突破了囿于意义传递的翻译观，主张在翻译中必须关注能指的作用，尊重并显现他者。

赫曼斯提到的另一个理论框架是女性主义理论。早在 20 世纪 70

年代，性别研究就从女性的生活、政治和心理分析扩展到对语言的关注，提出语言本身就是维持和构建性别特征的重要手段，认识到“女性的解放必须首先是 / 从语言的解放”（Simon，1996：7）。而翻译学研究20世纪80年代的文化转向则进一步诱发了从性别视角讨论权力、意识形态和翻译的兴趣。在这一研究领域影响较大的流派中，女权主义翻译研究者有戈达尔（Barbara Godard）、西蒙（Sherry Simon）、冯弗洛托（Luise von Flotow）等人。在《翻译中的性别》（*Gender in Translation*）一书中，西蒙通过一系列理论思考和案例研究反思性别在翻译中的角色，质疑了带有性别偏见的有关翻译的传统隐喻，并特别探讨了女性作家和译者对语言的使用。冯弗洛托（1997：35）则进一步提醒人们注意女性译者意识形态对译文文本的各种影响。女性主义翻译研究彰显了女性译者的身份，呈现了一种独特的视角。女性主义和翻译理论有不少共同的核心议题，两者都质疑传统等级制和权威角色，对界定忠实的规则极度怀疑，对意义与价值的普遍标准保持批判审视的眼光，还都关心语言中所表现出的社会性和历史的差异，认为语言应当积极介入到意义的创造之中，翻译作为文化干预的手段，不但可以在概念层面，而且可以在语法或术语层面带来变革和解放。

指向性翻译研究背后的理论框架也许各不相同，然而它们对于主体、权力、意识形态的强调，以及对于翻译政治性的认识，可谓是异曲同工。这种政治参与的积极态度和过去描写性翻译研究的中立立场大相径庭，将价值、判断以及评价重新提上了议事日程。毕竟，在描写翻译学盛行的几十年中，纯粹以描写为目的的翻译研究是否能够保证翻译学的学科发展，已经成为一个越来越让人担心的问题。只要人们还在做翻译，还阅读翻译作品，还要依靠翻译来相互沟通，就无法避免对翻译作出评价。指向性翻译研究将翻译置于不同的现实背景中，用不同的理论框架来构建翻译的价值和评价标准。

通过思考翻译所包含的价值和伦理，指向性翻译研究将对翻译的理解带到了一个比纯粹的描写性研究更为复杂与成熟的阶段。然而同时，指向性翻译研究也提出了更多的问题，其中最大的一个就是，不同的指向性研究来自于不同的理论背景，都对翻译有一个先验的定义，因此就可能会“把其他描写翻译现象的方法拒之门外”（Brownlie，2003：57）。指向性研究所借用的理论框架——无论是后殖民主义理论、文化唯物主义理论，还是女性主义理论——仅仅提供了某个研究角度，而必须明白的是，真正的翻译从来不可能存在于单一的现实背景中。以中国20世纪初的文学翻译运动为例：可以用后殖民主义理论来分析，因为当时中国正面临西方列强的大肆侵略，救亡图存和启蒙在许多翻译活动中都成为最重要的主题；从文化的角度来看这个问题同样合适，因为20世纪初的文学翻译运动代表着几个世纪以来中国和西方文化最大规模的相遇。后殖民主义理论和文化唯物主义理论都可以用来理解这一时期的翻译，然而由于两者角度和出发点的差别，作出的解释和得出的结论可能会迥然不同。例如，用古文的形式来改写西方现代文学作品体现了强烈的民族身份，因此这一做法也许会得到后殖民主义理论家的支持，可是文化学者很可能就会提出反对，因为归化的翻译策略掩盖了异质文化的特性。很难说哪一个理论框架更合理，因为它们提供了不同的视角，展现了翻译活动中涉及的不同因素和关联。但是如果承认两种角度同样合理，就会陷入相对主义的陷阱，从而无法对翻译中的决定作出评价。从这一方面来看，指向性翻译研究提出了翻译中涉及的各种不同价值和责任，却没有充分辩护各种理论对翻译的预设，也没有提出合理的解决方案来权衡它们之间不同的诉求。因此，在对翻译进行价值评判的时候，依然面临许多尚未解决的问题。

在分析指向性翻译研究特点的时候，赫曼斯也批评这类研究没有充分注意自身的盲点，因此得出的解释和描写有可能是片面的。布朗利（Siobhan Brownlie）（2007：142）则提出，赫曼斯所分析的这三种指向性研究可以归为一类，其中“研究者的政治信仰促使他/她推崇某种特定的翻译模式”。除此之外，还有另一类的指向性翻译研究，其中“研究者倡导翻译研究和翻译参与性的重要，但并不直接提出任何一种关于翻译的特定政治观点”（同上）。这一类的指向性翻译研究以铁木茨科和贝克（Mona Baker）为代表。

铁木茨科是最早提倡政治的积极介入立场以及行动主义翻译立场的学者之一。她的早期研究以爱尔兰人在争取独立的斗争中所进行的翻译实践为研究对象，展示了翻译家在翻译爱尔兰民族文学遗产时，如何通过各种途径表达了对英国殖民主义和文化压迫的反抗。这一研究主要遵循后殖民研究框架，认为翻译在不同的情况下可以成为殖民霸权的同党，也可以成为消解霸权的力量。在后来的研究中，铁木茨科（2000：26—41）从更广泛的意义上强调翻译过程中译者的能动性（agency），提出翻译的行动主义主张，认为翻译应当能够“引起、激发、见证、动员，甚至煽动反抗”，因此译者应积极采用直接行动，而非仅仅是落实在文本层面的政治介入。她（2003：201）认为，翻译应该被看作一种政治行为，是引发社会变革的重要工具，翻译研究应该思考译者参与社会变革和集体行动（collective action）的模式，从而使翻译成为更具伦理价值的实践。实际上，铁木茨科对于译者的中立性毫无兴趣，相反她还对这样的观点进行批评，认为翻译的意识形态和译者的位置直接相关，而译者的位置绝不可能是什么“中间地带”（space between）（同上）。此后，她又在《扩展翻译，赋权译者》（*Enlarging Translation, Empowering Translators*）（2007：209—216）及其为论文集《翻译、抵抗与行动主义》（*Translation, Resistance, Activism*）所撰写的文章（2010）中，继续深化了翻译中的行动主义议题，提倡译者在翻译中表现出主动立场，用翻译作为一种“介入”（engagement）行为。

这一把译者作为政治角色来解读的观点，在贝克2006年的《翻译与冲突》（*Translation and Conflict*）中也有系统化的阐述。她关注当时古巴、伊拉克、科索沃、阿富汗和世界其他日益紧张的地区冲突，反思翻译在这些冲突中所扮演的角色。她援引叙事理论范式，认为翻译作为一种意识形态化的叙事，已成为当今世界战争和冲突机制的一部分，而译者可以通过翻译来传播或抵制某种叙事，从而实现自己的政治目的。这就表明，在目前紧张的世界局势之下，翻译工作完全可以成为一种政治干预或是行动主义的手段。

和布朗利所说的第一类指向性翻译研究相比，铁木茨科和贝克的理论似乎更加开明。她们并没有直接为任何一种特定的政治主张摇旗呐喊，而是提倡翻译实践和翻译研究的政治参与性本身。然而真正运用起来，第一类指向性翻译研究的局限依然会出现，因为在实际研究和翻译中不可能一味空喊要政治参与的口号，总归要站在各自的政治观点和立场上来说明问题。这两类指向性翻译研究的根本区别并不在于两者如何开展研究，而在于如何看待由于自身主体位置而造成的理解预设。贝克将翻译作为一种叙事的研究，为学界提供了一种理解自身视角的方法。根据兰多（Misia Landau）（1991）的叙事理论，叙述并非对现实的单纯重述，而是对现实的重新建构。贝克同样也强调，必须突破对描写客观性的盲求，把叙述所体现出的内在责任和信仰看作评价某一叙事的重要标准。她（2006：141）认为，评价叙事没有绝对的标尺，每个人都有不同价值观和追求，每个人都有不同的叙事视角。无可否认，这一观点带有一定的相对主义倾向，然而贝克对于不同主体的强调并不是没有道理的。社会学家傅以斌（Bent Flyvbjerg）（2001：130）指出，要对这个充满相对价值观的现实世界进行分析，"我们的社会性和历史正是我们唯一拥有的基础"，而"在社会和历史影响下而形成的背景……恰恰构成了抵御相对主义和虚无主义的最有效的壁垒"。同样，对贝克而言，理解翻译中的主体所处的社会历史位置是对翻译进行任何评价的前提。她本人坦率承认，自己的研究受到自身特定主体位置的制约。在著作的前言中，她（2006：6）清晰说明了自己研究背后的原因和价值观：

> ……我这本书所要说的绝大多数话，可以被看作对美国、英国以及以色列针对所谓第三世界国家，尤其是阿拉伯国家政策的强烈谴责。对于这一立场，我丝毫没有歉意……我选择重点讨论英美和以色列掌权政治人物的叙事，因为，在我自己对当前冲突的叙事中，考虑到目前他们可以支配的庞大战争和媒体机器，他们的叙事应该得到特别的关注。

这一关于研究者本人政治立场的公然陈述，在以客观描写为目的的描写翻译学范式中也许并不合适。然而在贝克看来，对自己基本价值和信念的认识正是她的研究得以合理展开的前提。她（同上：105）不仅愿意为自己的研究承担责任，而且鼓励译者为自己制造的叙事负责，因为他们的译文会“参与创造社会现实，与之协调，与之竞争”。行动主义翻译观凸显的是译者及其翻译行为的积极能动性与社会参与性，在铁木茨科和贝克的翻译研究中，拥有一定的政治立场不再是一个问题，而是一种手段、一个机会，甚至是一种解决之道。关于描写性翻译研究和文化转向之间的关系，20 世纪 90 年代后期铁木茨科（1999：25）对描写性翻译研究的定义给出了简单明晰的表述：“描写性翻译研究在研究翻译的产品、过程及功能的时候，把翻译放在时代中去研究。总而言之，是把翻译放到政治、经济、文化中去研究。”

霍姆斯所勾勒出的翻译研究学科图景，尤其是他对于描写性翻译研究的构想，让翻译研究开始融合原文和译文的语言比较，以及对目标语文化环境的考察。语言学派的研究范式对文本比较展开了不同角度的探究，而对文本所处的文化环境的描写则需要引入语言学以外的研究框架。一旦翻译不再被视为一种“去情境化”（decontextualized）的文本转换，而是和知识建构与权力交换相关的文本实践，那么对翻译的考察必须始于对翻译活动情境的重建与思考。只是从作为客体本身的文本中去寻找翻译的本质是远远不够的，必须搞清楚与翻译活动相关的实践规范背后的社会和文化起源，深入与翻译经验相关的各种期望、目的以及冲动。一旦突破语言的限制，引入文化的视野，和翻译相关的现象与材料顿时变得相当纷繁复杂，简单的罗列或分类显然还不够，需要更有解释力的理论来解释各种现象之间的关系。

第二章　阐释的深度

随着译学研究从规约转向描述，按照翻译活动和翻译在经验世界中表现出的状况进行描写性研究，已然成为翻译学的主流研究方法。对于描写方法的指向，却仍然存在不同的看法。在图里看来，经验学科的产生是为了对世界的某些现实进行系统、限定的描述，因此对大量的译本共时性和历时性的研究，以及对翻译活动趋于系统化、规模化的经验性描写，是为了以客观、科学的手段验证翻译规范。中国传统译学一贯务实，在传统译学基础上发展起来的当代译学也强调翻译学的描述性进路，但往往也将描述看作通往规范的途径，认为"指导翻译实践、解释翻译活动的客观和内在规律"，才是译论研究的"唯一目的"（谭载喜，1991：10）。

不可否认，描述性进路可以为翻译学增添客观、科学的色彩，然而科学知识的进化史早已经暗示：即便是再严密的科学话语，也只不过是科学家理解世界的冰山一角。同样，在翻译研究中，再系统化、规模化的经验性描写也不可能涵盖翻译实践具体情境的所有方面，更不可能提供始终有效的实践指导。因此翻译研究只能试图在实践中发现与检验规范的真实性和有效性，而不可能寄希望于总结出永恒普遍的立场。换言之，翻译研究始终不可避免地要在特定化、情境化、具体化的特定案例中，描写翻译活动所涉及的价值取向、审美情趣、思维方式、心理结构等，将文本研究从对符号及转换规律的概念世界引入可感知的文化和历史现实。这种翻译研究的进路立足于描述观察的多样性、特殊性而非规范性，摒弃了任何一种可以适切指导翻译实践方法的观念，将研究的出发点从文本回到译者所处的历史现实或是译本所反映的经验内容，并试图在对翻译活动的客观描述与深度阐释之间建立动态平衡。

这一知识论原则与人类学研究对于地方性知识的强调不谋而合，后者的不少概念和方法对于翻译研究也有直接的启发。文化人类学者格尔茨（Clifford Geertz）提出的“深度描写”（thick description），与翻译研究的关联尤为密切。一方面，从深度描写中直接衍生出来的深度翻译，为译者跨文化翻译活动提供了一种特殊的翻译策略；另一方面，深度描写作为一种广泛使用的质性研究方法，为描述翻译学的发展提供了有益的启发。

第一节　深度描写的方法

近年来，人类学研究与翻译研究出现了一些相似的发展趋势，两者都对文化流通和再现表示出特别的关注。前者力图通过田野调查描述并阐释他者文化，而后者通过对他者文本的转化，希望实现文化间的沟通和理解。在格尔茨构建的文化人类学中，“文化作为文本”（culture as text）这一概念已经得到了广泛接受，文本分析和意义诠释也被提到了前所未有的重要地位。也正是在这个意义上，许多学者看到了翻译研究和文化人类学之间的共通之处。巴斯内特和勒菲弗尔（1998：10）认为，这个时代在最基本层面真正建构文化的人恰恰就是翻译人员。译者制造的文本跨越时空，力图呈现或阐释他者的文化，因此译者在翻译中所从事的工作，在某种程度上都可以被看作文化人类学的一部分。如果说翻译研究和文化人类学在许多方面是融通互补的，那么在它们平行发展的过程中有哪些研究方法可以相互借鉴与结合，则成为一个非常有意义的研究课题。

一、概念的厘清：深度描写与深度翻译

深度描写（或称深描）这一术语最初由英国分析哲学家莱尔（Gilbert Ryle）提出，后来美国人类学家格尔茨在他的著名论文《深描：迈向文化的阐释理论》（“Thick Description: Toward an Interpretive Theory of Culture”）借用了这一概念，提出将深度描写作为文化人类学的研究方法，主张透过缜密的细节表现被研究者的文化传统、价值观念、行为规范、兴趣、利益和动机。对于深度描写，格尔茨并没有给出明确定义，但是他对这一方法作出了形象化的说明和比喻。

格尔茨首先引述了莱尔关于抽动眼皮的事例，说明意义的多层次以及不断的衍生。同样一个张合眼睑的行为，在不同的情况下可能产生不同的含义。传统的“浅描”（thin description）记录下来的只是抽动眼皮这一相同的身体动作，得出的解释未免是有限而表面的。如果使用深度描写的方法，就必须将每一次眨眼都置于社会文化关系的网络中来考察，结合场景对这种行为作出精细化描述和意义性阐释，探寻表象上一致的动作背后隐藏的不同原因和意图，从而进一步说明这个看似相同的眼皮动作到底是眨眼、使眼色、假装使眼色，还是模仿别人使眼色的动作，等等。深描试图记录和揭示的正是这种多层次，甚至是还在不断衍生的意义结构。

为了更清晰地说明深描在文化人类学研究中的意义，格尔茨引用了自己田野日志中一则“虚拟盗羊”（a mock sheep raid）的故事。虚拟盗羊原本是摩洛哥当地传统贸易协定中一种索取赔偿的方式，被抢劫者可以虚张声势地到抢劫者的部落里“盗羊”，目的是让抢劫者的部落与他谈判，赔偿他被抢劫的损失。格尔茨讲述的这个故事中涉及了被抢的犹太商人科恩、尚未臣服法国当局的部落、帮助科恩实施盗羊计划的柏柏尔人酋长，以及当地的法国军官。这些来自不同文化脉

络的人们在虚拟盗羊一事上没有形成默契，最终导致了一出充满误会的闹剧。为了阐释这个故事的“深”意，格尔茨梳理出对话中的三条社会话语的解释框架，分别是犹太人的、柏柏尔人的以及法国人的。在追溯这些社会话语的曲折路径的过程中，他分析了各人行动的理由、三种话语之间的相互混淆与误解所带来的社会冲突，还推测了故事中人物采取其他行动的可能性。格尔茨通过这个例子说明，文化人类学的任务一方面要呈现具有意义的存在形式，同时也必须兼顾因果的经验过程。换言之，深度描写不仅仅是各种经验现象的搜集罗列和简单描述，它必须在描述中加入阐释，梳理清楚对象意义的结构，并确定这些意义结构的社会基础及含义。格尔茨（1973：5）曾引用马克斯 · 韦伯的话，指出“人是悬挂在由他们自己编织的意义之网上的动物”，而他所提出的深描这一研究方法，正是希望通过一种持续的、不断衍生的理解过程，探究人类行为的复杂细微之处，试图将此意义之网加以呈现。

从最简单的意义上去理解，深描是一种见微知著的研究方法，通过对细小事件的揣摩与细节化呈现，而达到更为广泛的解释与抽象的分析。格尔茨的深描法与当代翻译研究，尤其是后殖民主义翻译研究中的某些主张，存在理论上的共鸣。毕竟，翻译作为一项跨文化交流的活动，与人类学的民族志研究在本质上有一个共通之处：两者都需要用自己的语言去阐释并再现他者，同时要避免自己的经验和主观眼光遮蔽与扭曲他者的异质性。如果说为了实现对异质文化的尊重和理解，人类学研究的任务不仅需要记录文化现状和变迁的轨迹，还应该分析其内在动力和外在社会结构，那么作为一种特殊的人类学文本，翻译再现的也不能只是原文的语义学意义，还必须包含对原文文化语境的阐释。正是出于这一考虑，后殖民主义翻译理论家斯皮瓦克在翻译印度女作家马哈思维塔 · 德维的作品时，不但利用直译式“中间话语”（in-between discourse）尽可能保留了原文怪异的文体风格，而且在译文集中提供了译者序、作者访谈和翻译后记，通过译者和作者共同书写的副文本，为读者重现了文本的具体语境，帮助读者想象真正具有文化差异的他者。这一翻译策略和格尔茨倡导的深描法有许多相通之处，也与后来阿皮亚（Kwame Anthony Appiah）提出的“深度翻译”（thick translation）不谋而合。

从名称上就可以看出，深度翻译正是深度描写在翻译中的直接运用。阿皮亚根据格尔茨人类文化学的相关论述，提出了一种在译文中通过添加注释或注解来表现源语言中丰富而深厚的文化语境的翻译策略，并称之为“深度语境化”（thick contextualization），或“深度翻译”。阿皮亚（2002）建议译者可以通过添加注释、评注或序言，建构出一个让读者与文本的文化和历史语境进行互动的空间，帮助他们站在源语言的“意义之网”中解读文本，真正实现对源文化的理解和尊重。在这一基础上，英国翻译理论家赫曼斯进一步阐释了深度翻译对于翻译研究的理论和实践意义。从理论角度来说，深度翻译的存在提醒学界应该把翻译看作一个复杂的、无止境的阐释过程，同时应该对当前翻译学（作为一个西方学术界建构出来的学科）中通用的术语、规范以及不同文化对于翻译的预设都进行相应的反思。从实践的角度，赫曼斯提出深度翻译除了可以体现为译文的解释性副文本之外，还可以是对前人译本的修订，或者采用“修辞阐释学”的方式对翻译背后的权力关系的冲突和共谋进行追问。赫曼斯在讨论深度翻译的时候列举了不少例子，例如荷兰人文主义者伊拉斯谟翻译的希腊语《新约圣经》，书中包含了大量的注释和解读文本，对圣经中的典故和术语出处做了详尽的说明和解释。再如中国晚清时期的翻译家严复，在翻译《天演论》的时候附上了大量的按语、注释、评注等，对原著的历史背景、作者学术观点的历史地位、核心论点，以及中国传统文化中的类似理论进行了详细评说。中国著名翻译家张谷若的译作也素以译语地道、注释丰富著称，他的译文注释中不但会说明原文中的社会背景、民俗典故，还会对自己采用的特殊翻译技巧加以说明。资深翻译家林戊荪在翻译中国古典典籍的时候，也强调注释对于跨语言跨文化交流的必要性。近年来，穆哈维（Ibrahim Muhawi）（2006：372—376）提出“民俗学翻译理论”（Folkloristic Theory of Translation），认为字字对应的逐行对照式翻译（interlinear translation）以及采用印刷手段实现特殊视觉效果的翻译（iconic translation）都可以被看作对原文进行意义分层解读的深度翻译手段。

在翻译史上，采用印刷手段达到特殊视觉效果的翻译比较罕见，为译文添加解释性注释、对前人译文进行修订或者逐行对照的翻译例子则比比皆是，尤其在经文翻译、典籍翻译以及学术引用中。然而，这些翻译策略过去并没有引起特别关注，一般只是被当作直译法的一种辅助手段，或是出于教学需要而采用的权宜之计，又或是对因文化缺省而造成的意义真空进行补偿的方式。“深度翻译”这一概念的提出，帮助学界从文化人类学的角度重新审视这些古老的翻译策略，进一步理解翻译在跨文化历史沟通中所发挥的阐释差异、体现差异、构建本土化解释的重要作用。同时在翻译实践中，译者也可以有意识、有目的地利用深度翻译策略，在全球化日趋深入的时代，思考如何对抗文化霸权压制下弱势文化被边缘化和误读的现状。例如，香港学者张佩瑶在编译《中国翻译话语读本》（*An Anthology of Chinese Discourse on Translation*）的时候，除了提供翻译正文、脚注、疏解、评论以外，在书前书后还包括了大量的附录与参考索引。张佩瑶（Cheung，2006：2）表示自己有意识地采用了深度翻译的做法，力图帮助西方读者理解根植在中国传统文化中的翻译话语，同时也展示了中国传统学术在与西方对话中的自主姿态。

到目前为止，深度描写这一理论对翻译研究最突出的影响就在于深度翻译概念的提出。国内学者在这方面的论述主要围绕阿皮亚和赫曼斯的两篇重要论文展开，探讨深度翻译作为一种翻译策略，在拓展译者话语空间、彰显他者文化以及促进文化对话等方面的积极意义。格尔茨提出的深度描写的确是一种民族志的叙述策略，因此翻译学者从中引申出深度翻译这一实践策略也是顺理成章的。还应该看到，深度描写是一个在许多领域的质性研究中广泛使用并被证明十分有效的研究方法，它在方法论的层面上对翻译研究有哪些启示，也是一个相当值得关注的课题。

二、深度描写与描述性翻译研究

根据霍姆斯（2008：70）在《翻译研究的名与实》中的论述，翻译研究可以分为理论、描写、应用三大模块，其中作为基础的描述翻译学的任务是“描述在我们身处的世界上出现的翻译现象”。自 20 世纪 80 年代以来，描述性研究成为翻译研究中的主流和热点。和过去规定性翻译研究不同，描述翻译学的立足点不在于对翻译进行评价或指导，而是试图对翻译进行客观而科学的描述。对于翻译到底应该是什么，或者应该做什么，描述性翻译研究不急于下结论，而是希望在实证研究中寻找答案。在过去的几十年里，翻译研究的视野已经变得相当开阔，正如赫曼斯（1985：14）所言：“任何以及一切在最广泛意义上和翻译相关的现象，都已经成为了我们研究的对象。”如今，在学界继续致力于拓展研究宽度的同时，如何进一步挖掘研究的深度已经成为一个更为关键的问题。

在翻译研究向纵深发展的过程中，描述性研究和解释性研究之间的区分和联系引起了许多学者的兴趣（Crisafulli，2002：26—33；Agorni，2007：123—126）。从严格的方法论角度来看，描述性研究和解释性研究之间确实存在着差别：前者主要解答“是什么”的问题，希望对研究对象的状况、过程和特征作出真实、客观、准确的描述；后者主要考虑“为什么”的问题，希望在描述性研究的基础上，不但说明研究对象的状况和发展，更要探求其背后的因果关系和内在规律。在翻译研究中，描述性研究一般注重的是普遍的模式化翻译行为，而解释性研究则更加关注特定的翻译事件，以及译者主体性、权力、意识形态等问题。当然，这两者之间的区别并不是绝对的，实际研究往往需要两者的综合，因为描述行为本身就已经包含了研究者的理解和解释，而解释性研究必然首先需要对研究对象进行准确而清晰的描述。一旦意识到所有的描述都必须建立在一定的理解和诠释基础上，在进行描述性翻译研究的时候就必须反思如何处理研究者自身的预设和盲点，以及研究者与研究对象之间相互交织的关系。

早在20世纪90年代，赫曼斯（1999：148—150）就针对描述翻译学在这方面的不足提出批评，并建议翻译学者可以借鉴近年人类学研究的发展成果，将翻译研究发展为一门“批判性学科”。虽然当时他没有直接提及格尔茨的深度描写理论，但是引用了一个与之非常相似的观点，即人类学家埃文斯-普里查德（Evans-Prichard）在《努尔的宗教》（*Nuer Religion*）一书中所采用的“情境化阐释”（contextual interpretation），指出应该将研究对象的行为和意图置于其深厚的社会文化背景中进行阐释，从而应对描述性研究范式中自身视角的局限。对于描述性翻译研究而言，这也就意味着：对一个翻译现象的描述不能只从本体论的角度关注翻译事件本身，而应该把这个事件放在其特定的背景中进行考察。翻译研究中的文化转向，以及近年来出现的社会学转向，都充分体现了翻译学者从社会历史文化关系的角度去阐释翻译事件的复杂意义的努力。从这个角度来说，目前大部分描述性翻译研究都已经在不同程度上对翻译现象进行了情境化阐释或深度描写。因此，首先应该澄清的一点就是，对深度描写等民族志方法的探究“不是为了给翻译研究带来一个全新的起点或者趋势，而是希望为我们分析翻译的背景和意义摸索一条有效的研究进路”（Koskinen，2008：39）。

虽然深度描写在描述性翻译研究中似乎已经成为既成事实，可是直接并有意识地运用格尔茨这一理论模式进行构建的翻译研究还不多。中国学者在这方面的尝试可见于段峰（2006a；2006b）、孙宁宁（2010）、赵勇（2010）等人的研究。中国学者更多从历史语境的视角思考深度描写和翻译活动的关联，而相比较而言，西方学者对这个话题的讨论与全球化、在地化研究发展的现实关联更密切。意大利学者阿戈尼（Mirella Agorni）在这方面进行了初步的尝试，她从格尔茨的理论中看到了对于特定的、区域性文化现象以及个体差异的重视，并据此提出了“地区主义”（localism）的翻译研究方法（2002：33），强调翻译研究应该“关注当地的、设定范围内的文化现象，并力求描述翻译活动的历史、社会及语言情境的细节”（2007：129）。在此以前，铁木茨科（1999：31—32）也讨论过地区性研究的重要性，认为恰恰是在这些地区性的层面可以看到差异和特性的彰显，从而避免过分简单化的普遍性结论。阿戈尼将铁木茨科对地区性翻译现象的重视和格尔茨的深度描写理论结合起来，强调应该对特定的、个别的翻译现象进行细致的个案研究，不仅要梳理翻译背后宏大的社会关系，而且要探究翻译过程中体现出来的个体主体性的独特内涵。用阿戈尼（2002：36）的话来说，在进行此类个案研究的时候，研究者必须尽量避免对某种翻译策略或翻译现象带有偏见，而应该不遗余力地去追溯“纷繁复杂、细致入微的情境因素”，甚至应该追踪“那些看似松散的线索”，从而再现翻译活动在其特定的社会历史空间中的特性。从这一表述中，应该不难看出格尔茨深度描写法的影响。经过这样深度描写的翻译个案研究，也许无法像某些翻译学者（Toury，2012；Baker，1993）所期待的那样，通过数量的积累来得出普遍性的结论，从而说明翻译社会体系的运作规律；但是由于独特的深度，这些单独个案可以成为普遍性规律的试金石，也可以成为联系翻译理论和实际操作的纽带（Agorni，2007：129）。

虽然阿戈尼看到了深度描写在方法论上对翻译研究的意义，也尝试了用这一方法来对18世纪女性的翻译和书写进行了研究，然而深度描写究竟意味着需要对翻译现象的哪些方面进行考察？如何考察？她并没有给出具体答案。单凭她给出的“纷繁复杂、细致入微的情境因素”和“那些看似松散的线索”这两点提示，研究者对于深度描写在翻译研究中的运用也许依然难得要领。为了解决这个问题，可以进一步借鉴深度描写法在目前质性研究中的实际运用。

三、作为深度描写的翻译研究

作为一种与定量研究（quantitative research）对应并有所区别的研究方法，质性研究（qualitative research）发端于19世纪晚期人类学研究，在20世纪20、30年代因社会调查运动得到发展，并在20世纪70、80年代在社会学、教育学、心理学等不同领域迅速扩散（Denzin & Lincoln，1994）。格尔茨的深度描写理论最初是针对人类学提出的，特别是民族志研究领域。在各个领域的质性研究中，这一方法很快得到了更加广泛的运用。

著名的质性研究学者邓津（Norman K. Denzin）（1989：83）对深度描写的方法进行了较为清晰的总结：

> 深度描写不仅仅是一个人做了什么事情的记录。它不只是简单事实和表面现象。它展示细节、情境、感情，以及把人和人之间联系起来的社会关系网络。深度描写会唤起情感和自身的感受。它在经历中插入历史。它为研究对象确立他们经历的意义，或是重组他们经历过的事件。通过深度描写，互动中人们的声音、感情、行为和意义都得以呈现。

邓津（同上：33）还指出，深度描写和浅描的区别在于：后者只是事实陈述，而前者要描述一个行为发生的情境，并在背后建构这个行为的意图、这一行为的发生和发展，还要把这一行为以一个可以理解的文本呈现出来。在深度描写的基础上，邓津进一步提出“深度阐释”（thick interpretation）的概念，认为深度描写的重要性就在于它为深度阐释奠定了基础。如果说深度描写的焦点在于对情节、事件、心理意义的把握，强调行动的特殊性与细节的描绘，那么深度阐释则强调对行动者所处社会场域的理解，以及行动在这一社会场域中共享的客观意义。在此基础上，中国台湾社会学家邹川雄（2003）提出质性研究还应该有一个反思的层面，也就是在深度描写和深度阐释的基础上，研究者还需要把自己及研究的定位和背景都考虑进来，思考自己的前理解或偏见对于研究的建构和结论产生的不可避免或可以避免的影响。他（同上：25）把质性研究从表面到深厚、从描述到阐释的深化过程用图示的方法形象地表现了出来：

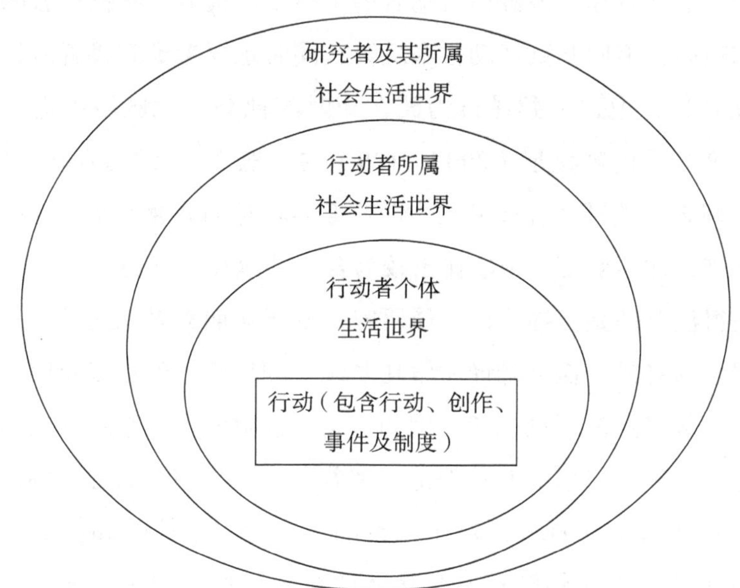

图 2–1　生活世界深描诠释的四个层次

正如上图所示，质性研究可以包含四个层次的描述和诠释：首先是关于行动本身的表面描写；其次是深度描述，超越直接看到的表象，描述并刻画行动者个人生活世界，力求在此基础上对行动进行逼真的建构；再次是深度阐释，关注行动者身处的社会大环境，目的在于理解行动的主观意义，以及这个主观意义在社会中的客观意义；最后是反思的深描诠释，也就是通过反省研究者自己所处位置和被研究行动之间的关联，进而构建这一行动在当下的意义和解释。毕竟，从解释学的角度来看，前理解、先见甚至偏见都可能恰恰是解释和理解得以可能的条件和前提。

根据这样的理解，作为深度描写的翻译研究意味着要把翻译现象放在不同的视阈中进行分析。在考察一个翻译事件的时候，如果仅仅把相关的事实罗列出来，例如某位译者在某个年代翻译了某部作品并由某出版社出版等，就是仍停留在表面的描述。要使研究更加深入，就必须了解译者作为该翻译行动者的个体生活世界，根据译者的独特经历和经验，追问其翻译动机和决策；同时也要考虑到译者所处的社会文化背景，把这一翻译行为放在当时的社会文化脉络中进一步阐释。上文介绍的阿戈尼（2007：129）的“地区主义”翻译研究，恰恰也强调必须把对译者特定主体性的考察和对翻译背景系统性的分析结合起来，才能对翻译现象作出较为合理的解释和诠释。

值得注意的是，描述性翻译研究在发展初期大多以文学或文化的系统概念为基础，探究翻译文学在系统中的地位、作用以及影响。这类研究一般采用的理论框架，例如伊文 - 佐哈的多元系统理论、图里的规范论、勒菲弗尔的改写理论，都着重在系统的层面分析翻译活动的制约因素及运作规律，对于译者的主体性、个体性和创造性则没有充分关注。国内外已有不少学者注意到了这一局限（Pym，1998；von Flotow，2001；王东风，2000；谢世坚，2002）。的确，可以通过客观结构的方法来研究社会，但是这种研究不应该脱离对个体的观察。如果只在系统的层面进行描述，是不可能对翻译现象作出充分阐释的，因为无论系统中的规范、价值观或是意识形态有多强大，最终还是要通过特定译者的认知和实践才能发挥作用。目前，翻译研究已经从社会学中借取了不少相关的理论，例如布尔迪厄（Pierre Bourdieu）的社会实践论、拉图尔（Bruno Latour）的行为者网络论与卢曼（Niklas Luhmann）的社会系统论，这些理论从不同角度观察人类社会的结构和社会个体的行为，以及这两者之间相互建构的关系。这些理论框架在翻译研究中的运用，有助于分析翻译活动中个体与社会之间的相互关系和作用，从而将翻译看作一项由规范指导同时能够创造新规范的实践活动。正是在这个意义上，社会学转向中的翻译研究可以说已经比早期的描述性翻译研究更“深”了一层。

除了对翻译相关事实的描述、对译者独特主体性及相关社会结构的阐释，作为深度描写的翻译研究还需要包含研究者对自身所处位置的反思。描述翻译学发展初期受到实证主义的影响，强调研究的客观性和科学性，提倡研究者保持价值中立。图里（1980：22）对翻译的定义就充分体现了这一点，其把翻译看作是“在目的语系统中，无论因为什么原因而以翻译的形式呈现，或是被当作翻译的目的语文本”。通过强调“不管出于什么原因”，图里希望从选择研究对象开始，就避免事先设定的标准和偏见。然而在实际研究中，要把与自身经验密切相关的先见彻底悬搁起来，完全客观并直观地观察研究对象，从严格意义上说是不可能做到的。即便是采用实证的研究模式，例如建立在语料库基础上的量化分析，也不可能完全排除研究者的先见，因为语料库的设计标准本身就已经包含了一种前理解。换言之，研究会不可避免地带有一定的主观性，会受到“与我们的主体位置、参考体系、个人理解、思维理念相关的想法和信念的影响”（Tymoczko，2002：22）。这些想法和信念对研究数据产生的过滤、影响和建构作用，是深度描述的翻译研究必须关注的一个重要层面。关于这一点，人类学和社会学研究的一些做法非常值得借鉴。例如，在描述研究对象之前，对研究者自身的经历、研究背景、赞助人、研究设计等进行详细描述，在人类学和社会学研究中已经俨然成为一种学术规范，尤其是在研究者实施介入性试验的时候，必须提供研究方法和研究情境等各个细节的"深度描写数据"（thick descriptive data），才能在一定程度上保证研究的可靠性和有效性。相比而言，目前的翻译研究在这方面似乎还没有表现出足够的重视。举例来说，有声思维实验（think-aloud protocol，又称 TAP）是一种研究者介入性的、描述翻译过程研究中常用的方法。中国香港学者李德凤（Li，2004）曾对 15 例发表在各类学术刊物上采用有声思维实验的翻译研究报告进行分析，发现超过半数的报告并没有提供对研究设计或研究场景的充分描述。翻译研究者应该认识到，在描述翻译现象之外，对研究者以及研究本身的状况进行详细陈述有助于读者根据有关事实对这一研究的结果在其他场合是否适用作出判断，同时也可以促进翻译研究本身从强调客观性的实证研究走向注重反思性的批判性研究。

翻译是一项有着悠久历史的、复杂的跨文化人类活动，译者和翻译研究者的角色和人类学研究者在不同层面有相似之处（Hubscher-Davidson，2011）。从翻译实践和研究这两个角度，格尔茨文化人类学提出的深度描写法为翻译研究提供了重要洞见。首先，作为一种强调对异质文化进行语境化解读的民族志叙述方法，它提醒研究者在跨文化翻译实践中注意历史文化语境的重要性。从深度描写中直接衍生出来的深度翻译这一特殊的翻译策略，证明了译者的工作并不只是为印在纸上的文本进行语言的转换，更多时候他们的工作和文化人类学者一样，需要关注作为生活和思维方式的整体文化。其次，深度描写作为质性研究中广泛使用的一种注重细节、强调阐释的研究方法，确立了以小见大、缘微知著、通过个案进行细致描述和阐释的反思性研究模式。把这种模式运用在翻译研究中，意味着不一定要对某一特定历史社会背景下的翻译活动进行面面俱到的评说，也并非必须通过大量翻译事例去说明翻译活动遵循的规范或原则。相反，研究可以聚焦于某一个特定的译者、翻译作品或翻译事件，通过探究译者特定的惯习、重构翻译活动的场域，以及反思研究的特定角度和背景，力图实现对个案的深入描述与具体考察。这样深度描写的研究可以帮助研究者梳理并重构翻译活动中涉及的各种纷纭复杂的关系，从多侧面、多角度对翻译事件进行历史还原和价值重估，同时也通过引入反思性研究向度，使得在纯描述性的研究基础上更进一步追问并阐释翻译的意义与价值成为可能。

第二节　聚焦译者：文化多歧的视角

翻译不仅仅是两种语言的转换，也是两种文化之间的互动和交流。传统的翻译研究从语言转换的角度出发，以源文为中心，以文字层面的忠实对应为指向，对译者在翻译过程中体现的主体性和创造性没有给予充分重视。20 世纪 70 年代以来，随着文化批评理论在西方的盛行，翻译研究领域也出现了文化转向。越来越多的研究者不再拘泥于语言学范式，而开始将翻译看作发生在特定历史背景中的文化事件，力求探究其背后纷繁复杂的社会因素和权力机制。

这一研究视角的转变使得过去曾经处于隐形的、被遮蔽状态的译者开始得到更多关注。作为翻译过程中最直接的参与者和决策者，译者不但能够对源文进行语言层面上艺术再创造，而且可以通过文本选择、意义阐释、特定的翻译策略、为译本添加序或跋等多种手段，实现对源文的改写和操纵。目前针对译者主体性，中外译学界已经展开了不少深入的理论探讨和案例研究。译者个人的生活经验、语言能力、政治立场、审美倾向、文化态度等种种因素，都有可能对翻译活动，乃至译语文化产生影响。

“译者的文化态度”这一概念最早由王东风在2000年发表于《中国翻译》的《翻译文学的文化地位与译者的文化态度》一文中正式提出。针对多元系统理论关于目的语文化强势或弱势对于翻译文学地位影响的假说，王东风（2000：4）指出一个民族的文化地位的强弱“既是一个客观的事实，也是一种主观的认定”。就实际翻译过程而言，译者主观文化态度对于翻译策略选择的影响，有可能比该文化的客观地位更加重要。此后，有不少翻译学者都曾以译者的文化态度为切入点来研究译者主体性问题（袁秀凤，2002；许钧，2003）。虽然译者的文化态度这一概念已经得到了译学界的广泛关注，但是目前关于这一概念尚没有明确的定义和公认的界定。鉴于此，下文将首先尝试对其内涵和特征进行简单的梳理。

一、译者的文化态度

译者的文化态度实际上涵盖了三方面的内容：译者对源语文化的态度、译者对目标文化的态度、译者对目标文化和源语文化之间关系的态度。翻译首先是一份理解的工作。译者对于待译文本的理解，决定了翻译的取向和结果，而此种理解绝不是单纯语言层面的问题。源语文本产生于特定的文化语境，在一定程度上体现了源语文化观念和价值体系。这些因素多大程度上能够在译文中得到忠实再现，首先取决于译者对于这些观念和体系的认识、理解和态度。

其次，翻译作品，尤其是文学翻译必须在特定目标文化语境范围之内进行，它最终需要通过各种方式进入目标文化系统，因此目标文化的特征和语言特点对翻译过程有不言而喻的影响。译者对于目标文化，尤其是对于目标文化中主流意识形态和文学规范的主观态度和看法，直接影响其翻译过程中的策略选择。

最后，在最根本的意义上，翻译是一项跨文化的交际活动，译者的工作空间是不同文化间重叠或交汇的“文化间域”（intercultural space）（Pym，1992：155）。虽然译者是不同文化间的沟通者或协调者，但其角色并不能被简单视为完全中立。在与异域文化的接触和比较中，译者也在不断对自身文化进行反思和重估，在目标文化和源语文化之间作出权衡。正如王东风（2000：2）所言，“不同民族之间的文化交流从来就不是平等的”，译者“针对出发文化的态度，或敬或鄙，反映了译者对其所代表文化的文化地位的一种根深蒂固的理解，从而也是译者选择特定翻译策略的社会语用根源”。

从以上这三个方面可以看出，译者的文化态度综合了译者对他者文化的探求、对自身文化的返身关照，以及两相对比之下形成的文化认同和价值判断。这个过程显然并不是简单的、黑白分明的主观表态，而是充满了差异、矛盾，甚至是悖论的思想建构。为了说明译者文化态度这一复杂而多维的特征，在此借用民族文化认同研究中的一个表述——“多歧性”（bifurcation）。

二、文化态度的多歧性

著名中国史专家杜赞奇（Prasenjit Duara）在《从民族国家拯救历史：民族主义话语与中国现代史研究》（*Rescuing History from the Nation: Questioning Narratives of Modern China*）一书中，对现代民族国家的历史建构进行反思，反对用传统的线进化的观点考察历史，提出历史发展进程存在着多歧性。传统的民族主义研究将民族身份看成是自觉的、整体的、统一的，而杜赞奇（1995：54）认为民族国家的建构是一个不同话语相互竞争的场域，个人与群体的身份认同充满了含混的、变化的、历史性的表述，这些多歧的表述间不乏排斥和对抗。

在研究中国近代史上民族认同多歧性的时候，杜赞奇集中分析了文化主义和民族主义这两种意识形态的交织。其中，文化主义指的是一种“自然而然的对于文化自身优越感的信仰，而无需在文化之外寻求合法性或辩护词”，民族主义则是指在中华文明受到外来威胁的情况下，会“放弃天下帝国的发散型观念，而代之以界限分明的汉族与国家的观念”（同上：44—47）。中国特定历史环境中文化主义和民族主义的相互作用和渗透，产生多重而流变的民族文化认同，而这正是个人或群体文化态度多歧性产生的背景和根源。

以19世纪末20世纪初的中国近代史为例。西方帝国主义的入侵给中国带来了政治上的冲击，同时在文化归属和民族认同的观念上造成了必然的焦虑。在传统和现代、本土文化和外来文化的交锋中，中国知识分子的心态“交织着自尊与自卑的挣扎与抉择”（魏义霞，2011）。他们一方面对本土传统文化抱有深刻的眷恋，一方面又对西方先进文明充满向往和憧憬。像胡适（1981：345）这样认为“自己百事不如人”，提出要“死心塌地去学人家”的革新派学者，也提出了“整理国故”的主张；而一向被视为革新派对立面的学衡派学者，也试图通过吁请西方的权威来解构或重构传统知识，建立其理想图式（刘禾，2002：360）。如果简单地将革新派的文化态度定义为全盘西化，将学衡派的文化态度定义为昌明国粹，显然是不够全面的。只有从文化态度的多歧性角度去理解，才能够对这些历史现象作出更充分的解释。

和其他知识分子相比，译者的工作处在不同文化交锋和对峙的空间中，这样的工作性质决定了现实中即便没有外族入侵的政治危机，译者也必须始终正视他者的存在，并反思其对自身定位的影响。这便意味着文化主义和民族主义这两种意识形态在译者心态中的交织往往更普遍，两者之间的碰撞和互动也更微妙复杂。

源语文化和目的语文化之间存在交叠和共鸣的空间，也存在差异和碰撞。在它们之间出现矛盾甚至冲突的时候，译者的态度往往并非简单的肯定或否定、排斥或认同。一般说来，文学翻译中的目的语大多是译者的母语。对自己的母语文化，无论译者理智上是否完全认同，情感上的渊源必然难以割舍。至于译文母本及其背后的源语文化，无论译者是否欣赏或接受，既然译者决定担任译介工作，就说明其中一定有打动译者之处。其有可能在某些方面与目的语文化更亲近，在另一些方面与源语文化更投契；也可能在感情上对母语文化充满热爱，在理智上又受到外来文化的启迪。换言之，译者对源语文化和目的语文化在翻译中孰重孰轻的判断并不一定是绝对的。

杜赞奇（1995：10）笔下的“民族观”（nation views）是一个复数的概念，“民族这个概念并不意味着和谐的单音，而是充满了矛盾和含混、对立、确证或协商的多重声音构成的复调”。译者的文化态度牵涉到对不同民族文化的理解，因此是更加复杂而含混的建构。认识到译者文化态度的多歧性，有助于在描述翻译现象的时候避免过于简化的预设，从而能够更深入地分析和理解翻译过程的复杂性。

三、文化态度与翻译

根据伊文－佐哈提出的多元系统理论，一个民族文化地位的强弱决定了翻译文学在文学多元系统中的位置，并在很大程度上决定着译者的翻译策略。在强势文化中，翻译文学处于次要的、边缘化的地位，翻译文本和策略往往需要遵循该文化既定的传统规范；反之，在弱势文化中，翻译文学处于文学多元系统的中心，译者多采用异化或阻隔式策略，以期带来文学规范的革新（Even-Zohar，1990：45—51）。多元系统理论从宏观层面上对影响主流翻译取向的社会文化因素进行了阐释，而译者文化态度这一概念的提出，则将关注的焦点放在直接实施特定翻译行为的主体上。目前的相关研究发现，在某一特定的翻译活动中，如果译者较为认同源语文化价值，其翻译策略趋向异化；如果译者更为看重本土文化传统，其翻译策略多以归化为主。译者个体间文化态度的差异，解释了在同一个文学多元系统内，异化和归化两种策略并存现象背后的原因（王东风，2000）。

在此基础上，应该看到译者在源语文化和目的语文化之间的徘徊与纠结，使得其文化态度并非总是黑白分明的，而是一个复杂而多歧的思想建构。译者文化态度的多歧性在翻译中有不同表现形态，对翻译过程的影响是多面而充满矛盾的。对原文的选择是翻译过程开始的第一步，在翻译活动中的意义举足轻重。有学者（吴莎、屠国元，2007）认为，翻译文本的选择主要取决于目的语文化中主流的意识形态，译文所传达的信息只有符合或基本符合目的语意识形态的要求，才更可能被目的语文化系统接受。从宏观上来看，意识形态对翻译选材有很大的影响力，但如果就特定的翻译事件来看，译者在选择文本的时候也发挥了不容忽视的作用。

在以救亡图强为主的意识形态影响下，不少启蒙思想家强调对西方新思想、新观念的译介，希望从中寻找中国文化复兴的范式。周作人便是对新文化运动作出重要贡献的翻译家，他在翻译中尽可能保留源文的异质性，希望通过直译的翻译策略对中国传统思维方式及语言改造。这一翻译策略与当时革新的意识形态相符，但周作人的翻译活动并不只是为了迎合社会政治需要，他（1922）曾明确主张“创作及译述应是为自己的‘即兴’而非为别人的‘应教’”。在“求新声于异邦”的思潮中，周作人始终保持冷静而理智的文化态度，“超脱于现实的社会功利性，从文化的根本层面上给予‘新文化’以正面的建树”（耿传明，2006：26）。这种文化态度在新文化运动那个浮泛激越的政治年代并不多见，对他独到的翻译选材也产生了一定的影响。一方面，周作人明确意识到中国传统文化面临的危机和挑战，对于中国当时被压制的弱小身份有深刻的认识。他与鲁迅一起合作翻译了《域外小说集》，其中避免选择处于强势文化的英美法等国的作品，而将重点转移至俄国、东欧和北欧等被压迫的弱小民族或国家。正如周作人（2002：28）自己后来的回忆：“那时我的志趣乃在所谓大陆文学，或是弱小民族文学，不过借英文做个居中传话的媒婆而已。……俄国不算弱小，其时正是专制与革命对抗的时候，中国人自然就引为同病的朋友，弱小民族盖是后起的名称，实在我们所喜欢的乃是被压迫的民族之文学耳。”另一方面，针对当时狂热的西潮，他（1987：212）提出不能“只凭工业革命以后的欧美一两国的现状以立论”，呼吁对西方文化进行更理性的分析和研究。为了追溯西方文化的源头，周作人倾注大量的心血翻译了古希腊文学和西方关于古希腊文化的研究作品。值得一提的是，他的翻译选材不但体现了他对西方文化源头的重视和考察，也与其对民间文化的喜好密不可分。周作人的译作不但有希腊文学史上的经典史诗、神话、悲剧，如《欧里庇德斯悲剧集》《阿里斯托芬喜剧集》《希腊神话故事》等，也包括如《黄蔷薇》《希腊拟曲》《萨福传》《伊索寓言》等非主流的作品。周作人对中国文化弱势的清醒认识、对弱小民族文化的同情、对西方文化源头的热爱及对民间文化的兴趣交错互动，形成了他在中西文化间游走时多歧的文化态度。只有结合这一点来探讨译者对文本的选择，才能更全面地理解周氏翻译的初衷，不至有失偏颇。

副文本（paratext）是法国学者热奈特（Gérard Genette）于20世纪70年代提出的概念，指的是围绕文本主体周围的元素，包括内文本（peritext），如标题、序、跋、注释、插图、目录、封面等，以及外围文本（epitext），如相关采访、信件、日记等。副文本为文本提供了一种氛围和评论，拓展了文本意义空间（热奈特，2001：68—80）。热奈特对副文本的系统研究为翻译研究提供了重要的视角。译者的文化态度与副文本互为因果，相辅相成。一方面，副文本为了解译者的文化态度提供了重要资料（Tahir-Gürçağlar，2002：44）；另一方面，译者的文化态度对副文本的内容和形式本身，也有相当重要的影响。众所周知，严复的《天演论》是中国近代史上最重要的译著之一，译自英国生物学家赫胥黎（Thomas Henry Huxley）的著作《进化论与伦理学》（*Evolution and Ethics*）翻译过程中严复对原文结构进行调整，重组章节并加入导言和大量按语。这些副文本是《天演论》不可或缺的组成部分，也是从整体上把握《天演论》翻译动机的关键。对译者文化态度的反思，有助于探究这些副文本背后蕴含的深意。关于严复的文化态度，学界有一个比较普遍的看法（李泽厚，1982：284），认为他早年西化激进，晚年保守落后。用这个观点来看，严复翻译《天演论》时以西方学说为重，主要目的是将西方科学、民主、进化等观念作为普适的价值观来推广。他的翻译虽然对原文体例作出调整，也引用《周易》《春秋》等中国传统典籍对原文进行疏解，其目的是迎合当时封建士大夫的口味，希望他们能够接受西方思想，变法自强。这样的解释有一定道理，但是并不全面。引进西学、力图保种救国的心态的确是严复翻译《天演论》背后的重要动因，然而其文化态度并不能被简单归纳为西化。在追求西方新知的同时，严复对中国传统学问也有深刻的认识。虽然当时他出于启蒙的需要竭力传播西学，但并不认为中西文化两者之间有优劣高下之分，也无意作出两者取一的简单选择。正如他自己（1975：11）所言："若所之论，举有与中国之理相抗，以并存于两者，而吾实未敢遽分其优劣也。"他为原著添加的注释和本土化解读，以及引证的中国传统古籍，不是单纯为了迎合读者，也并非只是用本土的思想观念去比附西学，而是将西方现代思想与中国传统智慧结合在一起的调适。这种希望融通中西学理的自觉，在严复《译〈天演论〉自序》中亦有说明："考道之士，以其所得于彼者，反以证诸吾古人之所传，乃澄清精莹，如寐初觉，其亲切有味，较之觇华为学者，万万有加焉。此真治异国语言文字者之至乐也。"（王栻，1986：1319）换言之，严复翻译背后的重要原因不只是为了向西方学习先进思想，更重要的一点在于他希望通过翻译了解西学，之后反观中学，并通过中西学理的会通达到"至乐"。只有理解了严复会通中西的文化态度，才能对他在翻译中添加的序跋、注释等副文本作出更加全面的评价。这些副文本并不只是出于引进西学的迫切需要，也不应该被仅仅看作译者用西方话语重释中国传统。作为译者，严复并不满足于只对西方学术思想本身的介绍，而是力图通过对西方思想的梳理，反思中国传统学术，在两者会通中寻找贯穿古今中外的普遍“义理”。

译者的文化态度是翻译研究中值得深入思考的一个课题。过去一般认为，译者工作在源语文化和目的语文化之间，必然对其中之一更为认同和看重。对于两者孰重孰轻的判断，在翻译实践中往往决定了译者会采取异化还是归化的翻译策略。随着文化和民族认同理论的发展，人们逐渐意识到文化或民族认同都并非简单的选择，而是相当复杂的多歧性建构。在研究“五四运动”时期中国知识分子文化态度的时候，有学者就提出中国思想界存在“诡谲歧异”的发展（张灏，1996：268）。这种复杂而吊诡的多歧性认同，是那个西学和传统相碰撞时代的特征，也是大多数工作在文化间域的译者必须时常面对的心理状态。

认识到译者文化态度是复杂的、动态建构而成的多元认同，为更好地分析和理解翻译过程的复杂性提供了重要视角，尤其对于理解译者的翻译策略提供了相当有价值的洞见。如上文所述，大多数研究都认为译者对源语文化或目的语文化的认同决定了译者选择异化还是归化的翻译策略。实际上异化和归化都只是相对的概念，在翻译实践中不可能存在完全的、绝对的归化与异化。译者文化态度的多歧性，为跳出二元对立的窠臼、更好地理解实际翻译中多种策略并存、交融的现象提供了独到的视角。

第三节　探究译事：行动者网络的启发

从译者的文化态度切入有助于深入而细致地对译者展开研究。但是翻译事件不仅涉及译者，还涉及更多的文化社会因素。对翻译事件的深度描写，有必要从社会学研究框架中寻求借鉴。近年来，社会学视阈下翻译研究得到显著发展，许多学者开始采用社会学的概念及框架，为翻译研究建构新的参照系，并借此更深入地探讨翻译活动的社会属性，采用社会学路径展开的翻译研究已成为当前国际翻译学研究热点之一（Angelelli，2012：125）。目前，翻译学者最多借用的社会学理论分别是布尔迪厄的社会实践论、卢曼的社会系统论，以及法国社会学家卡隆（Michel Callon）、拉图尔和英国社会学家劳（John Law）等人构建的行动者网络理论（Actor-Network Theory，简称ANT）。其中，布尔迪厄的理论在翻译研究中被广泛应用，研究成果丰硕，相较之下基于另外两种理论的翻译研究相对滞后。其中，行动者网络理论因其本身内容庞杂，某些关键概念定义含混，甚至有自相矛盾之处，在翻译研究中的运用还并不充分（汪宝荣，2017a：110）。针对这一注重宏观语境描述、忽视微观文本分析的倾向，可以尝试将行动者网络理论的概念、方法与翻译研究的本体相结合，采用以文献学研究方法为基础、活态史料采集及分析为辅助、以翻译过程的行动者追踪及网络建构为导向的"行动者网络翻译研究"（Actor-Network Translation Studies，简称 ANTS）。

一、转译与翻译的区分

行动者网络理论也被称为"转译社会学理论"（Sociology of Translation），"转译"的英文表述是 translation，由于术语的巧合，翻译研究在使用 ANT 的时候，也往往会重点关注关于转译的讨论。然而，有必要认识到的是，ANT 中所说的转译与翻译研究中的翻译虽有相通之处，但并不可同日而语（Chesterman，2006b：22）。

ANT 所说的转译源自法国哲学家塞尔（Michel Serres）的相关论述。除了对行动者网络理论的直接影响，德勒兹（Deleuze）和伽塔利（Guattari）在《千高原》（*A Thousand Plateaus*）一书中也曾多次引用塞尔的观点。虽然塞尔的学术分量早已得到公认，然而学术界对他的关注似乎并不充分。目前，塞尔的 48 本著作仅有一半左右有英译本，中文译介方面仅有 *Genese* 一书被译成中文。该书前后有两个译本，分别是蒲北溟翻译的《万物本原》（三联书店，1996 年）和蔡鸿滨翻译的《万物本原》（北京大学出版社，2012 年）。翻译学界对塞尔的讨论也不多。就目前掌握的资料来看，西方译学界贝尔曼（1984）、皮姆（Anthony Pym）（1992，2009）和克罗宁（Michael Cronin）（2000，2003）等人在研究中略有提及塞尔的早期作品。中国译学界仅有黄德先（2006：9）在介绍行动者网络的背景时，提到塞尔的观点："翻译等值的行为也是一种背叛的行为。"在《赫尔墨斯 III：翻译》（*Hermès III*: *La traduction*）一书中，塞尔将文本领域的转译（translation）、数学和逻辑领域的推理（deduction）、实验领域的归纳（induction），以及实践领域的生产（production）并列为产生知识的四种转化系统（system of transformation）（转引自 Guldin，2015：111）。但是塞尔讨论转译并没有局限于文本层面，更多在隐喻的层面，将不同学科之间知识的交流和转化，都视为转译。在塞尔的影响下，卡隆（1980：211）将转译的任务定义为："将原先不同的事物联系起来，在其中创造汇聚点（convergence）和共通性（homology）。"拉图尔认同卡隆的观点，认为转译就是异质行动者之间的利益共谋（Callon and Latour，1981），并进一步指出转译的过程中利益并非一成不变，而会发生转换，而这"同时意味着提供对这些利益的新解释并把人们引向不同的方向"（Latour，1987：117）。转译可以被看作一种"位移、漂流、创造、协调，以及两个领域间连接的建构。这种连接原本并不存在，但是一旦出现，原先的两个领域都会因之发生某种程度的改变。"（Latour，1999b：311）

过去几十年的发展中，翻译学反思忠实性传统的同时，开始益发重视翻译的创造性，这一点与 ANT 从关注转译中的汇聚点和共通性到后来强调位移、协调和创造相当一致。但是从本质上看，翻译研究中所说的“翻译”与行动者网络理论中的“转译”并不是一个层面的概念。后者旨在通过隐喻说明网络的联结方式，进而揭示社会的本体意义；而翻译研究主要以理解文本转换、制造、传播与接受为目的，关注的是文本转译的过程、作为文化实践翻译或翻译产品的译本。近年来，翻译学界引入社会学研究方法，将此类研究领域称为翻译社会学或社会翻译学。站在翻译学本位的立场上，王洪涛（2011：14）认为“社会翻译学”更适合作为翻译学一门分支学科的称谓。同样，鉴于学科本位的考虑，在将 ANT 运用在翻译研究中时，必须首先区分翻译研究中所说的翻译与 ANT 中所说的转译，切不可盲目生搬硬套。

翻译研究关注的无非是作为过程或者产品的翻译。前者涉及翻译选材、文本转换、译本生产、传播、接受，而后者则主要关注译本。翻译活动的展开涉及各种异质行动者的参与，类似于 ANT 所讨论的网络建构。而译本作为一种成品，更接近 ANT 所说的“黑箱”（black box）。作为一种“制造好了的科学”，黑箱往往被当做理所应当的知识不加质疑（Latour，2005：39），而 ANT 实验室研究的首要原则是“研究行动中的科学，而非既成的科学和技术；为此，我们必须在事实和机器被黑箱化之前到达，或者追踪重新开启黑箱的争议”（Latour，1987：258）。在译本研究中，翻译研究者也需要想方设法重新开启黑箱，尽可能还原翻译的决策现场，重现文本转译过程中的细枝末节。要探究翻译的宏观背景及微观决策，可以尝试借用 ANT 中行动者、网络这两个重要概念。

二、行动者和网络

对于行动者网络理论这一表述，拉图尔（2005：9）先后有过不同的态度，他甚至设想了不同名称，如转译社会学、行为者活动本体论（actant-rhyzome ontology）或创新社会学（sociology of innovation），但最终还是认为ANT比其他名称更合适，因为这个表述规避了一个先在的社会维度，凸显了行动者、网络这两个关键概念。

ANT对于行动者这一概念最重要的革新，在于强调其异质性、能动性及不确定性。首先，ANT视角下的行动者是一个广义的概念，既可以指人，也可以指非人的力量。这一广义的行动者概念，取消了人与非人行动者的区别和对立，拒绝传统社会学研究中主客体的二元区分，体现了ANT一贯坚持的“广义对称性”（general symmetry）原则。其次，ANT所说的行动者具备能动性，但这一能动性不是一般意义上的主体性，而是指行动者可以“在其他行动者的驱使之下从事行动”（同上：46）。为了强调行动者的能动性，拉图尔引入了中介者（intermediary）与转义者（mediator）的区分，前者“不加改变地转运（transport）意义或力量，定义其输入也就定义其输出”，而转义者则会“改变、转译、扭曲和修改他们所承担的意义或元素”（同上：39）。ANT中所说的行动者就是转义者。另外，不以主体意向定义行动者，也意味着行动起源的不确定性，因此研究者需要在观察过程中不断解释有哪些行动者，行动者的行动是什么。

将ANT中行动者的概念引入翻译研究，就必须考虑到以上所说的异质性、能动性和不确定性这三个特征。首先，要暂时搁置先在的社会范畴，而把研究的起点放在更基础的、在操作意义上参与翻译活动的行动者身上。这些行动者不但包括传统翻译研究所关注的原作者、译者及读者（许钧，2003：10），还包括评论家、赞助人、翻译项目的管理者等其他人类行动者，以及译本、出版社、翻译公司、参考资料、翻译记忆软件、光纤光缆网络等非人行动者。这些人、机构、技术或人工物都有可能是翻译网络中的转义者，作为网络上的一个节点，“每个节点都可以成为分支、事件或新的转译源头”（Latour，2005：128）。换言之，这些转义者都对翻译事件的走向和变化有所影响。行动者的行动和相互关联就形成了 ANT 所说的“网络”（network）。和通常所认识的技术化、结构化的网络不一样，在行动者网络理论中网络是一个动态的、生成的、由一系列行动组成的概念。拉图尔（同上：132）将网络视为概念，而非外在事物，将其视为描述工具，而非描述对象。他（同上：143）甚至认为：“worknet 也许是比 network 更加合适的术语，因为前者才是我们理解后者的方式，才能凸显网络中的工作、运动、流动和变化。”翻译活动也可以被看作一个不断变化和更新的工作网络。过去几十年翻译学的发展让学界对这个网络的认识不断加深，从原文和译作的关联，拓展到对作者、译者、读者和更大范围内其他政治、经济、文化、诗学等元素相互关系的考虑。从 ANT 的角度来看，翻译活动中的异质行动者共同造就了翻译实践，而这个网络中的任何一个部分都不能单独决定整体的形态，因此研究者需要尽可能尊重行动者的多样性，充分追踪行动者活动所留下的痕迹，描述行动者及其相互关联，以期对翻译网络有更为完整的把握。

三、行动者网络翻译研究的方法

2018 年 9 月 28 日，在上海举办的“中国现当代文学在海外的译介与接受”国际研讨会上，来自美国的石江山（Jonathan Stalling）教授在主旨发言中提出行动者网络翻译研究这一概念。他从 ANT 中得到启发，指出目前称为“翻译”的活动并不局限于译者承担的文本的语际转换，而是涉及不同的代理人、机构等异质行动者，并已经形成相对稳定的网络运行机制。因此，他认为翻译研究有必要开展文献学研究，还原翻译事件的发生现场，寻找翻译网络建构的历史证据。他还在会上指出：“ANTS 要从档案开始，收集、整理、公开并最终使用档案，呈现翻译如何在特定的、历史的行动者网络中得以产生。”石江山对于收集、保存与翻译相关的史料有着异乎寻常的热心，这在很大程度上也对应了 ANT 对文本铭写（inscription）的态度。他在俄克拉何马大学创办了“中国文学翻译档案库”（Chinese Literature Translation Archive），目前已经建立了葛浩文、顾彬以及阿瑟·韦利的相关档案，其中收录了这些译者的手稿、日记、与友人或编辑谈论翻译的信件、翻译中曾经使用过的参考书、与翻译相关的评论文章等（转引自许诗焱，2016）。这些资料既可以将翻译行为历史化，也能够从文本转换的微观层面，展现译者逐步修改形成译文的过程。这一档案库的建立无疑为希望开展 ANTS 的研究者提供了相当的便利。如果 ANTS 的研究方法得到认可，就有可能看到更多类似翻译档案库的建立，不但有关于著名翻译家的，也会有以作家、出版社、研究机构、特定国别、时代等不同节点为归档标准的文献档案库。在大数据背景下，这些文献之间亦可以通过相互联系而形成更为充分的数据资源，提供对翻译活动更为全面的描述。

在拉图尔的实验室研究中，他（Latour and Woolgar，1979：52）发现“对于一个观察者来说，实验室首先就呈现为一个书面铭写的系统”。事实上，追溯文献一直以来都是 ANT 研究中最为基础而重要的方法，ANT 发展过程中的关键著作几乎都以对相关文献的追踪和解释为基础。原本深嵌于实验室空间中的知识与物体，转化为表格、数字、图表等文本形式之后，便成为一种“不变的流动体”（immutable mobile），从而实现跨时空的网络建构。ANT 的实验室研究对书写、铭写、记录、痕迹等概念都极为重视，因为这些记录的产生及相关记录技术的发展，恰是现代科学发展之基础。在研究中依靠文献收集和记录，在文献脉络中呈现各种竞争的说法，尽可能客观呈现网络建构过程的做法，也完全可以运用到翻译研究中，帮助理解翻译网络的建构和运行机制。

最早将行动者网络介绍到国内译界的黄德先（2006：10）指出：“行动者网络理论为翻译研究提供了一种新的研究方法，那就是跟随译者。”“跟随译者”这一提法，很可能受到拉图尔（1987）“跟随科学家和工程师”的口号启发。拉图尔（同上：145）甚至还使用了比“跟随”（follow）更为贴身的说法“如影随形”（shadow），强调紧密跟随观察科学家，观察他们在实验室内外的行动，考察科学知识的构建过程。“跟随译者”和“跟随科学家”的确有方法论上的相似之处，这两种做法都着眼于研究形成中的知识，而非既定的知识，而且对现有知识都持有怀疑论的观点。黄德先（2006：10）建议跟随译者参与整个翻译过程，目的在于避免“说做难题”（say-do problem），即译者事后的说法和实际发生情况不相符合，也避免错过译者忽视的重要信息。拉图尔（Latour and Woolgar，1979：28）同样也对传统科学观中科学家的话语持怀疑论观点，认为“科学家的称述不仅给历史解释带来了问题，而且系统地掩盖了引发他们研究报告的活动的本质”。因此，跟随译者也好，跟随科学家也好，都只是开展研究的一个步骤。译者或科学家并非至高无上的信息来源，而是将研究者带入翻译或科学发现现场的领路人。拉图尔（同上：39）找到了这样的一个领路人，才得以进入萨克研究所（Salk Institute）开展实地研究。但是即便是进入了科学生产现场，拉图尔（1987：146）依然发现在研究中跟随的向导往往是无法确定的，研究者也“可能需要同时追踪不同的线索和路径”。换言之，ANT 实验室研究的重点其实并不在于跟随谁，而在于要想方设法进入实验室，充分运用人类学田野研究方法，如实记录所见所闻，依靠各种文献、档案、图表来追踪异质行动者和他们相互关联的轨迹，从而对相关知识的生产过程有所把握。

在翻译研究中如果采用 ANT 提倡的人类学实地研究（field research）方案，一种方法是常驻某翻译公司，观察记录译者在该公司工作的日常细节。芬兰坦佩雷大学的阿卜杜拉（Kristiina Abdallah）（2012）利用自己对翻译公司译员的贴身观察以及访谈，探讨翻译质量和伦理的相关问题，就属于这一类的研究。但这样的研究机会并不多见，而且多数译者并非专门供职于某个翻译公司的专职翻译，而是利用业余时间在家中、私人工作室等相当私密的环境中完成工作，研究者想要采用拉图尔“跟随科学家”的研究方式跟随译者并从头至尾去观察其工作几乎不太可能。上海译文出版社编辑李洁曾说，每个编辑手里都有一批自己的译者资源，但几乎所有的译者都在做兼职，在公司上班、在学校上课之余利用闲暇时间进行翻译。李洁甚至认为专业的翻译是不存在的。但是，如果意识到跟随译者只是一种切身介入知识生产现场的方式，就会明白研究者最重要的任务是文献的收集、记录与整理。除了译者之外，译著、手稿、信函、访谈、翻译出版计划、合同都可能是翻译网络中的转义者，也都可以成为研究者追踪网络建构的源头。充分的文献收集和整理有助于研究者了解翻译过程中的行动者及其之间的关联，新文献的发现往往也意味着新行动者之发现，以及对整体翻译网络的重新理解。例如博吉奇（Anna Bogic）（2010）在研究波伏娃《第二性》英文译本的时候，就借助了史密斯学院档案馆（Smith College Archives）收藏的译者和出版商之间的通信，发现了诺普夫书局在《第二性》英文翻译的历史网络的作用。

文献学研究的方法亦可打通翻译过程和产品之间的区隔。毕竟，作为翻译产品的译本必然是翻译网络中一个重要的转义者。通过译本，研究者一般可以了解到原作、原作作者、译者、出版商、出版时间等基本信息，而顺着这些线索追踪每一个节点，又可以追问更多信息。例如，从原作出发，可以追踪出版商、版本、其他译本、评论家等相关信息；从原作作者出发，可以追踪作者的其他作品、社会身份、文化资本等相关信息；从译者出发，可以追踪译者其他译作、社会身份、文化资本等相关信息；从出版商出发，可以追踪出版商的定位、出版协议、合同、出版计划等文献信息；从出版时间出发，可以追踪特定时代的诗学传统、意识形态、政治风向等。而以上追踪所得都有可能成为一个个新的节点，带出更多的转义者，进一步丰富对翻译过程网络的理解。

同时，译本作为制造好了的翻译，也是需要研究者设法开启的黑箱。从原文的输入、解码到译文的重构、输出，这一过程到底发生了什么，长期以来都是翻译研究的难点。认知翻译学研究者认为，对翻译过程的研究就需要对译者的大脑活动进行认知研究。他们主张采用现代测试工具，如眼动跟踪技术、脑电图仪、磁共振成像及事件相关电位等心理测试工具，在科学实证的基础之上去发现译者大脑中的活动（Halverson，2010；O'Brien，2011）。这些实证方法实际上也可以被看作"跟随译者"的做法，而且比拉图尔贴身跟随科学家的做法更为激进。研究者希望直接跟随译者的大脑活动，记录他们在语际转换中发生了什么。这一做法目前的成果主要体现为对翻译过程中范畴化与词语对等、突显原则和原型理论、隐喻转喻、参照点、翻译的构式单位等议题的探究（王寅，2012：17）。充分利用高科技测试工具是介入翻译活动现场的一种方式，但其入侵性（invasiveness）也限制了其适用的范围。毕竟，并不是所有的译者都愿意在工作中带上各种仪器接受实时监控。因此，文献学的史料收集依然可以成为翻译策略研究的首选。译者的手稿、修改记录，与编辑、读者、作者、朋友等人有关该翻译的通信，日记，译本的前言、后序、译者的回忆录等相关文献，都可以成为带领研究者回到译者工作现场，重启译本这个黑箱的契机。例如，汪宝荣（2014a）在研究葛浩文对于《红高粱》翻译的时候，利用译者相关译论、回忆记录和访谈材料，佐证文本对比分析，进而得出译者翻译策略的相关结论，整体过程颇具说服力。

另外这种以文献为本的追踪方式，在当代作品翻译研究中，还可以延伸为活态史料收集的方法。研究者在现有文献不充分的情况下，可以创造条件切身介入翻译网络，建立和网络中其他转义者直接的沟通和联系，通过对译者、作者、编辑、读者等人的相关访谈、通信或问卷调查，就文本的语码转换、修改乃至校对过程发生的事件，开展细枝末节的追踪和调查。琼斯（F.R. Jones）（2009）关于1992—1995年战争以来波斯尼亚作家诗歌英译的研究，就是基于对网络译本和印刷译本的网络调查而开展的。再如，安敏轩（Nick Admussen）翻译的哑石诗集 *Floral Mutter* 于2018年8月出版，其中有一首诗《满月之夜》（*Full Moon Night*）最初曾刊登在2015年《新英格兰评论》（*New England Review*）上，其中有一句翻译是这样的：

> 而树枝阴影由窗口潜入　清脆地
> 使我珍爱的橡木书桌一点点炸裂
> And shadows of branches steal in through the window　the oak desk
> that's so fragile I am forced to love it has exploded just a little bit

对比原文可知，在安敏轩的译诗中，重点变成了 the oak desk（橡木书桌），fragile（清脆/脆弱）用以形容书桌，并成为 I am forced to love it（不得不珍爱它）的理由。在2017年4月举办的“域外花开：中国当代诗歌的西行漫游”活动中，本书作者与译者讨论了此处误译，译者由此回忆起个人经历及其对这句译诗的影响。后来，译者又与原诗作者哑石通信讨论，哑石认为无需纠结于特定的物象，在感受的诗意质地上，这两句“误译”并没有偏离原文，但译者始终觉得应该忠实于原文，坚持修改译文。关于这两行诗的翻译问题，安敏轩后来还写了一篇译者札记 *Errata*（《勘误》）（2017）。从初版的译诗，到译者与研究者的对谈，到译者与作者的通信，到译者札记，再到这首诗的修改再版，翻译的决策过程中有不同行动者的参与和相互作用。唯有跳出误译定论的黑箱，重新审视传统的、作为个人的译者观念（Risku and Dickinson，2009），探究翻译决策的缘由与过程，才能够对这两行诗句文本转译得出更为公允的解读。

总体而言，行动者网络翻译研究是一种从 ANT 中得到启发而形成的翻译研究方法。ANT 反复强调，行动者网络理论虽然冠之以理论之名，但“这绝不是一种社会理论，更不是为了要解释社会对行动者施压的原因，而是一种粗糙的方法（a crude method）”，这种方法就是“向行动者学习，而不是给他们强加关于他们世界建构能力的先验定义”（Latour，1999a：20）。相较之下，行动者网络翻译研究也可以被视为一种粗糙的，甚至略显笨拙的翻译学研究方法。翻译研究者首先要明确区分 ANT 中所说的“转译”与翻译研究中的“翻译”。为此，ANTS 的表述——Actor-Network Translation Studies——明确点明“翻译研究”（Translation Studies）的本体，并冠之以“行动者”“网络”这两个研究关键词。ANTS 融入了 ANT 对行动者异质性、能动性、不确定性的界定，以及对一种去中心化的、动态的网络形态的构想，承认翻译活动是众多行动者（包括人和非人）共同协作、协商、说服而完成的一项网络构建工作。如果说，ANT 的简称恰与蚂蚁（ant）同形，暗合了拉图尔心目中专注寻找联结的蛛丝马迹的追踪者，ANTS 的简称则与蚂蚁一词的复数形式相同，恰好暗示研究中应该要将更多的行动者纳入考察范围。尤具挑战的是，研究者必须将人类行动者在本体论上的先在性暂时搁置，不试图揣度行动者的主体意向，而要加倍留意行动者之间的关联。曾经在翻译过程中保持缄默的对象或客体，也可能是对翻译网络建构发生影响的转义者，只要有充分相关的文献证据来表明其转义者的身份，它们就应该成为研究追踪的对象。因此，文献的收集整理以及由此衍生的活态史料收集是 ANTS 最为基础也最为关键的步骤。

在研究中，ANTS 以文献学研究方法为基础、活态史料采集及分析为辅助，旨在追踪翻译活动中各个异质行动者的行为和动态关联，从而更好理解宏观翻译过程与微观翻译策略。目前，采用行动者网络理论视角开展的翻译研究，大多重点讨论翻译的生产和传播过程

（Buzelin，2006；Jones，2009；Kung，2010；Abdallah，2012；汪宝荣，2014b；王岫庐，2017）。翻译活动涉及作者、译者、出版商、评论家、读者等人类行动者，也涉及文本、书籍、文化产品、技术、观念等非人类行动者，翻译的生产和传播的过程其实就是复杂的异质行动者联结而成翻译网络的过程，采用行动者网络理论对这一整体过程进行研究是相当合适的。然而，对于翻译中文本的语际转换过程、译者翻译策略的选择过程等微观层面的研究，行动者网络理论的解释力尚未得到充分发挥。这一注重宏观语境描述、忽视微观文本分析的倾向，也是采用社会学路径开展翻译研究比较容易出现的问题。王洪涛（2016：10）指出："无论是从学科性质、考察对象来看，还是从其所主要使用的研究方法来看，社会翻译学都是一种综合性研究。"既要关注翻译活动背后的宏观社会文化因素，也应关心文本转换中出现的微观语言问题。

最后也必须看到，在强调全面收集文献、追踪行动者的同时，文献始终是不可能穷尽的，再深入的研究也不可能将实践所有的细枝末节都呈现出来。ANT 在实际研究中借鉴了人类学研究田野调查中的"独特适当性"（unique adequacy）原则，强调研究需要"去描述，去关注具体事件，去找到对特定情境的独特适当的叙述"（Latour，2005：144）。同样，ANTS 的研究者能够做的就是，在特定的研究情境中尽可能发微探幽，广泛、真实而细致地考察翻译网络的形态，形成对特定翻译活动独特而适当的理解。

第四节　行间的深意：以《莎乐美》为例

王尔德（Oscar Wilde）的独幕悲剧《莎乐美》（*Salomé*）取材于《圣经》中莎乐美为希律王跳舞换得施洗者约翰头颅的情节，但却颠覆了这个故事在基督教传统文化中的意义，重塑了一个邪魅、反叛而又绝对自我中心的莎乐美形象。这一作品在“五四”时期被翻译成中文，引起当时许多中国作家的关注，1921 年田汉翻译的《莎乐美》在《少年中国》第 2 卷第 9 期上发表[①]，其译本一直被公认为该剧众多中译本当中流传最广的，也是研究该剧时人们最常引用的蓝本（吴学平，2003）。本节就以对田汉译剧《莎乐美》的研究为例，从译者的文化态度和翻译的网络建构两个方面，展示深度描写的翻译研究方法和路径。

一、《莎乐美》的翻译始末

王尔德的悲剧《莎乐美》最初是用法语写成的。王尔德的母语是英语，法语是他的第二语言，但他一直热爱法国和她的语言文字。一方面出于好奇和体验新事物的愿望，另一方面也因为王尔德认为法语最能淋漓尽致地表现音韵之美，所以他决定用法语来创作酝酿已久的《莎乐美》（转引自 Hesketh，1946：85）。1893 年 2 月，法文版的《莎乐美》在巴黎和伦敦出版后引起了各种强烈争议[②]。后来王尔德的同性恋人道格拉斯（Alfred Douglas）将该剧翻译成英文，但二人之间就翻译问题曾有不少意见相左的地方[③]。虽然道格拉斯的名字没有正式出现在英文版的封面上，但扉页上还是可以看到如下文字：To my friend Lord Alfred Bruce Douglas as the translator of my play。英文版

① 田汉初版采用了“沙乐美”的译名，后再版时常被改为“莎乐美”，本书沿用该剧后来通行的汉译名。

② 《泰晤士报》评价它血腥、病态、古怪、令人作呕，且猥亵《圣经》。与此相反，英国评论家阿彻（William Archer）盛赞《莎乐美》，将其比作油彩渲染出的画面，层次分明且瑰丽，具备所有伟大历史画卷的质量。除了老套和陈腐之外，《莎乐美》还被有些评论家认为语言过于简单。例如兰塞姆（Arthur Ransome）就批评剧中对话近乎儿语，只能用短句、直白的肯定或者否定来表达（Tanitch，1999）。

③ 道格拉斯认为自己像机器一样完成了艰苦的翻译工作，却不能获得肯定。王尔德认为《莎乐美》的意境与精华必须拥有诗人气质与才华方可把握，而道格拉斯的才能不足以胜任翻译的重任（Wilde，1905）。

出版的时候配上了比尔兹利（Aubrey Beardsley）著名的黑白插图，这些插图线条流畅优美，画风颓废诡异，因与王尔德作品在精神气质上的高度吻合而受到众多读者的喜爱。

据说完成该剧之后，王尔德将它寄给了自己的好朋友、当时伦敦的知名女演员贝纳尔（Sarah Bernhardt）。贝纳尔准备排演此剧并亲自出演莎乐美一角，却因为剧中涉及圣经人物而无法通过审查，没有能够获得演出许可。搁置了多年之后，《莎乐美》终于 1896 年在巴黎完成首演，给当时关在狱中的王尔德送去最后的慰藉。《莎乐美》最初的演出并不算成功，《泰晤士报》《每日电讯报》等主流媒体甚至认为《莎乐美》唯一可取之处是其尚具文学色彩，但对话过于冗长、毫无戏剧性，因此只适于学习阅读使用，并不适合登台表演。但随着时间的推移，它为越来越多的观众所接受，尤其在 1905 年作曲家施特劳斯（Richard Strauss）根据该剧创作同名歌剧并大获成功之后，该剧就一直是世界戏剧舞台上最为活跃的作品之一，不但演出从未中断，还曾被改编为电影登上银幕。

《莎乐美》在“五四”时期被翻译成中文，引起当时许多中国作家的关注，王尔德所特有的颓废而唯美的风格也随之在中国文坛和戏剧界产生了深远的影响（田本相，1993；胡志毅，2009）。1921 年，田汉翻译的《莎乐美》在《少年中国》第 2 卷第 9 期上发表，译文前配有郭沫若的序诗《蜜桑索罗普之夜歌》①，诗歌副题为“此诗呈 Salomé 之作者与寿昌”。1923 年 1 月中华书局出版了田汉译本的单行本（出版时配有英文版中比尔兹利的插图），1930 年 3 月五版，1939

① 密桑索罗普是 Misanthrope 的音译，意思是“恨世者”。莫里哀曾写过一部五部诗体喜剧，名字也是《密桑索罗普》，其男主人公愤世嫉俗，却又因为爱情不能自拔，陷于恨与爱的矛盾中。郭沫若的《密桑索罗普之夜歌》中的莎乐美身披白孔雀羽衣伫立于象牙舟上，在前方明月指引下前行，宁做堕落的星辰，也不愿于黑暗海底偷生，同样表达了一种爱恨交织的情绪。

年重印第七版（邹振环，1996：312）。

田汉于1916年至1922年在日本留学，在此期间完成了《莎乐美》的翻译。这段时期恰巧是日本唯美主义大行其道的大正时代，戏剧方面正值岛村抱月和女优松井须磨子艺术生涯的鼎盛期。岛村和松井所在的艺术座（芸术座）是将《莎乐美》搬上日本舞台的首个新剧团，松井须磨子当时被誉为“无论是相貌还是个性都是莎乐美的最佳人选”（本间久雄，1914：53）。根据日本学者井村君江（1990：150—153）的资料，从1912年到1926年，日本曾掀起“莎乐美热”，几乎年年都有该剧上演。田汉翻译《莎乐美》前后，应该观看过这部作品的演出（董健，1996：177）。根据现有文献，尚不知道田汉是根据何种语言版本的《莎乐美》进行翻译，但是道格拉斯英译版省略了法文版女主人公最后的独白句：“Il ne faut regarder que l'amour”，而田汉译本中这句话被翻译了出来——“除了爱我们什么都不必管呀”；据此判断，田汉翻译有可能也参考了法文原本①，或根据法文原本翻译的日文版本。

除了剧本翻译之外，中国“五四”新文化人也很早就看到了《莎乐美》一剧在西方舞台上的艺术价值。赵英若（1919）曾将王尔德称为“英国之鬼才也”，又评价“Salomé一篇为19世纪后半所最可注目者，是篇亦最有名剧作之一也……欧洲诸国之剧坛，未有不上演之者也。而其所贡献于剧坛之布置者，盖亦甚多也。”田汉在翻译这部剧作的时候，已经和郭沫若谈到计划将该剧搬上中国舞台（董健，1996：161—163）。由于各方面的因素，田汉的这个愿望推迟了将近十年才得以实现。1929年7月，在田汉的带领下，南国社公演了《莎乐美》，正如田汉（1983b：340）1930年在《我们的自己批判》一文

① 据记载，田汉当时在东京高等师范学校英文系学习，同时兼修法文（张向华，1992：53）。

中曾对此感慨:"这充满着美丽的官能描写，和音乐似的诗底怪异而眩惑的交响乐在欧美各国曾演过几百次。但在中国这恐怕是第一次的尝试吧。"这次大胆的尝试在当时引起了相当轰动的反响，第一天在南京上演时剧场爆满，以至于第二天再次演出时，南国社不得不调高票价（从六角到一元）以限制入场观众数量。后来这一做法还引起了尖锐的批评，认为南国社违背了走进民众的初衷，用过高的票价把民众的范围局限在"老爷、少爷、少奶奶、小姐"，因为"如果没有一元钱，便不能欣赏民众的艺术，没有一元钱不是民众，而是贫民"（同上：345）。此外，也有批评意见认为《莎乐美》这样唯美派的作品过于强调肉欲，不适合当时的中国国情（梁实秋，1929）。对此，田汉（1930）的回应是：

> 特别的是为着《莎乐美》，我们在短时间与贫乏的经济状态中所费的气力颇多。演这戏的动机，并不是因为她于我国现时客观的环境有什么必要。而是因为当时人材所聚恰够演这个戏。俞珊女士的莎乐美，陈凝秋君的约翰，金德麟君的叙利亚少年，万籁天兄的希律王，是颇不容易集合的这么巧的。我当时想这样的巧事是应该使他实现一下，何况中国剧坛过于荒凉，这样美丽的花栽上一朵，也许还有些功利的效果。

显然，田汉明确看到《莎乐美》的上演并不一定直接迎合了当时中国社会的客观需要，即便有些许功利价值，也主要体现在对美的追求和张扬。应该说《莎乐美》在田汉心中是一个艺术梦想，从1921年初载于《少年中国》杂志第2卷第9期的田汉译剧，到1929年顶着巨大压力率领众多艺术同仁将该剧第一次搬上中国舞台，他终于完成了对这部自己最为倾心的唯美主义戏剧的翻译。以上是对田汉译剧始末的大致勾勒，或者说是一种"浅描"的介绍。下文将从译者的文化态度和翻译的网络建构两个方面，对田汉所采用的翻译策略和翻译过程进行更详细的深度描写。

二、从译者惯习看田汉的文化态度和翻译策略

在描述翻译学的发展中，随着以源文为中心、以文字层面的忠实对应为指向的传统被打破，一度处于隐形的、被遮蔽状态的译者在翻译过程中所发挥的作用开始得到更多关注。如果将翻译看作发生在特定历史背景中的文化事件，背后存在纷繁复杂的社会因素和权力机制，那么译者则是这些社会因素或权力机制作用于翻译的直接渠道。作为翻译过程中最直接的参与者和决策者，译者不但能够在语言层面对源文进行艺术再创造，也可以通过文本选择、意义阐释、选取特定的翻译策略、为译本添加序跋等其他多种手段，实现对源文的改写和操纵。目前针对译者主体性，中外译学界已经展开了不少深入的理论探讨和案例研究。译者个人的生活经验、语言能力、政治立场、审美倾向、文化态度等种种因素，都有可能对翻译活动，乃至译语文化产生影响。

在此借用布尔迪厄文化实践理论中“惯习”这一概念，探究田汉的生活轨迹及其相应的译者惯习，并思考这一译者惯习对其翻译《莎乐美》一剧中所体现的相关策略选择的影响。在布尔迪厄（1977：214）看来，惯习可以被定义为一个“定势”（disposition）系统，“它首先表达的是一种组织化行为的结果，与结构意义接近；它也指一种存在方式，一种习惯性的状态（尤其是身体的状态），特别是一种嗜好、爱好、秉性、倾向”。也就是说，惯习一方面体现为早期社会化经验被内化而对实践产生的限制，另一方面也对应为早期社会化经验在行为者身上留下的、促使其实践的种种能力。西梅奥尼（Daniel Simeoni）是最早提出“译者惯习”（translator’s habitus）这一概念的学者。他（1998：21—22）将惯习与描述翻译学中的规范相比较，

提出与后者的规定性相比，前者同时具备建构和被结构化的双重功能，译者惯习贯穿翻译行为始终，影响翻译行为，并重构译者的社会轨迹。西梅奥尼（同上：1—6）还反思了译者惯习与译者的顺从行为的内化（internalisation of a submissive behaviour）、翻译行为次要性（secondariness）、译者社会地位等现象之间的关系。后来也有学者进一步讨论了译者惯习与翻译策略之间的关系。古安维克（Jean-Marc Gouanvic）（2005：157—158）指出，译者对翻译策略的选择和决定，并非一定是为迎合或打破规范的有意举措，而是通过译者惯习以及在文化碰撞场域中存在的其他行为者的惯习得以实现。

虽然可以将译者惯习看作与他们的翻译行为直接相关的概念，然而更需要将译者惯习放在更广泛的场域以及译者的社会轨迹中去理解，也就是要从早期社会化经验的角度，思考译者一系列内化的行为定势。《莎乐美》是田汉的首部翻译作品，为了对他所采用的翻译策略有恰切的理解和解释，首先需要从田汉的社会轨迹出发，思考其译者惯习的形成以及对翻译的影响。

1898 年 3 月 12 日，田汉出生在湖南长沙东乡花果园田家塅茅坪。长沙是楚文化积聚沉淀的中心。清朝康熙年间编写的《长沙县志》（转引自何佳乐，2012：8）曾详细描述了当地自然环境和文化氛围：

> 长沙，三楚一大都会也。衡岳峙其南，洞庭汇其北，湘水映带左右。郡邑大夫所坐对披览者，神禹蝌蚪之文，北海崚嶒之笔，屈原、贾谊著庙廊之精忠，南轩、考亭辟理学之堂奥，皆足以开扩心胸、震荡耳目者矣。昔司马子长浮湘登岳而文章日进；杜少陵乐湖南清绝之地题咏至百余首，后人每向往之。

就是在这样一片具有深厚文化积淀的土地上，田汉度过了他的童年。虽然当时社会正处风起云涌的维新变法时期，然而地处沅湘之间的乡村生活依然悠闲平静。楚地山乡敬神习巫风气浓重，重视歌舞祭祀之礼，其间不乏中国传统戏剧艺术的胚芽。田汉（1955：501）曾说，自己对戏剧的热爱就是从幼时在家乡看戏开始的。乡民们遇到年节吉庆或者求神还愿的日子，会请戏班子来唱戏，也有自发组织的花鼓戏表演。田汉自小家庭中就有浓厚的戏剧氛围，他的外祖父平日就喜欢自哼自唱，在六十大寿的时候曾对贺客们唱《八仙庆寿》；舅父易梅园也喜欢唱戏，还教田汉唱过《马嵬驿》；八叔还曾登台扮演过《武松杀嫂》中的潘金莲。幼时的田汉还常在龙灯表演、皮影戏、花鼓戏中流连忘返，深受浓重的民俗戏剧的熏陶（董健，1996：42—43）。

1910 年至 1916 年，田汉先后在长沙选升学校、修业中学和长沙师范学校求学。这段时间他和其他热血青年一样感受到国家危难时局，受到进步思想的影响，进而参加学生军、创作表现革命故事的戏剧习作《新教子》《新桃花扇》。1916 年，经长沙师范学校校长徐特立推荐、由舅父易梅园资助，18 岁的田汉东渡日本求学，在日本留学期间对现代话剧产生了浓厚的兴趣，《莎乐美》是他翻译的首部戏剧作品。关于自己最初走上戏剧之路的经历，田汉（1983a：139）曾这样说：

> 到东京后适逢着岛村抱月和名女优松井须磨子的艺术座运动的盛期，上山草人与山川浦路的近代剧协会也活动甚多，再加上由五四运动引起的新文学运动的大潮复澎湃于国内外，我才开始真正的戏剧文学的研究。

由此可见，田汉对于戏剧的兴趣一开始来自于两方面：一是日本的演剧运动，二是国内当时热火朝天的新文化运动。“一战”后日本社会繁荣，新剧兴起，俨然成为东亚地区的文化中心，世界最新文艺思想都在此传播繁衍，其中以王尔德为代表的唯美主义正大行其道。田汉这里提到的岛村抱月和松井须磨子的艺术座，正是首个将《莎乐美》搬演到日本舞台的剧团，该剧从 1912 年到 1925 年期间在日本就上演了 127 场。在日本的观剧体验让《莎乐美》以最直接的方式走进田汉的视野，而他之所以选择《莎乐美》作为自己第一部翻译作品，除了一直以来对戏剧的热爱，更重要的一点还在于精神上感受到与王尔德唯美颓废气质的契合。田汉幼年的乡间生活、耳濡目染极具浪漫风格的楚地民俗和戏剧，都在潜移默化中熏陶了田汉浪漫唯美的性格。田汉曾在《梅雨》一诗中，一口气列举了别人对自己性格的二十多种评价，其中便有“只读得书”“弱点极多”“习气很重”“多情多虑”“志大才疏”“多南国哀思”等。这些评价中不难窥田汉个性中唯美、浪漫、理想主义、伤感的种子。带着浪漫多情的南国诗人气质，田汉被王尔德这部描写爱欲生死的唯美之作深深打动，决定翻译此剧并一直念念不忘，最终将此剧首次展示于中国的舞台。

对田汉个性和情性的分析，有助于理解他选择《莎乐美》作为自己第一部翻译作品的原因。而在翻译过程中，在文本层面所采用的翻译策略则可以从田汉在其生活和教育轨迹中形成的文化态度出发进行思考。文化态度是一个相当复杂的概念，其中交织着一个民族文化的客观现实以及个体对这一现实的主观认定（王东风，2000：4）。这里探讨的田汉作为译者的惯习，侧重的正是后者，即田汉个体主观认识层面上的文化态度。

田汉自幼熟读四书五经，也看《西厢记》《红楼梦》等文学作品，在南社诗人舅父易梅园的教育和熏陶下，醉心古典诗词和戏曲，在中国文学艺术的传统中受过很深的濡染（张向华，1992：7—26）。即便后来去了日本，接触了形形色色的西方文艺思潮之后，田汉依然没有改变之前对中国传统文化的热爱。1919 年致好友左舜生的信中，他（1998a：6）还提到自己正在读关于中国哲学史的书，要“一步一步地去理解中国思想，同时去整理中国思想”，并且说与舜生“将来关于读中国古书当有许多商榷”。另一方面，对于传统的珍视并没有妨碍田汉在日本期间接触西方许多哲学、文艺思潮与理论主张，他对西方文化倾注了极大的兴趣。单就文学和戏剧而言，“他喜欢并熟读过的外国作家，从浪漫主义到现实主义，从传统流派到现代主义各流派，可以列出一长串的名单”（董健，1996：885）。带着这种开放的心态，田汉不仅乐于接受西方文化，而且对其中的某些观点和主张服膺有加。他尤其广泛涉猎了日本唯美主义代表作家厨川白村、谷崎润一郎等人的作品，并“像许多日本的文学青年一样爱诵波德莱尔、爱伦·坡、魏尔伦一流的作品”（田汉，1932）。在凭着自己的性情广采博收的同时，田汉也对中国文化进行了深刻的反思。他（1922：95—96）在日记中写道：

> 我一回顾中国之文坛及它的艺术界，真感痛无他。国内新者才有萌芽，旧势力又次第恢复，同时似是而非的新者，又混新者之珠，授旧者以柄，弄成现在这样一个混沌状态。岂止与两欧文界之距离相隔甚远，即欲赶到日本的现文坛，已非易事。国民武力不足以胜人不足为耻，独四千年来，夸示世界的文化力，竟颓败拙劣，一至如此。吾人不当引为二十一条以上之奇耻，而思所以雪之耶？

显然，田汉清醒认识到当时中国文化落后、混沌的状况，对真正意义上文学革新的诉求是十分诚挚而迫切的。从整体上看，20世纪20年代初的田汉是一个深受新文化运动革新精神和现代意识影响的、昂扬进取的青年，同时也是一个国学根基深厚而又珍视传统的新文化人。在中西文化的碰撞之间，他所持的心理态度和思维方式既不同于顽固守旧的文化保守主义，也与当时某些革新派学者全盘否定中国传统文化的偏激立场不甚相同。更恰切的说法应当是，20 世纪 20 年代初的田汉对中国传统文化依然心存敬意，对“五四”反传统思潮怀抱反省，但同时也认识到当时的中国与西方之间的差距，并希望从西方寻求复兴的动力。

在目前的研究中，已经大致从家庭和教育背景——这两点正是布尔迪厄所强调的形成惯习的最重要力量——对田汉的个性、情性、文化态度进行了介绍。从译者惯习的角度而言，译者在翻译行为中所持的文化态度也是一种被结构化的、具备建构性的结构（structured structure functioning as structuring structure）。说它是被结构化的，就是强调译者的教育背景和人生经历对这种态度和观念的形成所发挥的作用；而说它具备建构性，就是说某一种文化态度一旦内化为译者工作的思维方式，必将对译者翻译活动产生潜移默化的影响。接下来将要探究的就是这些因素对田汉翻译《莎乐美》一剧的建构性作用，尤其是在文本层面采用的翻译策略所产生的影响。

在翻译研究中，一般认为当译者较为认同源语文化价值的时候，译者的翻译策略趋向异化，而当译者更为看重本土文化传统的时候，则多以归化为主（王东风，2000；许钧，2003）。实际上，译者的文化态度——即他 / 她到底更加看重源语文化还是目标文化——并非总是黑白分明的，而由于译者这种复杂和微妙的文化态度，在同一篇译作中也会出现两种策略并存，甚至交融的现象。在上文的分析中，已经指出田汉的文化心理中交织着对中国传统文化的珍爱、对当时中国文化落后现状的痛心，以及对西方先进文化的向往，因此他的文化态度不能被简单归结为对任何文化的单一认同。留学日本的田汉从近代日本的变迁中深刻感受到西学对于民族启蒙的重要性和必要性，对西方文化充满渴求与仰慕。在这一心态的影响下，田汉译作表现出来的特点，正如翻译家北塔（2004：36）所评论的那样，“是比较硬、比较直”，而且这一点很可能跟鲁迅一样，“是深受日本翻译风格的影响的结果”。

这里试举几例予以说明[①]：

（1）Suffer me to lead you in.
请允许我引导您进去。

（2）Go to the soldiers and bid them go down and bring me the thing I ask, the thing the Tetrarch has promised me, the thing that is mine.
你去要那些兵士下去拿我所要的，国王许了我的，我所有的那个东西来。

（3）But ask not of me what thy lips have asked.
莫问我要您那嘴唇刚才问我要过的。

（4）The centaurs have hidden themselves in the rivers, and the nymphs have left the rivers, and are lying beneath the leaves in the forests.
仙都尔都藏到河里去了，苗伦都从和河里逃出来睡在林子里的落叶底下去了。

例（1）中用了复音词“引导”来翻译源文中的 lead 这一个动词，读起来颇有些不自然。中国古代汉语中也有复音词，不过单音词占绝对优势。白话文中复音词的数目明显增多，这与西方语言以及日本语的影响不无关系（王力，1954：268）。许多时候和单音词相比，复音词能够把比较繁复的意思表达得更清晰，但例（1）中显然并没有这方面的需要，把 lead you in 翻译成“送您进去”或者“带您进去”都

① 下文所涉《莎乐美》原文及译文分别选自：
Wilde, O. 1905. *De Produndis*. London: Methuen.
田汉，1921，《莎乐美》，《少年中国》第 2 卷第 9 期。

可以表达出源文的意思。田汉对复音词的偏好，为他的译文增添了不少欧化色彩。例（2）是一个句法层面的欧化翻译。英文的定语从句在所修饰的先行词后面，相对独立，且有语音停顿。翻译成中文的时候，可以通过句式调整，翻译成符合中文表达习惯的流水句，如“把我要的东西带上来，那可是国王答应给我的东西，那是我的东西”。但是也可以像例（2）一样，采用较长的前饰句。与前一种做法相比，后者比较拗口，但也更具异国风味。例（3）则是一个字字对应的直译例子。1937 年汪宏声的译本采取了更加灵活的意译的方式，把这句话译成“但是不要问我要你方才问我要的东西”（王尔德，1937：46）。相比之下，田汉的译文似乎过于拘泥于源文的字眼，显得有些迂腐，但是细想起来，这个字眼抠得还是很有道理的。原剧中莎乐美的红唇是反复出现的意象之一，对于表现剧作家所推崇的感官美和视觉美有重要作用。田汉的直译没有给目标读者流畅的阅读体验，却把他们向王尔德的唯美世界带近了一步。如果说前三个例子是关于田汉译文在语言层面上与源文的对应，例（4）则体现了译者在文化层面上对“异”的尊重。对于源文中 centaurs、nymphs 这两个希腊神话形象，田汉采用音译加注的方式，彰显了源文所蕴含的文化特异之处。

田汉译文中有不少这样欧化和直译的例子，因此有学者提出他的翻译“特别注重保留原文的句型结构”，尽可能做到与原文“对行翻译”（王林，2004：82）。然而，如果据此认定田汉采用了异化的翻译策略，未免过于轻率。正如前文所述，田汉对西方文化的崇拜并没有改变他对中国传统文化的迷恋。正是由于这一文化态度，田汉在翻译时力图忠实于源文的语言特点和艺术魅力，但同时也没有排斥任何本土化的语言和表达方式。请继续看下面几个例子：

（5）Therefore great evils have come upon the land.

所以这个世界上才弄得奇灾大祸纷至沓来啊。

（6）Thou speakest at random and without wit.

你说话真是东扯葫芦西扯叶，又没有一点口才。

（7）You are making me wait upon your pleasure.

你们倒要我来候你们的驾吗？

（8）You know well that it is I whom he seeks to revile.

您明明白白知道他是专和我倒担的。

四字格是汉语中的常见语言现象，是经过反复锤炼、长期相沿习用的固定短语。作为一种与汉语文化相关的语言因素，四字格在翻译中的使用常常会为译文增添本土化色彩。田汉在译文中使用了不少四字格，如例（5）所示，原文中的 great evils 和 come upon the land 被相应地翻译为"奇灾大祸"和"纷至沓来"。译句中连用两个四字格，用一种古雅的文风对应了源文肃穆神秘的宗教意味。类似的例子在文中还有许多，如将"The day I speak of is at hand."译为"我所说的那一天近在眉睫了。"将"When he cometh the solitary places shall be glad."译为"他来了的时候，凄凉之境会变成欢喜之乡。"等。例（6）体现的是田汉译文中对本族语表达方式的运用，将 at random 译为"东扯葫芦西扯叶"，可谓是极度归化的一个例子。而例（7）则用"候驾"这一较为中国化的概念去改写原作中莎乐美对卫兵拒绝她命令的不满，并将原作的语气由陈述改为反问，将莎乐美骄横的性格烘托得更加形象。应该说，田汉在这里对原作进行了归化，甚至是改译的处理。例（8）是一个很有趣的例子。田汉是湖南长沙人，自幼深受湖湘文化的熏陶，许多研究田汉的学者都指出他的作品和湖湘文化之间有千丝万缕的联系（乔宗玉，1999；詹萍萍，2008）。在翻译中，田汉也不自觉地使用了一些湖湘地区的方言，如例（8）中用"倒担"翻译 revile，以及文中用"酒醉老"翻译 drunken man，都可以看出田汉在翻译的时候是乐意使用本土化语言和表达方式的。

实际上，不但可以从田汉的译文中观察到不少本土化的翻译策略，而且从他为译文加注的圈点中甚至可以推断，他对自己所展示的流畅而富有诗意的文字是引以为傲的。例如在原剧开场之前的舞台说明中有这样一句："The moon is shining very brightly."虽说月亮这一意象在全剧中有相当重要的作用，但是就这一句舞台说明而言，文采并无特别出众之处。田汉将其翻译为凝练优雅的四字格"月华如练"，不但表达了源文的意思，还将月之意象塑造得格外幽婉动人。田汉在这里的圈注，与其说是对源文的赞赏，不如说是向自己译文喝彩。当然，更多情况下，田汉在翻译王尔德源文中的精彩段落时，一方面尽可能贴近源文，一方面又利用他深厚的中文功底处处妙笔生花。

（9）... nor the feet of the dawn when they light on the leaves, nor the breast of the moon when she lies on the breast of the sea ...

更不必说那照在树叶上的曙光之脚和眠在海心里的明月之胸

（10）Thy body was a column of ivory set upon feet of silver. It was a garden full of doves and lilies of silver. It was a tower of silver decked with shields of ivory.

您的身体好像一个立在银台上的象牙圆柱一样。您的身体就是一个银莲遍地白鸽群飞的花园，就是一个用象牙盾牌装成的银塔。

（11）Dip into it thy little red lips, that I may drain the cup.

你沾一点儿放在你那小小的樱唇里面，然而我就饮干这一杯。

（12）I love to see in a fruit the mark of thy little teeth. Bite but a little of this fruit, that I may eat what is left.

我爱着你那小小齿儿印在果子上的香痕。你只把这个果子咬一点儿，然后我把剩下的都吃完。

翻译过王尔德剧作的著名翻译家余光中（1993）曾半开玩笑地说过，王尔德“文字好炫才气”，但是说到“对仗”，他却是“以英文的弱点来碰中文的强势”，译文往往可以比源文写得更好，例（9）正是这样一个例子。田汉的译文不但传神再现了源文的意象，而且巧妙地利用汉语中的“之”字结构，对仗工整，平仄协调，是难得的佳译。例（10）是莎乐美对约翰身体赞美时所用的三个比喻，其中一个喻体是花园。源文中描写花园的时候用了 full of doves and lilies of silver 这一修饰语，读来抑扬顿挫，有诗一般的韵律。在译文中，田汉连用两个四字格，利用它们整齐均衡的节奏感和韵律美，将源文的诗情画意唯美再现了出来。例（11）与例（12）是希律对莎乐美的请求，以挑逗而迷醉的口吻，呈现了希律王难以抑制的情欲。如何在翻译中再现原剧中煽情而不低俗的感官性文字，是译者必须面对的难题。田汉在中国传统文化的形式库中找到了绝妙的解决之道：他用“樱唇”与“香痕”这两个传统艳情诗词中常常出现的意象，将希律王的情欲幻想用一种符合中国式审美的方式再现了出来，译文绮丽香艳而又余味无穷。

从以上的分析中，并不能断定田汉翻译《莎乐美》一剧的策略是倾向于归化还是异化。有些地方，译者紧贴源文，无论是选词、语序还是用典都力求体现源文的独特性和差异性；有些地方，译者从意义出发，对源文的表达方式进行了本土化的加工甚至改写；而更多的时候，译者将异化和归化的手法融合到一起，尊重原作语言艺术和意象的同时，也发挥了中国传统文化形式库的优势。异化和归化这两种策略在田汉译剧中并存，甚至交融的现象，正是田汉复杂而微妙的文化态度在翻译中的体现。

三、《莎乐美》的翻译网络

上文利用布尔迪厄的社会实践理论，尤其是其中的惯习概念，分析了田汉的生活轨迹，思考与其翻译行为相关的个性、情性、文化态度的形成，从而对田汉作为译者在文本翻译中采用的策略选择有了更清晰的了解。戏剧作品的翻译不单是语言转换的行为，也是一场复杂的文化事件，除了语言层面的剧本转译以外，还包括译本选择、译作发行、剧场演出等多个方面。在这个意义上，翻译作为文化事件的复杂之处并非源于译者一个人的策略选择，其中必然涉及许多不同行动者之间的协作和关联。

在解释翻译过程的复杂结构方面，卡隆和拉图尔为代表的（巴黎学派）科学知识社会学家提出的行动者网络理论提供了一种自下而上、注重细节的研究模式。根据行动者网络理论，可以从译者这个核心行动者出发，通过追踪他与其他行动者之间的联系，考察翻译网络的动态建构过程。这个翻译网络建构过程中，需要考虑的不但包括译者、译者的朋友、出版商、编辑、读者、演员、剧评家等行动者，甚至还可能包括出版社、文学社团、剧团、剧场等非人行动者。同时还应当看到，这一网络可能随时拓展或有新的解释因子加入。不少社会学研究者注意到，行动者网络理论和人类学所提出的“深度描写”的概念之间存在千丝万缕的联系[①]。英国分析哲学家莱尔最早提出了“深

① 实际上，可以将人类学田野调查中采用的“深度描写”以及拉图尔等提出的作为科学史研究方法的行动者网络理论都溯源到涂尔干（E. Durkheim）的社会学观点。涂尔干的社会学是一种基于结构功能主义的学说，认为知识的结构和范畴并非如康德所说是先验的，也不是如经验主义者所说是感性的，而是可以把社会当作一个整体，采取如自然科学中观察、实证的方法对社会的结构和功能进行分析，最终建立科学的社会学。在这个基本观念的影响下，西方一些人类学家强调直接观察和分析所要研究的社会，注重对原始社群进行田野考察。在科学史及科学社会学的研究中，则被用来研究特殊的科学家社群以及他们创造的科学知识的性质和结构。行动者网络理论（转下页）

度描写”的概念，后来人类学家格尔茨借用了这个概念，提出在人类学研究应该透过缜密的细节表现被研究者的文化传统、价值观念、行为规范、兴趣、利益和动机。格尔茨（1973：17—28）认为，深度描写的研究方法要求研究者注意日常事件和行为的直接性和现实性，探究它们的复杂机理，以期更好地理解其背后隐藏的意义。可以把深度描写看作对研究对象的一种深入的、细节的、详尽的描述，用尼采（1968：182）的话来说，就是应该“对最细微的小事报以耐心和严肃的态度”。在社会科学中，深度描写确立了以小见大、缘微知著、通过个案进行细致描述和阐释的反思性研究模式，是一种广泛使用的研究方法。使用行动者网络理论对翻译网络的建构进行还原的过程，其实也是一个深度描写的研究过程。毕竟，翻译从来都是在特定历史社会或政治背景下开展的（Lefevere，1992a：14），不是译者一个人躲在与世隔绝的书斋中完成的。一个特定翻译事件的背后，可能涉及许多细枝末节的背景材料或行动者，这些因素本身也许是微不足道的，然而如果把它们联系在一起综合来看，才有可能实现对翻译本身作为一个网络化存在的合理解释。接下来的部分，就将利用行动者网络的相关理论，从田汉这个核心行动者出发，梳理并重构他在翻译《莎乐美》一剧的活动中与其他行动者之间纷纭复杂的关系。

在行动者网络理论所提出的转译社会学语境中，翻译不再是传统意义上文字信息的传递，而是指将不同的事物相互联系并创造汇聚点和共通性的过程（Callon，1980：211）。同样，在讨论田汉翻译《莎乐美》一剧的翻译网络时，所说的翻译也并非仅仅一种语际间传递信息的方式，同时也是一种文化知识的建构过程。在这个特定的案例研究中，需要关注的不只是《莎乐美》这个剧本本身的翻译，在更重要

（接上页）最初的形成，其实也正是借鉴了人类学的方法，研究这一特殊社群的社会性结构、知识的结构、知识的生产过程等。

的意义上，必须考虑《莎乐美》一剧所代表的唯美颓废、新浪漫主义乃至现代主义元素如何实现跨文化位移，并最终在20世纪20年代中国文化场中得到接受并以特定的形态发展起来。

和其他可以被看作转译的社会行为一样，翻译的网络构建亦通过问题呈现（problematization）、利益共享（interessement）、征召（enrollment）和动员（mobilization）等基本环节，使异质行动者相互协作，逐渐形成稳定运作的网络，最终实现既定的目标。对翻译进行描述性研究，也需要指认出翻译过程有哪些行动者参与，并且通过追寻这些行动者之间的联系，了解整个翻译网络的动态形成过程。行动者网络理论认为转译过程首先需要问题呈现，即核心行动者对现状加以评估后界定存在的问题，并指出不同行动者利益的实现途径上某个需要共同关心的议题，从而设立"强制通行点"（obligatory passage point，简称OPP），使得核心行动者希望解决的问题也成为实现其他行动者目标（如图2–2所示）。确立了这个大家彼此认同的议题，核心行动者就能够进一步说服、征召更多的行动者与自己一同结成网络联盟。

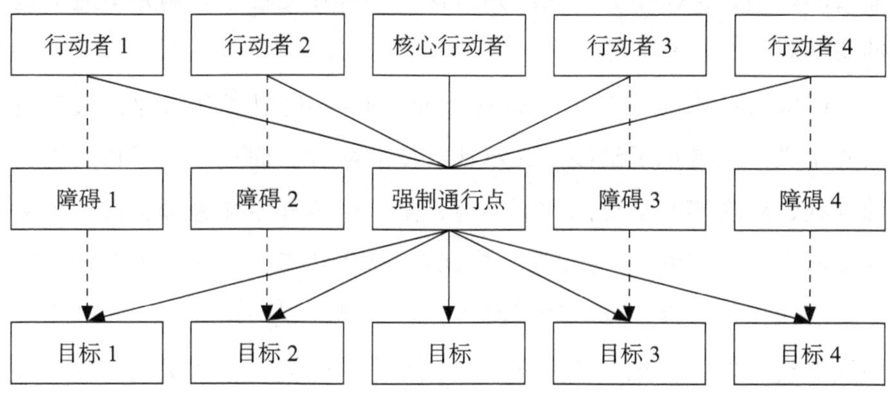

图 2–2　转译过程中强制通行点的设立

《莎乐美》在中国的译介、出版、传播乃至后来的演出也牵涉到不同的行动者，其中田汉是该剧剧本翻译的译者、舞台转译的导演，在《莎乐美》的翻译网络中担任了核心行动者的角色。对于该剧的译介和推广，田汉并非当作一时兴起的消遣，其背后有他对当时中国戏剧发展的深远考虑。上文也曾提及，从1916年到1922年，田汉在日本留学期间对现代话剧产生了浓厚的兴趣，而他对于戏剧的兴趣一开始来自于两方面：一是日本的演剧运动，二是中国国内当时热火朝天的新文化运动。上文强调了第一个方面，在日本的观剧体验让田汉接触到当时欧洲最新的戏剧思潮，与王尔德唯美主义主张发生了强烈的共鸣。现在将聚焦点放在第二个方面，即当时新文化运动对田汉选择戏剧活动的影响。虽然田汉是在日本接触到《莎乐美》一剧，但是他明确知道自己翻译的接受语境在中国。即便身处异国他乡，未必了解国内文化场中各种动态的细枝末节，然而和大多数留学青年一样，田汉对于国内的"五四新文化运动"是"无限向往的"（田汉，1998a：364）。加上田汉发表文章并担任编辑之职的《少年中国》与新文化运动的重要阵地《新青年》之间交往甚密，因此对当时开展得如火如荼并取得初步成效的戏剧革新运动，尤其是种种对戏剧启蒙和改造现实能力的强调，田汉不会一无所知，这一切都在无形中影响并塑造了他的戏剧观。

田汉对新浪漫主义（Neo-Romanticism）戏剧情有独钟，认为新浪漫主义不仅继承了浪漫主义革新求变的精神，而且经过了自然主义的洗礼，对现实有了更深的洞察力，是"以罗曼主义为母、自然主义为父所产生的宁馨儿"（田汉，1920）。这里暂不评判田汉关于新浪漫主义的认识是否存在偏差和误解，只希望借此说明田汉是"在进化论的发展规律之下，把'新浪漫主义'作为'欧洲最新的文艺思潮'来评价"，并希望把这一文学思潮介绍给国人，谋求"个性之完成"和"社会之改造"这两项目标（小谷一郎，1989：256—258）。

田汉在1920年2月29日写给好友郭沫若的信中，提到自己在日本观看了梅特林克的《青鸟》和霍普特曼的《沉钟》这类Neo-

Romantic Drama 的演出之后非常兴奋，觉得自己“长了许多见识，添了许多情绪，发了许多异想”（田寿昌、宗白华、郭沫若，2006：69）；对比自己在上海观剧的经历，他对中国戏剧发展的困境有了更加深刻的认识。在田汉（同上：70）看来，中国演员的资质都不错，但“可惜既没有好脚本教她们去演，又没有好教育教她们如何演，更没有好观剧阶级了解她们演的是什么”。缺乏优秀的剧本、成熟的表演体系以及高素质的剧场观众，正是当时中国戏剧界几个亟待解决的问题，而田汉（同上）认为其中最迫切需要考虑的是观剧阶级的培养：

> 没有文艺上的素养的人要和他讲什么情绪剧，象征剧，神秘剧，问题剧，是很难索解人的，所以要新剧隆盛，先要养好观剧阶级！所以一般国民文艺之思想之普及是急而又急的事。谈真正的恋爱，要两下都是知情识绪的人，近代剧可也要知情识绪的“周郎”多哩。

根据自己在日本观剧的亲身感受，反观中国当时戏剧界的症候，田汉在呈现问题的同时，也提出了关于解决问题必经之路（强制通行点）的初步设想，那就是应当有计划地将西方戏剧中最优秀的剧本译介过来。作为一个行动者，田汉看到了中国当时戏剧发展的潜在问题，指出可以通过翻译进行“国民文艺思想之普及”，为中国现代戏剧运动培养“知情识绪”的读者和观众。认为翻译可以为中国引入西方文化、开启民智，这是近代中国翻译活动背后的普遍理念。鲁迅在《域外小说集》的序文中，也曾经宣布“异域文术新宗，自此始入华土”，希望“籀其心声，以相度神思之所在”，以文学移入异质精神，冲破封闭的藩篱，实现“性解思维”。从这个角度来说，田汉希望通过戏剧翻译这个强制通行点实现新剧隆盛的想法，十分容易得到当时民众、社会、出版机构及其他关心新剧发展的知识分子的接受和支持。从这个角度而言，《莎乐美》翻译网络构建中的利益共享应该是一个不需要大费周章就可以顺利完成的环节。

田汉曾对好友提到自己的翻译计划。当时，宗白华、郭沫若与田汉同在日本留学，三人常互通书信谈诗论艺。宗白华在1919年写给田汉的信里，就曾建议"不妨多介绍欧土最新文艺"（同上：111）。1920年初，在给郭沫若的信中田汉如数家珍地列举欧洲大陆和爱尔兰的多部新浪漫主义戏剧，表示"种种美作，纸不胜书。此皆我想一一介绍于中国的"（同上：69）。后来，郭沫若也曾在给宗白华的信中提及田汉的翻译计划，说田汉"将来要做一个Dramatist，要做一个Critic"，"不久要介绍Maeterlinck，要翻译他的《青鸟》；不久又要介绍英国底Oscar Wilde"（同上：81）。这里说到的"英国底Oscar Wilde"，很有可能指田汉当时正在翻译的《莎乐美》一剧。

田汉曾提出，艺术家的责任在于"引人入一种艺术的境界，使生活艺术化（Artification），即把人生美化（Beautify），使人家忘现实生活的苦痛而入于一种陶醉法悦浑然一致之境"（同上：67—68）。不难看出，这一艺术追求正是深受唯美主义思想的感染和影响。因此，田汉选择《莎乐美》作为自己的首部翻译作品也就相当容易理解了，该剧正是王尔德实践唯美主义的巅峰之作。就主题内容而言，剧中所体现的爱与欲、生与死、灵与肉的冲突正是唯美主义思想的真谛所在；就语言层面而言，大量铺陈、排比和比喻手法的运用，使得剧本文辞华美，意象丰沛，从表现形式上体现了唯美的追求。作为译者，田汉在翻译中利用自己深厚的中文功底，妙笔生花，尤其是原剧本中的几段酣畅淋漓的独白，翻译得相当肆意生动（王岫庐，2013：175—176）。

文字层面的转换并不是翻译活动的终点，毕竟田汉翻译的目的并不是自娱自乐或是和三五知己私下赏玩，而是为了让更多的中国读者和观众有机会接触并了解西方的最新文艺思潮。《莎乐美》一剧翻译之后，还必须通过出版传播或舞台表演才可能被读者阅读、被观众欣赏，进而对他们产生影响。事实上，后来在《莎乐美》一剧的出版传播以及舞台表演两个层面上，田汉作为一个核心行动者，征召和动员了更多与自己志同道合的行动者，成功建构翻译的社会网络，使得自己翻译出来的剧本最终顺利进入公众阅读及观演空间。

在翻译《莎乐美》的过程中，田汉和好友郭沫若曾经谈到过自己对新浪漫主义戏剧的译介计划及其背后更宏大的目标。根据有关史料记载，田汉最初于 1920 年 11 月 5 日译成《莎乐美》（张向华，1992：47），在翻译过程中已经和郭沫若谈到计划如何将该剧搬上中国的舞台（董健，1996：161—163）。1921 年 3 月，田汉翻译的《莎乐美》在《少年中国》第 2 卷第 9 期上发表时，译文前配有郭沫若的序诗《密桑索罗普之夜歌》，诗歌副题为“此诗呈 Salomé 之作者与寿昌”。不能确定田汉周围的好友是否对他的翻译提供过直接的帮助或建议，但是有理由相信，田汉与周围这些青年知识分子之间的交流和共鸣，为他的翻译工作提供了重要的精神支持和动力。

在《莎乐美》的翻译网络中，译本的出版传播是一个必不可少的环节。首先必须考虑的是担任赞助人角色的杂志或出版社，他们是发挥了至关重要的作用的行动者。其次，如果将赞助人本身作为一个网络化的存在来进行探究，还有可能摸索出更多以间接方式参与构建《莎乐美》翻译网络的行动者。1916 年到 1922 年，田汉在日本留学期间曾经是少年中国学会的成员。少年中国学会是“五四运动”时期会员最多、活动时间最长、影响最深远的青年社团之一。作为少年中国学会的核心成员之一，田汉曾经担任过《少年中国》的编辑，在《少年中国》第 1 卷至第 3 卷共发表诗文 26 篇，是在该会刊上发表文章最多的作者之一。田汉翻译的《莎乐美》一剧最初正是在本刊上发表的。田汉回国后，经少年中国学会同人左舜生介绍，到中华书局上海编辑部任职。此后不久，1923 年中华书局出版“少年中国学会丛书”，其中便收录有《莎乐美》单行本，配有比亚兹莱设计的插图，后来还在短期内多次重印。从赞助人的角度而言，《莎乐美》田汉译本的出版和推行，在很大程度上与少年中国学会（以下简称“少中会”）及其同人之间的协作密切相关。

少中会是王光祈、周太玄、陈愚生、曾绮、雷眉生、张梦九、李大钊等人于 1918 年至 1919 年间筹备、1919 年 7 月正式成立的一个青年组织，宗旨是“本着科学的精神，为社会的活动，以创造‘少年中国’”（李盛平，1987：220）。关于田汉加入少中会的时间并无确切记载，但根据后来会务记录的推断，应该是“五四”前后。少中会是个组织比较严密的青年活动团体，学会规定必须由学会会员五人介绍，再经评议部认可方可成为成员。而自 1919 年正式成立到 1925 年底停止活动的六年多时间内，一共只发展会员 120 余人。而正因为对会员限制严格，会员之间联系则更加紧密。田汉很可能通过李大钊的介绍加入少中会，因为早在 1917 年田汉就曾经在舅父易梅园的鼓励下，为李大钊主管的神州学会《神州学丛》写过文章，还收到了李大钊热情鼓励的信。田汉在少中会中很快结交了不少好友，又在《少年中国》发表许多文章，俨然“已经成了新文坛的活动分子”[①]（郁达夫，1985：655）。田汉不但是少中会最早的会员之一，在该会第一届职员名单中列名“第二组月刊编辑员”之首，前后在《少年中国》第 1 卷至第 3 卷发表诗文共计 26 篇，是在该会刊上发表文章最多的作者之一，而且还是东京分会的实际负责人。1919 年 6 月，在东京举办的少中会东京会员的第一次谈话会中，田汉认为少中会的宗旨应该落在

① 在创造社成立的早期，郁达夫、成仿吾、张资平等人常常聚会等田汉，田汉不到场会就开不成，原因就是在组织社团、出版刊物的策划过程中，田汉几乎被大家视为“救星”（刘纳，1999：37—38）。田汉 20 世纪 20 年代初在文坛的关系和影响，由此可见一斑。

"个性之完成""社会之改造"这两方面，并提出"我们同人第一是要把理想生活与现实生活调和，建设那'现实的理想与理想的现实'的第三世界"（转引自董健，1996：91）。田汉在这里所说的第三世界，借用了易卜生《皇帝与加利利人》中神秘家玛基希莫斯的话，在那出戏剧中，第三世界是"以智慧的树和十字架的树"为基础的未来的理想世界，用后来田汉自己的话来说，就是"灵肉一致的理想世界""Neo-Romanticism 的乐土"（小谷一郎，1989：249）。这一对少中会宗旨的阐释，对于其他少中会成员后来的审美情趣和文学主张多少产生了影响，包括左舜生、张闻天、向培良、沈泽民等成员后来或早或迟都被新浪漫主义文学思潮打动，并成为译介新浪漫主义文学作品的干将。

在田汉的征召和动员下，当时不少少中会成员都对唯美主义作家王尔德产生了共同的兴趣。他们前后从各方面对王尔德的作品和思想进行过相对细致的译介。其中有些人，例如张闻天，曾直接受到田汉鼓励而开始从事唯美主义译介工作。在翻译《莎乐美》的同时，田汉撰写了有关王尔德的论文。在《恶魔诗人波陀雷尔的百年祭》（载于《少年中国》，1921 年第三卷 4、5 期）一文中，田汉认为王尔德和爱伦·坡等开启了近代恶魔主义的源泉。他虽然没有对王尔德及其唯美主义的特征进行系统介绍，但他已注意到王尔德与波德莱尔、魏尔伦等作家的内在联系。沈泽民于 1921 年 5 月在《小说月报》上发表了《王尔德评传》；1922 年 3 月张闻天和汪馥泉合译王尔德的《狱中记》，并合写评论《王尔德介绍——为介绍〈狱中记〉而作》，发表在民国日报副刊《觉悟》；同年 6 月，田汉应约为《狱中记》作序，题为《致张闻天兄书——序他和汪馥泉君译的王尔德狱中记》；同年 8 月，张闻天译王尔德《青年的座右铭》，刊于《学灯》；同年 12 月，商务印书馆出版《狱中记》单行本，收入了沈泽民所译的王尔德《莱顿监狱的诗》（即《雷丁监狱之歌》）。少中会成员向培良创作于 1926 年的剧本《暗嫩》，更是处处浸染着《莎乐美》的影子。少中会同人对于王尔德唯美主义思想以及作品的关注集中在一个较短的时期，出现这样一个译介乃至模仿创作的高峰，就《莎乐美》一剧的传播和理解而言是相当重要的。

格尔茨（1973：5）曾引用马克斯·韦伯的话，指出“人是悬挂在由他们自己编织的意义之网上的动物”，据此提出的深度描写这一研究方法正是希望通过一种持续的、不断衍生的理解过程，探究人类行为的复杂细微之处，试图将此意义之网加以呈现。在翻译研究中，阿皮亚（2000）根据格尔茨人类文化学的相关论述，提出了一种在译文中通过添加注释或注解来表现源语言丰富而深厚的文化语境的翻译策略，并称之为“深度语境化”或“深度翻译”。其实建构一个让读者与文本的文化和历史语境互动的空间，帮助他们站在源语言意义之网中解读文本，真正实现对源文化的理解和尊重，并不只有依靠添加各种注释、评注或序言这一种方式。完全可以将少中会同人对王尔德的译介看作《莎乐美》一剧在译介和传播网络的一部分，因为这些译作和评论其实是为《莎乐美》在中国的接受语境中构建了一个错综复杂的意义之网，对该剧在中国读者中的理解和接受产生了重要影响。尤其是莎乐美这个带有疯狂、颓废、淫欲色彩的形象，原本和中国传统文化中温柔敦厚的审美观格格不入，只有置于唯美主义的旗帜下，狂热而极致追求爱和美的莎乐美才有可能被理解为一种全新的、充满魅力的、激情四射的艺术形象，被中国读者理解并喜爱。虽说后来20世纪20年代中国文坛掀起的“《莎乐美》热”乃至“王尔德热”，依靠的不完全是田汉及少中会同人的推介，然而不可否认的是田汉的译本流传最广、影响最大，他和受到他唯美思想直接和间接影响的少中会同人的译介工作，在很大程度上帮助《莎乐美》一剧成功实现了跨文化位移，成为中国20世纪20年代剧坛上深入人心的一部艺术作品。[①]

如果说《莎乐美》在田汉心中是一个艺术梦想，1921年初载于《少年中国》杂志第2卷第9期的田汉译剧是这一梦想之滥觞，那么这个梦想到了八年以后南国社的演出才算得以完成。和剧本翻译不一样，舞台演出是一种综合艺术形式，除了剧本之外还需要涉及演员、观众、导演、剧场空间、舞美设计等诸多要素（Campell，1984：6）。《莎乐美》一剧的舞台转译所涉及的是一个和剧本翻译不同的行动者网络，而田汉在其中依然担任了核心行动者的角色。

整个20世纪20年代，一直可以看出《莎乐美》及其所体现的唯美主义精神对田汉的文艺思想和创作的影响。1923年，在中国文坛关于文学“为人生”与“为艺术”的争论进行得如火如荼之时，田汉写下了《艺术与社会》，明确声明“为艺术而艺术”的文艺观：

> 在我们创作艺术时的态度言之，当然只能是像时花好鸟一样开其所不能不开，鸣其所不得不鸣，初不必管其艺术品成后，将来会发生什么社会的价值，并且即算要管也管不着，因为在艺术家心目之中以为会发生某种影响，其结果每全然相反。

田汉所创作的一系列戏剧作品，从最初的《梵峨嶙与蔷薇》（1920），到后来的《获虎之夜》（1924）、《名优之死》（1927）、《古潭的声音》（1929），都可以令读者感受到对“艺术至上”的信念的执着、对爱欲生死主题的依恋，以及感伤颓废的情调之弥漫。在20世

① 关于该剧在中国作家和读者心目中的位置，在《莎乐美》的追随者和模仿者中可以略见一斑。当时有不少文学作品，如郭沫若的《王昭君》（1924）、王统照的《死后之胜利》（1922）、白薇的诗剧《琳丽》（1926）、袁昌英的《孔雀东南飞》（1929），都表现了莎乐美的精神和莎乐美式的人物形象。夏骏在《论王尔德对中国话剧发展的影响》（1988）中对此有详尽的介绍。

纪20年代中期，尤其是在1927年“五卅运动”和国民军北伐的影响下，中国现代文学场本身发生了从“文学革命”到“革命文学”的重大转变（钱理群，2002：210），即便是创作社这样坚持“为艺术”的团体也开始转而使用“普罗精神”和“阶级斗争”这样的名词去强调文学的政治功用性。田汉则依然带领一群自称“波希米亚人”的南国艺术学院的学生，组织南国社流浪演出，秉持着“漂泊的浪漫诗意的感伤”（吴戈，1998）。徐志摩（1992）曾用诗一样的语句描绘了田汉领导的“南国的精神”：

> 从苦闷见欢畅，从琐碎见一致，从穷困见精神——南国，健全的、一群面目黧黑衣着不整的朋友；一方仅容转侧的舞台，三五个叱嗟立办的独幕剧——南国的独一性是不可错误的；天边的雁叫，海波平处的兢霞，幽谷里一泓清浅的灵泉，一个流浪人思慕的歌吟；他手指下震颤着弦索，仙人掌上俄然擎出的奇葩——南国的情调是诗的情调，南国的音容是诗的音容。

南国社成立于1927年秋，当时田汉前往上海艺术大学执教，与欧阳予倩、徐悲鸿等商定修改南国电影剧社章程，并展开了有实验性质的小剧场运动“艺术鱼龙会”。在小剧场演剧成功的激励下，田汉又带领南国艺术学院的学生开展了一系列大规模的公演。东奔西走的南国社是“中国话剧整个爱美剧时代中最灿烂的一颗明星”，用那些热情而感伤的演出，播撒着“那个时代青年人淳朴的青春与爱，热烈的艺术与梦想”（丁罗男，2008：62）。《莎乐美》正是南国社第二次公演中最为成功的剧目。值得一提的是，担任《莎乐美》舞台美术设计的是南国社三位元老之一徐悲鸿，舞台布景则由徐悲鸿的得意门生、当时就读于南国艺术学院的吴作人设计。莎乐美七重面纱之舞的音乐选择了贝多芬的《小步舞曲》，现场由冼星海的钢琴和吴作人的小提琴一起伴奏。剧中震撼人心的高潮是莎乐美对死者被砍下的头颅的一吻，田汉亲手制造了这个头颅道具。《莎乐美》的主演是年方二十的在校女大学生俞珊。据当时在南国社从事编剧的吴似鸿在《怀念南国社导师田汉》中的回忆，俞珊“是南京中大艺术系的女学生。会弹钢琴，会唱京戏，又会讲英语，性格开朗，身材丰满，脸相美丽。”这个被田汉称作“我们的莎乐美”的南国剧社台柱俞珊，是《莎乐美》一剧舞台转译成功的关键因素，甚至也是田汉决定排演沙乐美的重要动因：

> 当时俞珊正在上海国立音乐专科学校攻读艺术。田汉到这所学校导演《湖上的悲剧》，主演为张曙和俞珊。田汉一见到俞珊美丽大方的容貌和女性的诱人气质，特别看到她别具一格的神秘侧影，心里不禁一振：就是她！一个典型的 Vampire 的女郎！是沙乐美，非她莫属！于是经张曙的介绍，俞珊加入了田汉成立的南国社，一来便排演了沙乐美。
>
> （蔡登山，2007：53—54）

后来俞珊还主演过田汉改编的《卡门》，田汉的眼光没有错，她的个性和舞台形象十分适合具有叛逆性格的角色。据田汉的弟弟王易庵回忆：“演《莎乐美》成名的俞珊女士，她的容貌既美，表现又生动，博得外界极大的好评”；当时也有观众评论说“扮演莎乐美的俞珊演得热情泼辣，十分动人”（葛一虹，1997：102）。在成功的剧本、舞美、道具、演员等多重行动者的共同建构下，《莎乐美》一剧的舞台转译获得了巨大的成功。施寄寒在《南国演剧参观记》（1929）一文中记载了 1929 年 7 月 7 日在南京首演的盛况：“是晚全场座位不过三百左右，来宾到者竟达四百以上。沙乐美之布景颇称剧情。演员以扮演沙乐美者发音清楚动听，姿态亦有微胜之处。”

从20世纪20年代初《莎乐美》的翻译、出版、传播，到20世纪20年代末南国社在南京和上海轰动一时的演出，《莎乐美》一剧在中国语境中的翻译在文本和舞台两个层面得以完成。如果说田汉对《莎乐美》一剧的剧本翻译依靠了以文坛中人为主的少中会网络，那么舞台翻译则依靠了热爱舞台和戏剧艺术的一大批同人组成的南国社网络。作为译者以及导演的田汉，在两个不同翻译网络的建构中都发挥了核心行动者的作用，通过他的征召和动员，相关人员得以聚集、协调、分工、合作，共同完成了翻译的网络建构。

限于篇幅，有许多因素在这里还没有得到更加深入的讨论。在文本翻译网络中，译本的流传对当时社会造成的影响，以及舞台转译网络中观众、剧评人的反响，都是《莎乐美》翻译网络中的重要组成部分，但目前的研究对此只有浮光掠影的涉及，而没有展开深入讨论。这里所做的，主要是从作为译者和导演的田汉出发，试图理解他翻译这一名剧的过程。田汉作为网络的核心行动者，一开始的想法其实非常简单——翻译王尔德是因为喜爱他作品中对爱和美的极致的描绘，希望将这样灵肉合一的文艺分享给国人。后来将该剧搬演到中国舞台，更是有偶然成分的作用。正如他（1983b：340）自己承认的，演出《莎乐美》的初衷“与我国现时客观的环境”并没有什么关系，更多的考虑是因为凑巧“当时人才所聚恰够演这个戏”。

话虽如此，演出之后面对各方的压力和批评[①]，田汉还是尽力为这部戏剧寻找了一些“功利”上的价值，提出“这个剧本对于反抗既成社会的态度最明显”（转引自董健，1996：334），还引用剧中莎乐

① 在对南国社演出的赞誉声之外，也出现了不少批评的声音。有人提醒田汉“某要自命清高、温柔、幽美，我们大多数的人们是需要你们粗野的、庄严的艺术”，也有人认为“南国的戏，艺术是有的，我觉得可惜离开了平民”。（田汉，1930）。

美赞美约翰时的台词“你的嘴是多么红啊！那报告国王驾到和吓退敌人的那种红色的号音也没有这样红”，希望在目标观众心目中弱化原作纯粹的审美主义和感官化描写，而强化革命与叛逆的意识。有研究者据此认为，田汉希望在舞台上塑造的是一个“脱尽了色情颓废的污垢，以叛逆者的姿态与传统决裂，以革命者的信念拥抱未来”的艺术形象（周小仪，2001：89）。这样的评价虽然并非完全恰切，但是也在提醒一点，《莎乐美》在中国文化场的接受和演化并不完全忠实于西方唯美主义的思路。王尔德提倡唯美主义，推崇艺术至上，强调个人的直觉和感受，而唯美主义最重要特点之一就是用个性与灵感对抗十八世纪启蒙运动以来强调的普遍性与一致性的理性主义价值（丘为君，2000：VII）。王尔德创造的莎乐美的确带有强烈的叛逆色彩，即便西方的剧评家也曾将其与易卜生的娜拉、斯特林堡的劳拉和朱莉小姐、辛格的佩吉·迈克等归在一起，认为她们代表了不同阶级、不同个性的女性对屈从于男性的传统女性形象之反叛，是对1880年至1990年间第一波女性主义运动浪潮的回应（Jain，2006：20）。虽然都是对女性意识的发现和张扬，但是娜拉摔门出走体现的关于女性独立意识的自然主义宣言，与跳起七层面纱之舞或手捧滴血头颅亲吻的莎乐美传达的那种感官欲望至上的唯美主义思想，还是存在本质上的区别。只不过在20世纪20年代高扬启蒙和个性解放口号的中国文化场中，这一本质区别往往被忽略了。上文曾说到扮演莎乐美的女演员俞珊“身材丰满，脸相美丽”，演得也是“热情泼辣，十分动人”。在这样的好评和盛誉之外，还发现了一条更加有趣的、很少被人注意到的关于演出细节的记录。1928年12月16日徐志摩应邀在苏州女中发表名为“关于女子”的演讲，其中提到了《莎乐美》一剧的主演俞珊，作为一个“名门世家的一位小姐”，“排除了不少的阻难而登台”后，在舞台上的情形：

> 有一晚她正演到要热慕的叫着"约翰我要亲你的嘴"，她瞥见她的母亲坐在池子里前排瞪着怒眼望着她，她顿时萎了，原来有热有力的声音与诗句几于嗫嚅的勉强说过了算完事。她觉得她再也鼓不住她为艺术的一往的勇气，在她母亲怒目的一视中，艺术家的她又萎成了名门世家事事依傍着爱母的小姐。
>
> （1992：118）

徐志摩和俞珊私交甚好，他这里对俞珊心理的揣度应该是颇有些依据的。无论是作为观众的徐志摩，还是作为主演的俞珊，从《莎乐美》中都看到或感受到了当时传统观念和环境对希望自我实现的新女性的阻挠和桎梏。实际上，徐志摩对唯美主义思潮的把握一向精准到位，他翻译过邓南遮的戏剧，自己的创作也充满唯美色彩。即便是他，《莎乐美》带来的最深刻的印象和思考依然是"现社会的种种都还是不适宜我们新女子的长成的"（同上：117）。莎乐美的叛逆及其唯美主义精神，原本是产生于启蒙和理性的对立面；中国20世纪20年代的语境中，对莎乐美的理解和接受却和五四启蒙精神并行不悖。究其原因，在于不同的社会环境、思想背景使读者在面对同一种文艺思潮时，会从各自的世界观出发，解读出不完全一致的思想内涵，而这种文艺思潮也会通过不同诠释者的再创造机制与不同的语境和受众发生关系。这一点对于理解20世纪20年代唯美主义戏剧的译介和接受相当重要。也正因为这样的原因，《莎乐美》中那些对爱欲极致追求的种子在中国并未结出绝望颓废的果实，而是盛开了热情的花朵。

在关于田汉译剧《莎乐美》的研究中，首先对基本历史事实进行了回顾，这是一种"浅描"的背景介绍，然后利用布尔迪厄文化实践理论中惯习的概念，从译者惯习的角度对文本翻译中译者的策略选择进行分析，这样一来对译者这一翻译活动主导参与人的描写就更深入了一层。在这一基础上，再运用行动者网络理论的多维的、发散性思维去探究“制作过程中的”翻译（Translation “in the making”）（Buzelin，2007），而非作为最终产品的翻译。在这个案例研究中，所做的就是“跟随译者”，通过史料的阅读和分析，试图重建整个翻译过程，考察翻译活动涉及的各种行动者，以及他们之间的协商、妥协与合作，使得对《莎乐美》一剧在20世纪20年代中国文化场中的翻译事件有了更为深入的阐释。尽管深度描写基本主张是全面深入地挖掘材料、拥有尽可能完整的过程，但还是应当承认，实际上再深入的研究也不可能将所有行动者细枝末节的联系都完全呈现出来。正如人类学所说的深度描述一样，对于事件、情感、人物等各种厚重而精细的描述，也并不能保证涵盖所有需要考虑的方面，或实现了对事实完全澄明的理解。即便如此，甚至应该说正因为如此，才更加需要秉持这样发微探幽的态度，展开对意义的无穷尽探求。

第三章　批判的视角

自20世纪80年代以来，翻译研究的主流范式是描述性翻译研究，强调对翻译现象作出客观而科学的描述，这种研究思想的萌芽可以追溯到19世纪50年代。麦克法兰（John MacFarlane）曾在《翻译的模式》（*Mode of Translation*）一文中对翻译研究中的“准确”（accuracy）这一概念提出质疑。当时，新批评提倡立足文本细读展开语义分析，这一做法已经成为文学批评的基本方法之一。麦克法兰引用瑞恰慈（I.A. Richards）《文学批评原理》（*Principles of Literary Criticism*）中的观点，提出文本可以有多种解读，因此出现不同的翻译文本是相当合理的。既然文本有多重意义，那么也就不存在准确翻译的唯一标准。他认为不该一味苛求完美的翻译，而应该立足于现有的翻译作品去研究翻译本身的性质。这一观点得到了美国翻译工作者和翻译理论家霍姆斯的响应。在霍姆斯（2008：71）的设想中，翻译研究应该包括描述的、理论的以及应用的分支，而描述性翻译研究这一分支应该致力于“描述在我们的经验世界中，翻译自身所呈现出来的现象”。这一表述充分体现了他对翻译现象进行客观描述的愿望。

过去几十年中，描述性翻译研究迅速发展。这种不以传统规定性翻译理论标准去评判某一翻译现象的研究范式，避免了翻译规范和标准上的差异为研究带来的困惑，这种兼容并包的研究态度使得对真实生活中产生的翻译现象或过程进行尽可能客观的观察与分析成为可能。同时，研究视野也突破了静态、封闭的文本体系，转而容括了更广阔的历史、社会、文化语境。但不可否认，描述性的研究范式虽然拓宽了研究范围和视野，但也存在明显的不足。在社会科学研究领域一直存在描述性研究和解释性研究的区别，前者主要解决“是什么”，而后者则主要回答“为什么”的问题。换言之，前者关注“知其然”，后者关注“知其所以然”的问题。

描述性研究是基础性研究，没有对客观社会事实足够、完整和准确的观察与描述，任何解释或理论都是无源之水、无本之木。图里（2012）对于描述性翻译学的强调恰是出于这个考虑：如果对翻译的基本状况一知半解或根本不了解，甚至持有错误的预设，那么科学的解释性研究将无法实现；在描述性研究充分发展之后，研究者可以在对翻译现象深入而细致把握的前提下，进一步展开因果关系的理论解释。这一对翻译学发展的设定与现代社会科学发展的路径基本一致，都体现出一种实证主义的基本精神。

然而必须注意的是，描述翻译学研究的发展并不能完全取代翻译研究中理论以及应用的分支。近年来，针对强调研究者的客观中立、过于避免价值判断的研究态度，社会科学领域也开展了较为系统、全面的反思。自 19 世纪法国哲学家孔德（Auguste Comte）将社会学作为一门学科创立以来，社会学的研究以几种不同的方式发展。实证主义、解释性和批判性社会学都有自己独特的标准，用以观察社会背景下的人类行为，并得出相关结论。尽管社会学的早期兴起深深植根于孔德所信奉的实证主义哲学，但解释性和批判性社会学的兴起在很大程度上是为了纠正实证主义极其僵化的标准。批判理论关注的是政治、价值观和知识之间的内在联系，从而引发对政治和价值观的更深层次的思考，而政治和价值观支撑着“科学”知识的权威并使之合法化。翻译学很有必要从社会学的“描述—阐释—批判”的发展进路中吸收相关洞见，推动翻译研究多维度推进。

第一节 实证与解释

“实证”一词源自拉丁语 positivus，意思是肯定、确切。实证主义（positivism）是一种以经验证据确定知识有效性的哲学体系。在实证主义体系下，源自非科学手段的知识，例如形而上学，都被认为是无效的。孔德在《实证哲学教程》（*The Course in Positive Philosophy*）和《实证主义通论》（*A General View of Positivism*）中阐释了实证主义的原理，认为用科学方法揭示社会和个人相互作用的规律将迎来一个新的实证主义历史时代。他将所有人类社会和所有形式的人类知识都视为经历了从原始到高级的三个不同阶段：神学阶段、形而上学阶段和实证主义阶段。孔德区分不同社会阶段的关键变量是人们理解因果关系的概念，以及思考它们在世界中的位置的方式。在神学阶段，人类用神的意志来解释原因，认为神导致事件发生。在形而上学阶段，人类用抽象的、思辨的观点来解释原因，将自然、自然权利或不证自明的真理看作事件背后的原因。然而，形而上学的知识难免有过于消极或基于教条主义的弊端，且不同的思想无法相互说服，最终有可能导致不可调和的冲突以及道德混乱。基于此，孔德认为人类社会必须发展到第三阶段，即实证主义阶段。实证主义意味着必须依靠科学的程序和规律来解释原因，即基于命题的积极知识，而这些命题仅限于可以凭经验观察到的东西，至于现象之后的本质则超出了人的认识能力。对此，孔德（1996：29）评论实证哲学“一贯注重研究我们的智慧真正能及的事物”。实证主义的优势在于，科学的方法与发现能够铲除道德与知识无政府状态的根基，有可能调和不同思想派别的分歧，并在一定程度上维护必要的秩序。因此，这种积极的知识有助于社会和科学的统一。虽然孔德实际上从未进行过任何社会研究，也没有将他称之为“社会”的一般人类思维的规律作为分析的对象——毕竟思维很难凭经验观察，但他认为社会学是一门实证科学。这一观点具有深远的影响，它试图以自然科学对待自然世界的方式来对待社会研究，“以预测为目的进行观察，根据自然规律不变的普遍信条，研究现状以便推断未来”（同上：12）。孔德的这一观点，开创了社会学中的实证主义传统。

19 世纪晚期，法国社会学家涂尔干将实证主义切实推行到社会学领域中去。社会是由许多个人组成的，每个人都以独立自主的方式行动，有着各自不同的利益，现代社会是如何维系在一起的恰是涂尔干关注的问题。从他的第一本书《社会中的劳动分工》（*The Division of Labour in Society*）中，可以辨认出一种在现代社会中调和自由和道德或者个人主义和社会凝聚力的努力。涂尔干将社会学与哲学、心理学、经济学和其他社会科学学科区分开来，建立独立的社会学研究领域。他认为，社会学是研究社会存在的事实，自成一格。这些事实——集体的信仰、实践和意识——非但不能简化为个人行为，而且会对作为行动者的个人具有强制性的作用。个人的确是行动者，但他们的行动并不纯粹在个人基础上展开，相反他们有义务、也往往的确会在他们所从属结构之规范下行事。涂尔干的这一观点将社会学与心理学区分开来：心理学研究个人及其心理过程，而社会学家关注影响社会行为和互动的结构。

实证主义认为，可以把自己对世界上某个对象的思考与对象本身分开研究，而研究是一个中立、客观和无价值关涉的过程。因此，社会学可以而且应该采用和生物学或物理学等自然科学研究物理世界相同的方法与途径来研究社会世界。自然科学取得的成功给了社会科学研究者重要启示。例如，自然科学借助数学立场的测量方法和意图正逐步在社会科学中受到推崇。科学家通过观察和实验发现支配物质世界的规律，社会学家也同样可以根据已知和可观察的事实来理解社会制度，并最终揭示支配社会的规律。涂尔干关于自杀现象的经典研究就运用了与自然科学相同的方式，使用定量方法在变量之间建立因果联系，并以此来研究社会现象。在实证主义研究中，社会调查、结构化问卷和官方统计等定量方法较为常用，因为这些方法被认为更加可靠、更具有代表性。例如大规模调查数据通常有助于了解整个社会的概况，并揭示社会的发展趋势。这种研究对趋势和模式比对个人更感兴趣，认为社会塑造了个人，而社会事实塑造了个人行为。

世界上所有的有效理论都必须源自经验与观察，这一点听上去非常有说服力，然而仔细思考之下这条实证主义断言是有问题的。首先，与自然属性的测量相比，社会科学的测量与量化要困难得多。自然现象的属性完全可以进行持续性测量，然而社会现象的属性，例如社会态度、社会偏好等，是否具有持续性，甚至是否具有可测性依然存疑。其次，在收集数据之前，研究者必须有一定的概念和理论，否则无法知道应该收集什么，以及如何理解所收集到的材料。再次，数据永远不能确定地证明一个理论的有效性，更多的时候数据只能使用于理论的证伪，这就是为什么现代科学是基于后实证主义范式而发展的。在后实证主义范式中，研究并不是为了证明一个理论，而只是增加支持它的数据。因此，实证主义不仅仅是进行观察，而始终需要一个理论来指导观察，并赋予这些观察到的现象以意义。然而，一旦牵涉到理论，人的主体性就不可避免地发挥作用了。研究本身可能是客观的，但研究主题的选择、基于该主题要发展的理论都很可能涉及主观决定。因此，有学者提出："统一科学的实证主义主张试图将所有科学都吸收到自然科学模型中，但它却失败了。其原因在于社会科学和历史之间的紧密联系，因为它们都是基于对意义的情境化的具体理解，并且这种意义只能以解释学的方式得以阐释……仅凭观察，我们无法切入一种符号化的被前结构的现实。"（Outhwaite，2009：22）

解释主义（interpretivism）的兴起，在一定程度上可以被视为对实证主义过于强调科学的回应。解释主义与唯理论（idealism）之间不乏相似之处，两者都认为存在超验的真相，但两者之间也有根本差别：唯理论认为可以通过推理找到隐藏在直接感官体验之外的真理，解释主义则拒绝接受柏拉图式的普遍真理，而倾向于相对主义。解释主义者意识到人们对世界的了解必然受制于各自的经历和文化，因此非但没有普遍的认识论，也没有所谓中性或无价值的经验方法论。某种方法或许看似中立，其实也只不过因为它恰好符合开发它的社群的世界观。对解释主义者而言，或许的确有一个外部现实独立于自身的思想之外，但永远无法直接接触到那个现实。人类对世界的知识都是建构而成，而这些知识不可避免会被解释工具——如语言和文化——过滤和塑造。

解释主义植根于诠释学和现象学的哲学传统，将人们对现实的认识看作人类行为者的社会建构，将社会以及文化看作一个有机的整体，其中包含了人类思想和价值观，因此社会学应该通过研究人们的想法、思维来获得对社会的认识与理解。德语单词 verstehen 的意思是理解、感知、知道现象的本质和意义。哲学家狄尔泰（Wilhelm Dilthey）曾区分过说明（erklären）和理解（verstehen）这两种概念，用以说明自然科学与人文科学之间认识论基础的差别。理解需要主体的第一人称参与视角，去检视个人经历以及其所处的文化、历史和社会背景。在第三人称解释视角中，人的能动性、主体性会受到外力影响，包括非个人的自然力和社会学中社会结构的影响，而第一人称参与视角则在解释学的背景下发展起来，鼓励从行动者的角度理解行为背后的意义和动机。要理解一个特定的社会行为，研究者必须掌握构成该行为的意义，而一个行为的意义只能根据它所属的意义系统来掌握，因此研究者需要从内部把握行为者的主观意识。采取这种研究立场意味着将社会中的行动者视为一个主体，而不是纯粹被观察的客体。这也意味着，行动者与自然界中的物体之间存在着根本差异：行动者并非是外力规范和强制下的产物，而能够组织自己对世界的理解，并借此创造世界，甚至赋予其意义。

社会学家韦伯（Max Weber）将“解释”（verstehen）这一概念引入社会学研究，用以表示一个系统的解释过程。首先，解释是人们解释他们日常生活中行为意义的过程；其次，解释也是社会科学家寻求理解这一行为意义的过程。解释主义社会学的目的就是重建参与特定行动的行动者的自我理解，或者说研究者必须实现对社会现象的移情或参与式理解。在这个过程中，一个文化的外部观察者——如人类学家或社会学家——力图按照被研究对象的术语、从被研究对象的角度与之发生联系，从而观察人们在生活中如何赋予他们周围的社会世界以意义。韦伯相当重视对关键要素的理解，识别人类的行为并将其解释为可观察到的事件，不仅是对个人的直觉或同情，也不只是为个人行为提供了一个合理解释，同时也很好地解释了群体互动的机制。他试图建立一种能够替代实证主义社会学的方法，这种方法不只是严格坚持客观和观察事实，而更侧重于理解主观经验。在研究社会趋势及问题时，它也关注意义和行动的重要性。与实证主义研究方法相比，其不同之处在于这种方法承认人们的主观经验、信念和行为与可观察的客观事实一样重要。解释社会学的目标是，通过对个体组成部分行为的主观理解来呈现特定社会背景下该行为背后的意义。从不同个体的角度来看，实证主义观察方法所感知的绝对事实也可以呈现出全新的含义。换言之，在一个社会背景下完全可能有几种不同但同样有效的观点，仅仅基于事实的社会学主张可能并不总是正确的。

与韦伯同时代的西美尔（Georg Simmel）也是解释社会学的主要发展者。他们都看到了实证社会学的不足，并认为沉迷于实证的、定量的数据并不能保证捕捉所有的社会现象，更不能充分解释社会现象发生的原因或者理解它们的重要性。解释主义研究范式关注的是特定情况的独特性，研究人员不应该试图以超然的、看似客观的观察者及社会现象的分析者的身份来工作，而应努力理解他们所研究的群体如何通过赋予自身行为的意义来积极构建其日常生活的现实。从后经验主义（post-empiricism）的角度着眼，解释主义承认经验的观察以及逻辑的应用过程不可避免会涉及行动者的主观因素，一个命题或理论是否有效、成立，需要特定的视角、语境与阐释，而并不能纯然由外在世界或经验来决定。这种类型的研究将研究者嵌入他们所研究对象的日常生活中，研究者必须努力理解所研究的群体是如何构建意义和现实的，并以同情的方式尽可能在自然环境中检视整个场景，以获得被采访或被观察对象的想法和感受，以期从他们自己的角度来理解他们的经历与行为。解释主义的社会学家采用的方法包括深度访谈、焦点小组和人类学观察，他们更关注社会个性的形式和可能性，也因而更看重定性数据，而不是定量数据，因为质性研究意味着要用不同类型的假设来处理主题、提出不同类型的问题，并且需要不同类型的数据和方法来回答这些问题。解释主义框架促进了追求知识的定性数据的价值，也使社会学研究的发展超越了纯实证主义的范式，不再一味希望通过数据收集建构宏大的、确定性的结构法则体系。尽管解释性研究在个案的深度阐释方面有所贡献，但关于其研究发现的有效性、可靠性和普遍性，目前依然存在不少质疑。

20 世纪 50 和 60 年代开始兴起的人类学研究对于解释主义的社会学研究起到了推波助澜的作用。人类学研究关注的既非心理现象，也非个人抽象，而是社会互动本身，必须重视“描述社会习得并共享知识或文化，旨在解释一个人的行为”（Frake，1964）。换言之，对于一个研究对象的理解要放置于地方活动和当地实践中去，其价值与含义才能够真正显现出来。对社会现象开展文化脉络的深度描写，表面上看来也是实证主义认同的研究方法，但对于实证主义者而言，这一细致的描写最终应该要化约为因果关系的陈述，否则就无法得到客观验证，也不能提供较为准确科学的预测。对于解释主义者而言，深度描写的目的并非是要找出社会行为与社会语境之间的因果关联，也不是要建立类似自然科学中那样的普遍律则，而是要找出具体社会现象的意义之间的关系，对被研究者的行为和其相关的文化价值系统进行合理阐释。

实证主义与解释主义这两种范式都在社会科学史上发挥了重要作用，对社会科学产生了重大影响。实证主义研究把宏观层面社会事实作为社会学的研究对象，主张采用自然科学中的经验研究方法，通过实验、比较和检验方法等观察手段来研究社会事实的客观性。实证主义者强调有关社会现象的研究应该和自然科学一样，采用严格的科学方法从经验中获得数据，从而建立社会科学领域所适用的准确预测的实效性准则。解释主义研究则将社会学研究的整个过程看作对人类社会行为的理解过程，研究自然科学的方法无法解释隐藏在价值和意义背后的具有主观意义的人类行为，因此必须努力研究、描述和解释构成文化、语言、符号的主体间性意义，研究者与被研究者必须共同参与研究的重建过程，一味要求研究者在研究中保持客观与疏离的态度既不可取也不现实。从研究对象的区别而言，社会事实和社会行动是两个不同大小的概念，可以说两者之间存在包含和被包含的关系。实证主义关注的社会事实是较为宏观、系统的存在，而解释主义关注的社会行动是更为具体、个体的现象。简而言之，实证主义认为知识是客观的，解释主义认为知识是主体性或主体间性的；实证主义者寻求人类行为的规律性，解释主义者关注意义和意义的创造；实证主义者通过客观的经验主义和科学方法获得知识，解释主义者通过主观观察和解释获得知识；实证主义理论努力解释、预测和控制，解释主义理论力求理解在地的知识和意义。

从更大的思想史背景来看，实证主义与现代主义齐头并进，解释主义与后现代主义更加一致。现代主义是一种由科学理性驱动的进步信念，后现代主义拒绝总体连贯的逻辑模型，而倾向于分散的、异质的、局部的、语境化的真理，处于一种永恒的变化状态。后现代主义质疑进步的不可避免性，挑战科学方法作为唯一合法知识来源的观念，并关注被边缘化和被压迫的人。它拒绝现代主义给予无实体知识的认识论特权，认为所有的思维都是内在的，强调只能用非科学的研究方法来克服科学知识的缺点。很难说这两种研究范式孰优孰劣，因为它们在社会科学领域都取得了举世瞩目的成功，每一种范式都为社会学研究找到了合理的突破口。而两者之间的差异使得社会科学研究内部的不同分支呈现出一种相互对立又相互支持、补充的状态。

第二节　建构批判的维度

几十年来，学者们对于社会科学知识的本质提出了不同的观点，而对知识的批判始终是社会学的核心议题之一。有学者甚至指出："知识和社会学已经成为'本质上相互竞争的'概念。于我们而言，什么是'知识'？什么是'社会学'？我们怎样才能将它们联系起来？"（特纳、瑞斯乔德，2015：945）在一定程度上，批判的维度也可以被视为解释主义转向的产物。和所有的解释性研究一样，批判性研究是以意义为中心的（Mumby，1993：18；Putnam，1983：32），但是在许多方面又不同于一般的解释性研究，它并不会顽固关注描述和解释的某个给定的现实层面，而是力图发现这一现实层面是如何通过话语行为得以型塑的，而这一现实对不同的社会行动者而言又会意味着什么。批判性研究与解释性研究在态度方面的差别体现为后者将文本及信息看成事实，是可以拥有的一种知识，而前者则将文本及信息看成一项挑战，应设法对其作出批判性的积极评价，认真对待其各种有效性主张。

批判的元素在哲学史上从来不曾缺席。从苏格拉底对传统智慧的质疑，到康德以先验逻辑为支撑对传统形而上学的批判，批判精神是哲学史最重要的遗产之一。黑格尔曾将哲学比喻为“密涅瓦的猫头鹰”。密涅瓦（Minerva）是罗马智慧女神的名字，陪伴于她左右的猫头鹰象征着理性和思想。黑格尔用黄昏起飞的密涅瓦的猫头鹰表明哲学是一种深沉的理性反思活动，思想以自身为对象，反过来对其重新思想与认识，从而揭示思维与存在之间的矛盾，并对各种关于存在的思想进行反省和批判。在社会科学研究中，批判理论（Critical Theory）是极具影响的一种社会理论。尽管批判理论远非单一的思想体系，但它通常与20世纪30年代出现的法兰克福学派（The Frankfurt School）关联在一起。这一活跃的思想群体中，除霍克海默（Max Horkheimer）之外，还有阿多尔诺（Theodor Adorno）、洛文塔尔（Leo Lowenthal）、马尔库塞（Herbert Marcuse），以及后来极具影响力的哈贝马斯（Jürgen Habermas）。

“批判理论”一词最早由德国哲学家和社会学家霍克海默正式提出。在《批判和传统理论》（“Critical and Traditional Theory”）一文中，他批判了逻辑实证主义提出的科学模型，提出了与传统的、以描述或解释社会为旨归的研究相区别的批判理论，以及一种以批判和改变整个社会为实践目的的社会理论。如果再向前追溯，在1933年的《唯物主义和形而上学》（“Materialism and Metaphysics”）一文中，霍克海默已经对两支主流理论——唯物主义与形而上学——提出了批评；前者支持的实证主义试图以科学的范畴和标准分析社会，但在这一过程中往往忽视了主体性和伦理问题，后者的问题则在于低估了物质世界的哲学相关性，试图用普遍的戒律来使个人遵从直觉的道德判断。他将这两种看似对立的哲学观点视为同一枚硬币的两面，因为它们本质上都坚持特定的理论背景、解释现实的范畴以及关于经验和真理陈述的验证。在他看来，主流的传统研究模式自称中立、客观，实质是从既定事实出发，通过所谓科学的观察确认现状，而有意或无意忽略了现存秩序的历史构成及替代可能，只能得出顺从现存社会秩序的结论。因此，传统理论其实并不像其倡导者所认为的那样中立、客观，而只不过是将特定社会利益隐藏于话语中。霍克海默认为并不能因此而抛弃现有的研究方法，而应该采用内在的批判来证明研究的前提如何受到现存秩序及价值的影响。根据他的定义，批判理论必须同时满足三个标准才是充分的：它必须是解释性的、实践性的和规范性的，也就是说它必须能够解释当前社会现实的问题所在，确定改变现状的行为者，并为批评提供明确的规范，以及为社会转型提供可实现的实际目标。简而言之，批判理论超越了对社会世界的表征，积极推动社会变革，寻求从根本上改变统治结构，“把人类从奴役他们的环境中解放出来”（Horkheimer，1982：244）。

与霍克海默一道，阿多尔诺对于传统同一性哲学在启蒙中所展现的理性进行了深刻反思。在两人合著的《启蒙的辨证》（*Dialectic of Enlightenment*）一书开头，他们（1972：xv）就指出“启蒙必须自我反思，重点不是保存过去，而是实现过去的希望”。启蒙被赋予最广泛的意义，即在于对世界的祛魅（Entzauberung），消除人类的恐惧，使其得以自主（同上：3）。培根的经验主义与笛卡尔的理性主义都是启蒙时代的知识典范，而两者均有明显的同一性倾向，希望追求确定性知识，进而推论出包含一切事物的体系，而他们在将世界化约为经验或理性的过程中也都表现出了相当强烈的独断性与排他性。从这个意义上说，理性对于事物，其实“如同独裁者对于人民的态度一样——只在能够操纵的范围内才承认它们”（同上：17）。阿多尔诺（1977）指出，实证主义最大的问题在于以客观、中立的态度去将历史化约为事实，而这些经由概念处理过并成为实证研究对象的事实，很可能已经不再是真实的产物。实证主义社会学研究对于维持中立价值的陈述往往只是维持了主体看待现实及自身的方式，盲目地满足于对现状的复制，通过观察、描写、统计、量化分析以及人类学调查等手段获取数据，只能实现研究方法上的客观，并不代表研究客体的客观。由于缺乏对社会的反思，这样的客观很可能只是一种维护特定主观立场的包装，而思维实际上在概念形成之初就已经受到限制："判断总是在重复理性已经置于客体中的东西。"（Adorno & Horkheimer, 1972：26）换言之，实证主义取材于现实存在，作为思想模式，所取材的所谓事实往往是对既有观点的不断复制，这一后果便不啻于一种强大的意识形态，不但导致人的异化，也牺牲了知识的自由。因此在阿多尔诺看来，社会学研究不能够仅仅采用依靠经验的实证主义或解释主义进路，必须还要保持反思和批判的精神，因为社会并不是特定时空场域中固定不变的研究对象，而是可能性与现实性之间的一个紧张的场域。

值得注意的是，阿多尔诺并不否定经验的重要性，而是将其看作一个动态认知的过程、一种"现实的考验"（test of reality），能够让思维平等地呈现非概念的东西，将非同一性的意识凸显出来。在他（1973：6）看来，非同一性并不是经由概念掌握后的事物，而是事物本身："不是认知的律则，而是实在的律则。"他借用了本雅明（Walter Benjamin）的"星丛"（constellation）这一表述，以呈现一种承认矛盾、差别的新型存在与思想关系。星丛这一形象的隐喻展示出不同元素以并列而非整合的方式，共同构成的一个网络或空间，其空间特征可以解释各个组成元素之间的关联。星丛中各元素之间共生共存，因此其中不存在某个本质性的核心，也不存在什么第一生成原则，内部元素之间非线性的张力恰是对总体化力量的抵制："对处于星丛中的客体的认知就是对贮存在客体中的过程的认知。作为一个星丛，理论思维围绕着它想要开启的概念，希望它能像一个防护性能很好的保险箱锁一样突然被打开：能打开它的，不是一把或几把钥匙，而是一个数目的组合。"（同上：163）在星丛这一思维范式中，概念不再被看作一个孤立而封闭的客体，而是被置于一个复杂的作用力的场域之中，与其他概念之间发生相互联系。这一系列动态的交互关系就形成了自由的、开放的、生成性的认知客体。作为一个认知模型，星丛强调的不是一个或几个构成因素，而是所有元素形成的动态平衡关系。阿多尔诺（同上：129）关注的是认知的运动与知识的生产，认为真理存在于主客体之间相互交往、互动、渗透的星丛之中，主体和客体被相互建构且不断生成。这一对传统主客体关系的批判凸显了现实的动态特征，强调了异质的多样性。

18 世纪以来，理性精神归融于工业化的过程，实际上也是把形而上学的理性转化为工具合理性的过程。这一过程清除了过往的迷信，体现了科学与社会的进步。但在另一方面，又创造出了新的科学专制主义，以及随之而来的对个体与自由的压制。阿多尔诺从非同一性概念出发，构建了星丛的概念运动模式，借由概念超越概念，对启蒙精神所带来的工具理性向人类生活的全面渗透展开反思。与他同时代的洛文塔尔（1961：10—11）对“现代文明的机械化进程所带来的个体的衰落”也表示了深沉的忧虑。在洛文塔尔（同上：7）看来，奉经验主义为圭臬的社会学研究避开了外在因素的纠缠，表面上保持了严守中立的立场，但实际上拒绝将社会现象还原到历史与道德的具体语境中进行考察，因此无法挖掘出研究对象背后所潜藏的价值与意义，而只能成为“一种实用的苦行”（applied asceticism）。他对以调查或数据作为依据的定量研究尤为怀疑，认为这样的研究模式机械、刻板，无异于一种工具理性的载体，并可能导致更为严重的后果，沦为大众文化的同谋或实施控制的工具。

洛文塔尔希望在研究中结合社会与历史两个维度，主张社会学的研究工作应该借助于历史的连续性，在社会功用和理论价值的整体脉络中获得准确的定位。他（同上：viii）说：“如果我们将自己限制在眼见的事实与当下的社会中，我们就无法决定什么是重要的、什么是不重要的，什么是本质的、什么又是非本质的。这里，有关以往社会核心问题的知识具有显而易见的价值。”洛文塔尔以批判理论作为文化分析方法，一方面沉入历史，对文学艺术社会史进行了细致的探究，另一方面又面向现实，对流行传记和通俗小说等进行深入的分析。对于19世纪到20世纪中叶在西方文学研究中占据主导地位的实证研究和内部研究方法，他（1984：244）提出了批评，认为文学研究界要么侧重从语言学的角度把文学作为一种独立自主的客体来研究，要么将作家和作品从历史环境中抽离出来，"对文学活动的实证主义研究使对文学史对象的孤立与简化达到了登峰造极的程度"。洛文塔尔敏锐地观察到，从17世纪开始文学传播方式从私人赞助及受众转为公众赞助与受众，这一重大变化不但对文学的美学与伦理产生了影响，对文学形式、实体、功能、作家的习惯及关注的话题都产生了重要的影响。为此，他（同上：243—246）引入狄尔泰"基于历史语境的结构的概念"，主张"文学研究方法的启蒙不能单凭诗学"，而应该融入文化、社会和传播的知识。与法兰克福学派其他批判理论家一样，洛文塔尔对文学的研究以文学与人的自由和解放的关系作为基本问题视域，认为真正具有艺术性的文学作品具有超越、否定既存现实的特征，并预示着对现实的积极变革，能够在意识上引导人们超越现存权力结构，把人们导向幸福。用他（1987：171）的话来说，"艺术是抵抗的信息，是创造性反抗社会灾难的伟大的蓄水池"，"只有艺术传达了人类生活和人类经验中真正好的东西；它是对尚未实现的幸福的允诺"。

尽管法兰克福学派的学者们借鉴了不同的知识传统，也有各自不同的研究关注点和侧重，但总体上他们的研究都由对解放的渴望所推动，认为研究不仅要解释现存的秩序，而且还要通过揭示潜在的预设和明确呈现权力关系，动摇理解及存在的主流模式、提供替代模式、寻找新的解放可能性。对实践的强调是法兰克福学派跨学科方法的核心关注点，也使得该学派成员在研究中试图弥合规范理论和实证工作之间的差距，挑战传统哲学关于事实和价值二元区分。批判主义基本的方法论预设是：以批判性的文化精神对实践活动本身意义与价值进行思考；将事实视为社会行动的历史产物，而不是孤立的现实描述；新的社会条件将为激进实践带来新的思想和问题，思想必须回应不断变化的历史环境中出现的新问题；批判方法的特征将随着解放的实质而改变。在法兰克福学派的影响下，在针对现代社会人类统治的不同层面的各种运动中，发展出各种更加广泛意义上的批判理论。广义而言，任何具有相似的实践目的、旨在解释和改变所有奴役人类的环境的哲学方法，包括结构主义、后结构主义、解构主义、马克思主义、女权主义、批判种族理论、某些形式的后殖民批判、文化研究、生态批评，都可以被看作批判理论，它们都旨在为减少各种形式的专制压迫、增加个人自由的社会研究提供描述性和规范性基础。

翻译是一种深嵌于特定的社会、政治、经济和文化等系统之中的文本实践活动。随着社会的发展，各种翻译活动、翻译现象与社会整体系统之间的联系变得益发多元而复杂。正如洛文塔尔对文学的研究将文学问题作为一种传播现象加以分析，翻译研究同样需要考虑生产、出版、发行、传播、消费到接受等一连串翻译活动的方式和手段，围绕传播者与译本建构、期待视野与文本结构、翻译传播场域的历史变迁与文学转型等问题展开。对此，传统的翻译理论和模式很难作出回答和充分解释。因此，有必要从历史和实践的角度对实证主义、解释性和批判性研究有所了解，尤其应该理解它们背后理论预设和实践指向的差异。在开展描述性实证研究的时候，应该自觉地承认自己独特的社会观点和价值体系与自己的主张之间存在密切甚至必要的关系，拒绝知识的天真和中立。在对翻译活动、翻译现象展开解释性研究的时候，必须试图理解翻译行为的主观本质，并在考虑各种相关事实和现象时，综合不同的解释视角与进路。在实证与解释之余，有必要保持批判的维度，充分关注主体存在的意义、目的和价值，围绕翻译活动本身去追问翻译实践背后的意图与指向、翻译网络中行动者之间的关联、译本与现实的关系等问题。对于所观察到的显然现象保持高度警惕，同时将激进的怀疑引入到沉淀的思维模式中，既不夸大科学理性，也不一味主张个体意志无限张扬，而是尽可能让理性的和非理性的因素都能够进入主体反思的范围，在主体间的对话与商谈中反驳不正确的主张、发现新的真理，从而提高翻译研究领域的知识质量。

第三节 批判性描述翻译研究

描述性翻译研究并非没有对规范的思考，只不过反对将翻译规范看成一种规定性、先验的翻译标准，而希望以描述的态度来发现、总结，以至于预测翻译规范。以色列的特拉维夫学派对描述性翻译研究的发展作出了重大贡献。其中，伊文－佐哈的多元系统论把翻译置于广阔的文学和文化系统中来分析，大大拓宽了翻译研究的视野。系统概念的提出使得翻译研究的对象不再局限于个别单独的文本，而要考虑文本所处的社会、历史以及文化背景。通过研究译文在目的语系统中的位置和作用，可以更好地了解与翻译相关的整个多元系统的历史。从这个角度来说，多元系统论奠定了描述性翻译研究以目的语为导向（target-oriented）的研究方法。特拉维夫学派中另一位著名学者图里在多元系统论的基础上提出了更加详细的描述性研究方法，认为应该首先把翻译文本放在目的语境中，考虑翻译文本的接受和意义，而后比较译文和原文，找出两者之间的关系，最后总结出今后翻译决策中可能适用的翻译原则。最后这个步骤尤其让人深思，因为它涉及对翻译规范的思考。在图里之前，列维和伊文－佐哈都曾经使用过“规范”一词来指翻译活动所共有的一些普遍价值和标准。在图里的论述中，规范成为一个核心概念，翻译成为一项由规范指导的活动。更重要的是，规范不是人为定下的行为准则，而应该源自行为的规律性。换言之，规范也可以用描述性的方式来研究，这就使得翻译研究发展到了一个以描述翻译规范而非制定翻译规范为目标的新阶段。

和传统的规定性翻译研究不同，描述性翻译研究的立足点不在于对翻译进行评价或指导，而是试图对翻译进行描述和解释，或是对未来的翻译作出预测。这一区别使得描述性翻译研究体现出许多和传统规定性翻译研究截然不同的特点。从好的方面来看，这种不带批判性的态度使得描述性翻译研究更加兼容并包。图里（1980：22）将翻译看作“在目的语系统中任何以翻译的形式呈现，或是被当作翻译的目的语文本，不管出于什么原因”。通过强调“不管出于什么原因”，描述性翻译研究在选择研究对象方面就避免或悬搁了事先设定的标准和偏见。任何一种译本都有其存在的价值，也都有其可研究之处，就连“伪译”（pseudo-translation）也不例外。过去翻译界很少提及伪译这一借翻译之名行创作之实的行为。在描述性翻译研究的图式下，伪译研究成为了一个热点，有助于更好地理解目标语境中与翻译相关的文化期待和定位。同样，和以往单纯关注经典文学作品的翻译研究相比，描述性翻译研究提醒人们记住经典本身就是一个被建构出来的概念，而翻译在这个建构过程中起到了举足轻重的作用。对于畅销书翻译、电影翻译这类翻译活动的思考，可以加深对翻译规范背后的社会机制的了解。

如此看来，不带价值批判性态度的描述性翻译研究方法确实有相当可取之处。但是在实际研究中，即便研究者完全同意图里对翻译的定义，会发现“不管出于什么原因”不可能意味着“随便出于什么原因”，更加不可能是“没有任何原因”。这里涉及的一定是某一个特定的原因，是适用于所研究的那个特定的翻译文本的原因。把翻译的定义悬搁起来并不意味着对翻译就没有任何先验和经验的认识，毕竟从解释学的角度来看先见，甚至偏见可能恰恰是解释和理解得以可能的条件和前提。要把与自身经验密切相关的先见完全悬搁起来、完全客观并直观地观察研究对象，从严格意义上说是不可能做到的，必须首先持有某些观点、立场或是经验，才可能进行任何形式的观察和研究。定义的悬搁更多表达的是一种概念或态度，并不可能完全落实到实际研究中去。任何一个文本都不可能无中生有、无缘无故地被视为翻译，人们首先需要多少知道翻译“应该”是什么样子，才会将某些文本看作“是”翻译。进入翻译研究视野的被看作翻译的东西，并不是历史上发生的所有翻译事件，而是经过翻译研究者挑选和认定的。学术研究对象的选取本身是一次非常繁复的行动，挑选与认定既有共同的规范和标准，也受研究者个人志趣、生活经验、知识结构、价值取向和现实追求等多个方面的制约。认识到这一点之后，对于是否可能顾及所有翻译的问题自然就有了更加明确的答案。要是为了表明一种开明的态度而去聆听所有的声音，其结果很可能是满耳朵都充斥着噪音。同样，如果希望翻译研究是一项有意义的工作，就必须对研究对象有所选择，同时反思自己作出这些选择的理由。正如铁木茨科（2002：22）提醒的，研究就不可避免地带有一定的主观性，会受到“与我们的主体位置、参考体系、个人理解、思维理念，以及所接受的意义相关的想法和信念的影响”。在实际研究和翻译中，总归要站在自己的政治观点和立场上来说明问题。也应该承认，研究者对自身所处位置的了解对于建构一次诚实而有效的研究是必不可少的。了解自己、知道自己的立场和基本信念，是做好许多事情的基础，这其中自然也包括翻译和翻译研究。

认识到描述性研究也并非意味着单纯对翻译现象展开客观观察，这成为指向性翻译研究发展的重要动力。指向性翻译研究进路的一个重要信念是，研究者不仅要描述翻译现象，而且要理解翻译的社会效用，同时他们的研究必须体现出政治参与性。这种政治参与的指向性就是指向性翻译研究的特点。本书第二章谈到目前的指向性翻译研究采用不同的理论框架，如后殖民主义、文化唯物主义、女性主义理论等。指向性翻译研究背后可以有不同的研究方法或总体理论，但它们的共同点是希望将翻译看作一项文化政治活动，置于社会、政治、身份、意识形态等多重元素之间的关系网络中去考察。指向性翻译研究背后的理论框架也许各不相同，然而它们对翻译政治性的强调是一致的，这种政治参与的积极态度将研究者对翻译的理解带到了一个比纯描述性研究更为复杂与成熟的阶段，也为研究带来了新的挑战。其中最重要的一点是，如何在不同的价值体系和责任之间作出选择。

指向性翻译研究改变了描述性翻译研究的中立态度，强调积极政治参与，引入批判性研究向度，使研究具有更加重要的社会意义和价值。赫曼斯（1999：159）认为纯描述研究中的一些基本信条，包括客观性、内在法则、结构分类，都已经过时；要想让描述性研究充满生机，就需要认真思考“关于价值、评价、译者主体性，以及对翻译评论的出发点的问题”。面对认识和视角相互制约的两难，赫曼斯（同上：148—150）认为我们必须接受自己视角的局限，更重要的是必须找到对待这一局限的方法。他（同上：149）的建议是，翻译研究者可以从人类学的发展中得到启发，学会“自我反思，自我批评，了解自身历史性和学科处境、自身的预设和盲点，以及通过语言和翻译来描述而造成的陷阱”。对赫曼斯而言，一条将以上的问题考虑进去的研究进路会让人们找到“翻译研究的批判性良知”（同上），布朗利（2003：43）则把这种研究进路称为“批判描述性研究进路”。

赫曼斯（1999：98）的确提出了要将翻译研究发展为一门批判性学科，但是他并没有具体解释什么是批判性，以及批判性的概念应该如何用在翻译研究上。毕竟，他的重点在于探索描述性和系统性研究进路的方法以及潜力，探讨一些描述性研究背后的理论框架，例如伊文－佐哈的多元系统论、勒菲弗尔的文学系统理论、布尔迪厄的社会及文化场域理论，等等。这些理论框架都是翻译研究常用的理论，包括指向性翻译研究。正因为这个原因，才会发现“很大一部分指向性研究与描述性研究读起来非常相似”（Brownlie，2003：58）。目前看来，在描述性翻译研究的这次批判性转向的过程中，似乎对描述性讨论有余，而对批判性思考不足。

在日常使用中，批判性常常意味着批评或是“挑刺”，而实际上批评性思维更强调的是洞察力和判断力。换言之，除了“批”，还有“判”，除了要质疑，还要会决策。英文中“批判性”（critical）一词源自希腊文 kritikos，也同样带有敏锐、精明、作出决断的意思。因而，批判性思维虽然包括发现错误、查找弱点等否定性含义，但它同样关注优点和长处等肯定性含义，因为它关注的焦点是如何作出明智的决断。自古以来，批判性思维在人类社会与文化发展的每一次变革中都发挥了重要作用。20 世纪以来，许多学科融合了这种思维方式，发展出各式批判性理论：

> 在文化领域的批判性理论包括各种女性主义理论和马克思主义理论；在文学研究领域有符号学理论和接受美学以及读者反映论；在教育学领域有批判性教学法，强调的是转型和沟通；在心理学领域有弗洛伊德和拉康的心理分析学理论；在戏剧和美学领域有皮斯卡托、布莱希特到博亚尔的理论。
>
> （Grady，1996：60）

这些批判性理论的兴盛，说明研究中可以有许多不同的方式来体现批判性思维。正如西蒙斯（Jon Simons）（2005：1）所指出的：“在人文领域的所有学科和跨学科中，几乎都可以找到批判性的研究取向。”前文提到的指向性翻译研究，就是翻译研究中批判性思维的明证。尽管这些指向性研究利用的理论背景各有不同，对翻译的解释以及强调的价值也不一样，然而它们都对与翻译相关的传统观点提出了挑战，并提出各种改变的可能。这一点正是指向性翻译研究的批判性所在。

怀特（Stephen White）在研究批判性社会学的时候，曾对批判性下了一个言简意赅的定义。他（2004：317）认为，一种真正的批判性理论至少要做到以下两点：首先，必须培养一种怀疑诠释学（hermeneutics of suspicion）；其次，必须把不平等的社会结构（social structure of inequality）看作权力关系的体现。怀特借用了利科（Paul Ricoeur）的怀疑诠释学，提醒注意事物的表面现象有时会掩盖事实真相，同时要求提防自己理解中潜伏的各种利益因素，以及决定自身视角的社会架构。第二个标准要求批判性研究者正视社会不公平现象，并致力于揭露那些造成或强化压迫的权力关系。这两个标准为批判性提供了基本定义。

盖斯（Raymond Geuss）曾对批判性理论作出更为详尽的解释。他（1981：55—56）提出批判性理论和传统的实证主义理论相比有三个不同之处，分别在于它们的目的或者用途、认知结构以及证明方式。盖斯这一论述的主要依据是法兰克福学派的批判理论，然而他所总结出来的这三个特点同样适用于先前提到的各种批判理论。可以根据盖斯的解释，进一步思考描述性翻译研究应该如何将批判性纳入我们自己的研究视角。

首先，传统的实证主义理论的目的往往在于得出一系列正确的事实陈诉，而批判性理论的目的在于实现启蒙和解放。批判性理论中所谓的启蒙（enlightenment）就是要让人们认识到被胁迫或被操纵的现实层面，而解放（emancipation）就是要改变这种被胁迫的状态，让人们能够真正为自己做决定（同上：55）。为了实现启蒙和解放的目的，批判性理论一般会对现存的社会和政治框架进行评判，关注在现行体制中被边缘化的主体。正如人类学家所说："所有批判性理论和方法的核心，是对意识形态和权力的批评。"（D'Andrade，1995：401）

意识形态和权力在翻译研究中并不是少见的研究主题，特别在20世纪80年代翻译研究的文化转向之后，它们更是一度成为相当热门的话题。指向性翻译研究不仅考虑意识形态和权力对翻译的影响，而且关注翻译在意识形态和权力架构的形成中所发挥的作用。对于一条批判性的描述翻译研究进路，必须对意识形态和权力问题进行深刻的思考。值得一提的是，批判理论范式下的意识形态可以有三种不同的含义：可以在描述的意义上，用来指某一社会阶层的特定信念和思维体系；也可以带有贬义，用来指某一社会阶层强加于其他阶层的虚假意识；还可以用作褒义，指人们采取行动来让自己获得权力（Geuss，1981：4—12）。盖斯（同上：60）指出，这三种意义上的意识形态相互紧密联系，不可单一而论：

> 在描述的意义上，意识形态是我们可以发现的东西……贬义的意识形态是我们发现并将之隔离出来进行批判的东西，褒义的意识形态则是尚未存在、即使通过最仔细的实证研究也不可能发现的东西。对某些特定的社会来说，拥有这个意义上的意识形态可能会是当务之急，然而这种意识形态是要被建构出来，创造出来，或是发明出来的东西。

盖斯对意识形态的这一划分意味着，对现有的意识形态作出实证的分析和理解是进行意识形态批判的前提和基础。这也就是说，批判性的描述性翻译研究应该首先把意识形态看作翻译活动的背景之一，对其作出系统描述，在这一基础之上再关注翻译活动中所体现的不平等和压迫，并且进一步构想翻译在创造新的意识形态中可以扮演的角色。

在翻译研究中，描述性研究范式所采用的意识形态就是一个相当中立的概念，指的是和某一个特定社会的翻译活动相关的信念体系（system of belief）。在描述性翻译研究中，对于意识形态结构的详尽研究有助于理解或解释哪些活动可以被看作翻译，相关的翻译活动是如何开展的，翻译作品又是如何被接受的。描述性翻译研究一般不把意识形态看作对社会现实的扭曲，而把它看作社会现实的结构因素之一。在这一点上，批判性翻译研究和描述性翻译研究并没有太大冲突。然而，批判性翻译研究不能仅仅停留在这种非评价性的层面，而应该通过区分主流和非主流的意识形态，试图分析两者之间的互动和权力斗争。正如汤普森（John Thompson）（1984：76）所指出的，一旦把意识形态看作一个绝对中立的概念，就放弃了对意识形态的评价，从而也失去了其批判性的特点。在翻译研究中，进行批判性的意识形态探究要求不但要注意翻译现象背后存在的主流意识形态，而且要考虑它们是如何被确立为主流，如何压制其他意识形态，以及其他意识形态如何挑战，甚至推翻现存的机制。这也就要求翻译研究不但要描述在特定社会历史环境下的具体翻译活动，而且应该考虑是否可以对于这些翻译活动作出其他方式的解释或评价。

其次，盖斯指出批判理论和实证性理论的认知方法有区别。实证性研究强调客观化，在理论和理论研究的对象之间画出一条清晰的界限，而批判理论强调反思性，将自身纳入研究对象的范畴（Geuss，1981：55）。如何理解主体和结构之间的关系一向都是批判性社会研究的重要主题。在过去的几十年中，社会学家已经越来越清晰地意识到，结构与能动、个人与社会、主体与客体之间并不是割裂的对立体，而是存在着相互建构的关系。社会学家们对于如何理解这两者之间的关系也提出了许多理论和概念的框架。例如，吉登斯（Anthony Giddens）提出过一个著名的比喻，即主体与结构可以被看作同一枚硬币的正反两面。他（1979：69）分析说："每一个行为，作为结构的复制，同时也是一种创造的行为；而作为这样一种行为，它可能会在复制结构的同时，也改变了结构，从而引发了变化。"与之相似，布尔迪厄（1977：94）则提出了"场域"这个概念，来描述主体和结构之间的对立统一关系："通过场域，制造出场域的结构指导了实践，但这并非一个机械决定论式的过程，而是一个对结构为场域创造性运作而设立的那些方向和限制进行反思的过程。”换言之，个体的主体性行为可以对社会产生塑造以及重塑的作用，而社会也会反过来对个人的行为有所影响，这两者之间是一个持续并相互构建的过程。

批判性研究超越了主客观二元对立，认为知识的获取和使用都不可能是完全客观的，提倡将反思作为获得新知识的有效手段。在翻译研究中，最能够体现反思这一概念的莫过于翻译理论和实践之间相互联系、相互构成的复杂关系。翻译研究的目的可以是归纳出一些具有普遍性的翻译理论，而这些理论则隐藏在实际的翻译实践中。翻译理论的发展依靠的不是一成不变的规定或原则，而是译者的实践智慧（practical wisdom），这就需要仔细分析译者在实际工作中会如何应对不同情况和问题。和传统描述性翻译研究的不同之处在于，这一分析并不是为了要总结出放之四海而皆准的原则，而是要凸显译者的主体性，分析特定译者在特定背景下如何利用自己的知识和经验、以自己独特的方式来解决翻译中出现的问题和冲突。从以系统为基础、以规范为导向的描述，转变为以经历为基础、以反思为导向的描述，是批判性描述性翻译研究的一个重要特征。

最后，盖斯提醒注意批判理论和实证性理论在求证方法上的不同。实证性研究要求通过观察和实验来求证，而批判理论的求证则要看它们“反思之下是否可行”（reflectively-acceptable）（Geuss，1981：55—56）。至于反思的具体方法，他提出了两种不同的研究路径。他将其中一个称为阿多尔诺式的“情境主义”（contextualism），认为用反思来判断是否可行的标准和传统以及历史息息相关；另一个研究路径是哈贝马斯式的“超验主义”（transcendentalism），认为评判要依靠交流能力和理想言谈环境。盖斯（同上：63）倾向于情境主义的反思标准，认为超验主义忽视了历史和文化因素，而实际上批判理论是“相当细致的历史产物”，只有在某种特定的历史文化环境下才能对某些现象作出合理而有效的批判。

至于情境化研究，可以从两个层面去理解。一方面，它意味着研究者应该脚踏实地，确保其研究的现实意义和价值。傅以斌在谈到致力于客观描述社会现象的社会学研究时，提醒注意人们有可能会对这样的研究提出“事实如此，那又如何”（So what?）的质疑。在描述性翻译研究范式下开展的翻译研究，也不可避免地会遇到同样的问题。研究者必须记住，他们不但要说服读者相信他们所描述的翻译现象是客观而公正的，而且要让读者理解这一描述本身的社会相关性和价值。为了达到这个目的，研究者必须要对研究的背景作出详细陈述，从而让读者根据有关事实对这一研究的结果在其他场合是否适用能够作出明智判断。另一方面，情境化的翻译研究意味着任何翻译现象都要放在特定的历史社会或政治背景下来考虑。一个特定翻译事件的背后可能包括许多细枝末节的背景材料，这些材料本身也许是微不足道的，然而如果把它们和翻译事件联系在一起综合来看，有可能改变对翻译事件本身的理解或评价。之前说到，指向性翻译研究常常是从某一个特定的理论背景出发的，例如后殖民主义、文化物质主义或者女性主义，这些特定的理论框架都从自己的视角为翻译研究提供了重要的洞见。然而，如果总是抱住某一个理论不放，就不可能对翻译活动的复杂性作出全面阐释，这也正是赫曼斯对指向性翻译研究的担忧。他（1999：157）指出为了克服单一视角的局限，在研究中应该承认现实中的意义可能是模糊甚至自相矛盾的，应该尝试用不同的模式和方法来解决问题。批判性翻译研究也必须意识到，采用不同视角和理论框架，通过对翻译情境的细节进行深度描写，使得对翻译现象进行多角度、多层次的分析和阐释成为可能，从而对特定的翻译事件作出情境化的价值判断。

必须指出，这一价值判断的过程同样也是一个不断反思的过程。正如吉登斯（1990：38—39）指出，大部分社会活动都会因为新知识或新信息的出现而得到修正，这个修正将会是一个漫长的过程。也应当看到，对于特定翻译作品的判断和评价同样会因历史情况而异，如今的结论完全有可能在今后因为发现了新的文本或史料而被推翻。当赫曼斯（1999：160）构想今后翻译研究的发展道路时，指出需要更加自省的理论反思，要做好哪怕显得笨拙的、实验式的准备（prepared to be awkward and experimental）。对于批判性描述性翻译的研究者而言，他们必须认识到自己在知识生产过程中的参与，同时也应当看到知识本身有不可避免的假定性和暂时性。一方面对特定的翻译活动作出评价式结论，另一方面也应当在出现新的视角或相关材料的时候，对之前的结论进行及时反思和修正，这样的批判性描述研究才会为翻译研究的学科演化提供源源不断的动力。

在当今的全球化语境下，各种文化之间的交流益发频繁，翻译在人类知识领域发挥的作用益发显著。过去一系列翻译研究的核心议题，例如可译性和不可译性、原作与译作的关系、译者的身份和能动性等，在当今时代也是具有极高批判性意义的课题。批判的视角意味着为 20 世纪 80 年代以来占主导地位的描述性翻译研究增添了一个重要的维度，并带来了研究问题的变化。曾经一直困扰翻译理论家的传统问题是：我们应该怎样翻译？什么是正确的翻译？在描述翻译研究的框架下，重点要回答的问题是：译本是什么？它们怎样在世上流通及引起反响？而加入批判的视角之后，又辩证地回到了传统的话题：到底应该如何翻译？哪种翻译的方式才是更加适合特定翻译场景的？这一研究问题的转变强调了翻译作为译入语文化文本的这一现实，从文本存在的物质性和流动性出发，把译学视域向更加普遍的文化系统开放，把翻译问题向广义的政治以及思想文化领域开放，让描述性、指向性、反思性这些相互关联又各有侧重的研究路径相互交错，寻求恰切的时机让批判性理论和传统的实证主义理论进行比较与对话，以期为翻译研究带来新的主题和挑战。

第四章　批评作为方法

翻译是历史悠久的人类活动，翻译批评和翻译活动相伴而生、互动发展。人们在阅读、理解和接受翻译作品的过程中，往往会对其品评议论，这便是最基本的翻译批评活动。正如许钧（1992：30）所言："有翻译，就会有翻译批评，这应该是必然的事。只是批评是否合理，有价值，有启发意义，那就不是必然的了。"

传统翻译批评惯于以寻章摘句的方式，对译文进行挑错或评析式的批评，纠结于字词句的枝节。不可否认，这样的翻译批评有其存在的必要。毕竟，翻译批评和一般形式的文学评论相比，最大的区别就在于翻译批评不但要点评原文，如明人袁无涯在《忠义水浒全书发凡》中所云，"通作者之意，开览者之心"，还需要指谬质量低劣译本、鉴赏优秀译文，从而促进翻译工作发展。季羡林先生曾在《翻译的危机》一文中，直言目前中国在翻译的量、翻译的面、翻译的及时程度等方面均存在令人担忧的问题，他（1998：45）尤其指出"我们中国当前的翻译质量却不能不令人忧心忡忡"。近十年之后，许钧（2005：13）再提翻译的危机，指出中国"译事昌盛的背后，的确潜藏着重重危机"，并指出危机背后的一个重要元素便是翻译批评不力。

关于翻译批评的这一责任，鲁迅先生（1977：46）早在1933年的《准风月谈·为翻译辩护》中便表达得相当明确："翻译的不行，大半的责任固然该在翻译家，但读书界和出版界，尤其是批评家，也应该分负若干的责任。要救治这颓运，必须有正确的批评，指出坏的，奖励好的，倘没有，则较好的也可以。”鲁迅从当时的实际出发，为读者着想，认为翻译批评应该指出劣译，褒扬佳译；倘若佳译暂不可求，则可以用较好的应急。他提倡翻译批评家用剜烂苹果的方法来对待作品，苹果不是彻底坏掉，就不要一下子全部扔掉，好比“这苹果有着烂疤了，然而这几处没有烂，还可以吃得”，因此“……希望刻苦的批评家来做剜烂苹果的工作，这正如‘拾荒’一样，是很辛苦的，但也必要，而且大家有益的”（同上：47）。

在翻译活动高潮迭起、新的译作不断涌现、各种复译本令人眼花缭乱的情形下，难免出现译本粗制滥造、良莠不齐的局面。翻译批评中“剜烂苹果”的工作有相当重要的价值，但也不应该简单地将翻译批评等同于“剜烂苹果”。鲁迅先生对翻译的态度相当宽容，指出在翻译中“错误是百分九十九总在所不免的，可以不管”（同上：48），这与他一贯犀利、尖锐、不留情面的笔锋形成了鲜明的对照，同时也提醒一点：翻译批评的最终目的不应该停留在一字一句的挑错或是随心所欲的感想上。毕竟大部分译作，包括非常优秀的翻译作品，往往存在若干瑕疵，单一的挑错式批评无法真正反映翻译批评的本质。翻译批评既是一种审美评价活动，也是一种较为系统的学术研究，其核心任务并不是对付低劣译品或不良译风，而是要以科学的方法在有关语言、文本分析及翻译的理论框架下，对翻译过程、文本、影响、效果等方面展开历史、客观、系统的探究，最终反过来观照翻译理论和实践的发展与进步。

翻译批评是沟通翻译理论与实践的桥梁。理论来自于实践，理论的基因也会被译者内化为实践的准则，而批评则将两者沟通起来，并提炼为一个自洽的体系。一方面，翻译批评不可能是纯粹抽象的、形而上的讨论。翻译批评终究要紧贴翻译实践，其动力主要来自于它与不断更新的翻译行动与译本之间的密切关系，通过分析具体的翻译实践来得出结论，并提供参考与指导。另一方面，翻译批评本身就富有浓厚的理论色彩，无论是对翻译策略的归类、命名，还是对某一时期翻译趋向的剖析、论证，实质上都是一种理论的探讨，直接关系到翻译基本理论的建构，文学翻译的美学策略、翻译过程中的话语权力等问题都离不开翻译批评的深入开展。从这个角度来看，不妨将翻译批评看作一种思维工具或方法，与批评的具体内容或给出的解释相比，方法的奠基更为重要。多维的翻译批评既是实践与理论双向互动的研究过程，也是一种辩证整合事实描述与价值重估的方式。

霍姆斯设计的翻译学基本图式中，有纯理论研究与应用研究两个分支，纯理论研究又分为理论翻译学与描述翻译学。翻译批评属于应用研究的范畴，与理论研究的两个分支之间有辩证互动的关联。按照霍姆斯的设想，在进行翻译现象描述或翻译评论的时候，需要有一定的理论假设作为行动的起点，而翻译理论的发展则需要描述翻译研究与应用翻译研究提供详实而确切的材料。近年来，描述翻译学成为翻译研究版图上发展最快的一个部分，其最大的特点是以译语为导向，对既有的翻译事实进行客观的描述，并在此基础上建立一个解释和预测翻译现象和过程的原则参数体系。描述翻译学摆脱了规定性翻译研究中的等值概念，在文本之外引入了对文本生产的历史文化语境的关注，将语义观发展为情境观，从翻译的功能、过程与译本多层面丰富了人们对翻译的认识。描述翻译学的发展对于传统翻译批评模式的冲击也因此显而易见。既然无须拘泥于等值、忠实等传统翻译标准，传统那种抽象的、去历史化的忠实观显然不足以成为翻译批评的唯一标准。同时，描述翻译学背后的客观主义立场本身就提倡研究者保持中立，因此不会轻易在研究中引入价值判断与批评。

不可否认，描述翻译学的发展对于译者主体性与译作在历史文化语境中功用的关注丰富了人们对翻译复杂性的认识，这实际上也为翻译批评提出了新的要求。正如刘云虹（2010：104）所指出的："翻译批评只有从特定的历史环境出发，关注不同的文化、政治因素，并充分重视译者对翻译的认识和定位在翻译过程中所起的作用，并由此构建从表面走向深层，从单一走向多元、从静止走向动态的多重视野，才能真正履行自身的职责，体现自身的价值，成为促进翻译事业健康发展的有效力量。"

第一节 诗学的游戏

说到诗学一词，人们大多联想到亚里士多德的《诗学》。亚里士多德当初撰写该书所用的标题是 Peri Poietikes，其中前置词根 peri- 表示"关于"，poietikes 原意为"制造者"。从词源的角度看，古希腊人并不特别强调诗的创造性，而更倾向于将其看作一个制作过程，因此诗学就是关于艺术之制作方法与技艺的学问，它不同于理论知识或实践知识，而是以形象塑造为本，通过对特殊事物的再现呈现出普遍的意义。

在亚氏的论说中，诗是一个较为宽泛的概念，《诗学》讨论抒情诗、史诗、悲剧等不同文学类型的技艺、方法与原理，其中不乏艺术的特点是模仿、艺术的起源与人的天性、戏剧艺术的组成成分、悲剧的净化作用，等等。亚氏开创的这一条诗学传统对后世影响深远，古罗马时代贺拉斯的《诗艺》（*Ars Poetica*）承接了古希腊诗学规范，进一步讨论文学创作与技艺的不同方面。17 世纪法国古典主义思想家布瓦洛的《诗的艺术》（*L'Art Poétique*）同样标举诗的理论，将诗理解为文学乃至一般艺术创作的本质，探求文艺作品的创作原则、目的与功用等问题。

在中国古代文论系统中，诗学一词有两种用法：一是关于《诗经》的研究，二是关于诗歌的观念、创作、文体、流派、鉴赏、品评的理论话语。陈良运在《中国诗学体系论》中，将中国文论中的诗学理论发展分为四个时期：一、诗歌观念发生与诗学建设初创期（指先秦至两汉）；二、诗歌观念转型与诗学体系形成期（指魏、晋、南北朝）；三、诗学观念体系建构完成与诗歌文学成熟期（指隋、唐至两宋）；四、诗歌文体理论与流派理论发展、繁盛期（元、明、清）”（1992：2），并拈出“志”“情”“形”“境”“神”这五个概念作为中国古典诗学审美脉络的重要支柱，进而指出“中国自有诗以来，诗歌理论对诗歌创作实践的抽象表达是：发端于‘志’，演进于‘情’与‘形’，完成于‘境’，提高于‘神’”（同上：25）。

尽管中国古代就有诗学一说，但是究其传统，与西方诗学的观念、形态与发展都存在诸多差别，甚至有学者认为两者之间存在“‘概念上’的差异和不可通约性”（余虹，2005：116）。与更注重分析与系统性的西方诗学相比，中国传统诗学更多从直观、经验、感悟出发，自然规避了对严格精确的概念以及庞大整体理论体系的热切追求。叶嘉莹（1997：116）曾指出，由于中国思维方式的特点之一便是重视个别的、具体的事物，忽略抽象的、普遍的原则，在中国文论中体现为“直观印象式之批评的风习和偏爱”，并且“缺乏理论精严之著述”。也正是因为这个原因，朱光潜（1982：3）曾在《诗论·抗战版序》中指出：“中国向来只有诗话而无诗学……诗话大半是偶感随笔，信手拈来，片言中肯，简炼亲切，是其所长；但是它的短处在零乱琐碎，不成系统，有时偏重主观，有时过信传统，缺乏科学的精神和方法。”

中国诗学对直感与经验的强调背后，存在一个强大的抒情传统，其审美侧重从一开始就超越了一般性分析与阐释的框架。许多诗学评论并不旨在对文学作品的内部规律展开解剖式分析，而是希望点到即止，追求唐代司徒空所谓“不着一字，尽得风流”的“韵外之致”。落实到文学作品的翻译当中，不可否认的是直觉性、体悟式的思维方式有其重要意义，它所看重的灵感、顿悟不但对于作者的创作而言不可或缺，对于译者的理解与再创作来说也是十分宝贵的。然而，不得不承认这种基于主观感受与体验的理解虽然有启发性，但也很可能是不确定的，甚至是错误的。翻译之本并非译者主观上与作者之间的心意相通，而要尽可能让无法读懂原文的读者接近作者。对于普通读者来说，重视主观的理解与想象无可厚非，但对译者而言，有必要尽可能超越主观感悟，深入文本内在结构与规律，以分析性思维补充直觉感受，对作品形式风格以更为科学的精神与方法展开剖析。出于这样的考虑，有必要促成中西诗学的交汇，在体悟与感受之外引入更为严密的思辨与综合分析。西方现代诗学的发展在这方面无疑会带来许多启发。

一、诗学语言对翻译的挑战

西方现代诗学的发展与演变，以语言学、语义学、符号学、新批评派、布拉格学派、结构主义、俄国形式主义文论等不同理论为学术资源，以探究文学的本质为指向。俄国形式主义文论家托马舍夫斯基（Tomaszewski）（1999：133）以科学主义的态度定义诗学："诗学的任务是研究文学作品的结构方式。有艺术价值的文学是诗学研究的对象。研究的方法就是对现象进行描述、分类和解释。"1921 年，俄国形式主义的代表人物之一雅各布森（Roman Jakobson）提出"文学科学的对象不是文学，而是'文学性'，也就是使一部作品成为文学作品的东西"（转引自 Abrams，1981：166）。法国结构主义批评家托多洛夫（Tzvetan Todorov）继承了俄国形式主义和布拉格学派关于诗学的科学主义立场与定位，他（1977：33）指出"诗学与个别作品的释义相反，它的目的并不在于破解作品的意义，而在于辨认每部具体作品赖以产生的总的法则。因此诗学是一种既'抽象'又'内在'地理解、掌握文学的学科。诗学的客体并不是文学作品本身，它所考察的是一种特殊的语言－文学话语的属性。于是，任何作品都被认作一种抽象结构的展现，是这结构具体铺展过程中各种可能性中的一种可能性的体现。因此，这门科学所关注的不是实在的文学而是可能的文学，换言之，它所关注的是文学之所以为文学的抽象属性，亦即文学性。”

诗学关注的问题是文学的特质与属性，语言学则为科学地分析与界定这一属性提供了重要方法。雅各布森（1960：353）根据对交际过程的分析，解释了语言的六种功能：表情功能、意动功能、参照性功能、诗性功能、交往功能、元语言功能。其中，诗性功能强调语言符号本身，把对等原则从选择轴投射到组合轴。选择轴和组合轴源自结构主义语言学家索绪尔（Saussure）的“共时”与“历时”概念：语言的共时性模式是一种纵向的、并存的语言关系，其中蕴含着相似与相异、同义与反义的词义关联，对应着雅各布森所说的选择轴；历时性模式是一种横向的、相邻的语言关系，在语句中前后衔接、构成连贯意义，这对应了雅各布森所说的组合轴。索绪尔认为，语言的实体基于两个或几个词接连出现的、“在场的”句段关系构成，但同时也有“不在场的”、作为记忆的词语序列发生的联想关系作用，而这一联想关系可以完全不为句法所掣肘。雅各布森则用选择轴与组合轴形象解释了语言的两种基本运作方式。其中，选择轴上的可能要素原则上可以彼此替代，相互之间存在对等的关系。这里所说的对等并非词义的等值，而是地位的对等。在语言的日常使用中，通过对等原则去选择合适的语词，但是诗学语言与实用语言不一样，诗学语言并不诉诸实用语言句法空间的属性，更多借助于精神与心理空间的联想，因此选择轴上的选择关系就被明确置入了组合关系。用雅各布森（1981：27）的话说，即“对等原则从选择轴投射到了组合轴”，对等原则“被提升为系统的构造手法”。雅各布森对诗性功能的分析提醒注意诗学语言的重要特点：诗歌语言从本质上说是一场语词的游戏，诗人从选择轴上的一系列相似或相反的语词中精心挑选，再把它们组成语链，这样一来组合轴上的每一个要素都是经过选择的，由于对等原则的作用，小到语音、语词，大到句段都构成了对等的关系，于是这样的语链不再是线性的。语词在内部的投射运动中游戏，不再指向客体世界，并非作为客体的反射，而是作为自身的影子存在。恰是在这个意义上，雅各布森将诗性功能看作信息的自指，是一种对符号自身的回归。

雅各布森从语言学出发解释了文学性的源头，语言材料的组合和选择可以被视为诗艺之奥秘所在。在诗歌中，组合轴上在场的语言要素背后隐含了不在场的选择轴上的要素。如王安石《泊船瓜州》中“春风又绿江南岸”的几番修改，诗人将“又到”改为“又过”“又入”“又满”，最后定为“又绿”，就体现出诗人从选择轴上不同要素中挑选最合适用词的思考。再如贾岛的名句“鸟宿池边树，僧敲月下门”，这里的“宿”字和原本用的“栖”“敲”“推”都属于可以替换的、位于选择轴的词项，诗人需要在选择轴上细致斟酌，选定最合适的。而诗句中的“鸟”与“僧”、“宿”与“敲”、“池边树”与“月下门”，原本是对等的词，形成对义或反义关系。这些可以互换的对等词语原本是选择轴上的，而现在它们被拉到组合轴上来展开，使前后邻接的字呈现出音与义的整齐和类似，也就是雅各布森（1960：370）所说“把类似性添加在邻接性之上”。

用雅各布森结构主义诗学理论去理解中国传统诗论中的“炼字”传统，会有一种豁然开朗的感觉。中国古典诗歌短小凝练，讲求格律，其抒情、叙事、状物常常不是追求简单的描摹事物或是尽兴的情感袒露，而是要典雅和谐、委婉自然。要在短短几行诗句中曲尽其妙，就非得字斟句酌。刘勰在《文心雕龙·章句》有云：“夫人之立言，因字（词）而生句，积句而成章，积章而成篇。”字（词）乃立言之“本”，“振本而末从，知一而万毕矣”。中国古诗从东汉文人诗勃兴以来，经过南北朝的发展，逐渐形成了字词锤炼的风气和传统。到了唐朝诗歌，字词的锤炼之功已经炉火纯青，尤其在格式严谨的近体诗佳作中，几乎可以说是达到了字字珠玑的程度。在创作中择字选词，有时候可能会出现“文章本天成，妙手偶得之”的情况，但更多时候需要苦心经营和推敲。中国古典诗词为了在方寸之间曲尽其妙，更是形成了元代杨载所谓之“诗要炼字”的传统。

对于中国古典诗歌而言，炼字决非雕虫小技，也不仅仅意味着个别字的精警华丽。王国维在《人间词话》中赞美“云破月来花弄影”着一“弄”字而境界全出，又说“红杏枝头春意闹”着一“闹”字而境界全出。这样的诗句以一二字之炼，传事物之神韵，体现了炼字的核心和极致是为了建构诗境、营造诗意，完成诗歌整体浑然天成的美学境界。其实，英语中也有“炼字”（wordsmithery）的说法。帕斯顿（George Paston）在小说《作家生活》（*A Writer of Books*）中，描写主人翁柯茜玛（Cosima）写作中对语言的掌控力时说她“把句子抛向空中，知道它们会像猫一样稳稳地四脚着地”，并且能够通过“精确的选词”（le mot juste）去表述自己，并塑造出血肉丰满、气韵生动的人物形象。在文学作品中，意义流畅完整和字词的锤炼推敲是密不可分的。一个知情会意的译者也会反复体味字眼，不但要疏解表面的、组合轴上的语义，还要考虑到深层的乃至选择轴上联想的意义，从而作出合适的选择。

林语堂在《论翻译》一文中指出，翻译既要达意还应传神：“语言之用处实不只所以表示意象，亦所以互通情感；不但只求一意之明达，亦必求使读者有动于中。”他提出“凡字必有神采”的主张，并且把这里的“神”定义为“一字之逻辑意义以外所夹带的情感上之色彩，即一字之暗示力”，又用德语 Gefühlston、英文 feeling tone 来诠释他的“字神”之说。林语堂之前，茅盾曾谈及翻译不可失却“神气句调”，郭沫若也提出翻译必须不失原作的“风韵”。与他们的理论主张一脉相承，林语堂的“神采说”强调文学翻译的艺术再现，但特别之处在于林语堂从“字”这个更小的语言单位入手，从语言学和心理学的角度去锚定神采之源。

想要跨越文化和历史的鸿沟，把中国古典诗歌翻译成现代的英语，的确是一件非常困难的事情。既然许多中国古典诗歌的境界形成和诗中一些关键字眼的选择密不可分，那么也许应该思考一下如何通过翻译中的炼字，尽可能使译诗和原诗歌表达相同的意思，传递相应的感受，而又不失掉原来神韵。译诗中的炼字体现在两个层面：对原诗点睛之笔的巧妙处理，以及译诗本身用词的苦心经营。在第一个层面上做到不失原诗之境界，即避免“误译”；在更高一个层面上用英语实现“一字境界全出”的诗意追求，即达到“忠实”和“再创造”的统一。

二、选择轴上的推敲

中国古典诗词多为抒情短制，隽永精警、余味深长。古人写诗作词时十分讲究锤炼文字，必须篇中炼句、句中炼字，尤在节骨眼处须使得好字。宋人范温在《潜溪诗眼》中说：“句法以一字为工，自然颖异不凡，如灵丹一粒，点铁成金也。”对于原诗中的“字眼”，译者应当反复体味，力求彻底理解把握原诗的神韵。在翻译的实际过程中，考虑到语言文化的差异，不一定可以找到完全对应的字词来重现原字的效果。这并不意味着译者就可以草率地从茫茫同义词海中随便捡出一个放在自己的译诗里。每一个字的意义在一定程度上都是在所处文化中积累沉淀而成的，都会或多或少打上自己语言文化的烙印。中国古典诗歌中的点睛之字尤是如此，它们常常都有着深厚的文化意蕴，会引发读者相应的想象和感情。在翻译中，译者应推敲相关的对应字词，不但要疏解表面的语义，还要考虑到深层的乃至联想的意义，从而作出合适的选择。

李白的《送友人》是一首许多人耳熟能详的诗：

青山横北郭，白水绕东城。
此地一为别，孤蓬万里征。
浮云游子意，落日故人情。
挥手自兹去，萧萧班马鸣。

这首诗至今已有数十个名家译本，其中最为脍炙人口的第三联的翻译，在英语中已经成为中国古诗的经典代表。谈到中国诗歌，汉学家们十之八九都要用“浮云”一句来作例子。关于这一句的翻译，裘克安（1991）有过精彩的比较和评论。这里暂且只看起联一句的翻译：这一句看似写景，实则起兴；看似描绘出一幅青山白水安乐城郭的宁静画卷，实则是诗人开启与承接离别深情的佳构。正如王国维在《人间词话》中所说：“有有我之境，有无我之境……有我之境，以我观物，故物皆着我之色彩。”这里说的是诗人将自己的主观情知投射于客观外物，客观的物境为主观的我而存在，自然青山白水也传递着离情别意。为了达到这样的意境，诗人塑造出了人化的山水风景。中国古代诗话常说的“五言炼第三字”在这里也得到了很好的体现。“横”字和“绕”字说不上是神来之笔，却也是将诗人对友人无限的深情厚谊充溢于字里行间。一个“横”字，立刻把绵延的山势展现在读者的眼前，而一个“绕”字所可能引发的呵护之情，更是将依依不舍的缠绵推上读者的心头。特别是这个“绕”字，其体现的情味从许多中国古诗中可以得到互文的比照：“孟夏草木长，绕屋树扶疏”（东晋·陶渊明），“青山似欲留人住，百匝千遭绕郡城”（唐·李德裕），“淡月疏星绕建章，仙风吹下御炉香”（宋·苏轼），等等。通过以下几个译本的对比，可以看到译者对于这两个字眼的不同处理及其对原诗意境重建的影响。

许渊冲：Blue mountains bar the northern sky;
White river grids the eastern town.

翟理思（H.A. Giles）：Where blue hills cross the northern sky,
Beyond the moat which grids the town.

陶友白（Witter Bynner）：With a blue line of mountains north of the wall,
And east of the city a white curve of water,

洛威尔（Amy Lowell）：Clear green hills at a right angle to the North Wall,
White water winding to the East of the city.

庞德（Ezra Pound）：Blue mountains to the north of the wall,
White river winding about them.

叶维廉：Green mountains lie across the north wall.
White water winds the east city.

佛来遮（W.J.B. Fletcher）：Athwart the northern gate the green hills swell,
White water round the eastern city flows.

在许渊冲和翟理思的翻译中，“绕”字都被翻译成 grid。许译将“横”译为了 bar，这里有些值得商榷之处。bar 在英语中很容易让人联想到一条条长棍式的物体，是笔直而且坚硬的，恐怕难以让英语读者感受到“青山似欲留人住”的柔情。翟理思的翻译中，“绕”字被翻译成 grid。这个词源自中古英语，最初表示“用腰带环绕”，暗示做好战斗准备。这样的“环绕”用来形容护城河或者城墙都会很恰切，但恐怕难以让英语读者感受“青山似欲留人住，百匝千遭绕郡城”的柔情。另外三位译者陶友白、洛威尔和庞德都属于美国意象派诗人，非常看重中国诗歌的诗情画意，在翻译中不约而同侧重勾勒出这两句诗中的风景及其色彩的意象美，而没有注意到“横”和“绕”两个字所营造的动态意象的文化内涵。他们的译诗可以说形象再现了城郭边青山白水的景色，但是没有能够传递其中蕴涵的人情。叶维廉一直都是强调直译的，他的译诗虽然基本都是字字对应的翻译，但是简洁而不失优雅。此句中“横”和“绕”这两个字眼被分别翻译成了普通的 lie across 和 wind，虽然看似平淡无奇，可是动词的使用使得画面灵动起来，山水于是不再是静态的无生命的风景。同时 lie across 和 wind 两词在英语里也不会为读者相应的联想意象造成太大的障碍。佛来遮的翻译为了就其抑扬格五音步的格式，将“横”译为 swell athwart，“绕”译为 flow round，也是很高明的处理。特别是 swell 一词的使用，不但形象地再现了山势的雄伟、起伏、延绵，也赋予了青山人性化的色彩；而 flow round 所描述的流水意象，也是柔顺而优雅的。叶维廉和佛来遮对这两个字眼的处理，成功传达了原诗动态且人化的意象背景，原诗中送别友人时的感怀也因此在他们的译诗中得到了更好的烘托。

再以一首著名的闺怨诗的翻译为例。闺怨体是中国传统诗歌中一种常见的题材，用以表达怨女思妇的忧愁。它们最早见于《诗经》，如《周南·卷耳》等，大多情绪直白、缺少韵致。到了汉魏逐渐发展成为非常委婉缠绵的诗歌，汉代《古诗十九首》中《青青河畔草》就是这样一首诗：

青青河畔草，郁郁园中柳。
盈盈楼上女，皎皎当窗牖。
娥娥红粉妆，纤纤出素手。

昔为倡家女，今为荡子妇。

荡子行不归，空床难独守。

从诗歌意义的层面上来看，这是一首深切而真率的闺怨诗。青青草色，郁郁垂柳，独立楼头倚窗当轩的她，一个昔日的倡家女好不容易挣脱了欢场的羁绊，找到了心爱的人，希望过上正常的生活，然而结果只能独守空房。其中第一句以“河畔草”“园中柳”起兴，用青草、绿柳的茂盛蓬勃来拟少妇的盛年，却反衬出她空寂寞的心情。试比较翟理思、韦利（Arthur Waley）和庞德三人对这句诗的不同处理：

翟理思：Green grows the grass upon the bank,
The willow-shoots are long and lank;

韦利：Green, green,
The grass by the river bank.
Thick, thick,
The willow trees in the garden.

庞德：Blue, blue is the grass about the river
And the willows have overfilled the close garden.

在翻译草色青青的“青”字时，翟理思和韦利都选择了较为直接的 green 一词。从写实的角度而言，这种处理无可厚非，但庞德的译文则别出一格，在这里采用了 blue，用蓝色去描写草色。中文原诗中的“青”字是形容草的颜色，古人有云“青出于蓝而胜于蓝”，靛青的颜色是从蓝草提取出来的，但是质地却比蓝草更加深邃、纯粹。译者在选择轴上的不同决策，表面看起来只是色彩的选择，实质上还有不同诗歌情绪的酝酿。green 与 blue 的区别不只是诗歌画面的不同色调，英语的 green 通常与年轻、新鲜的感觉联系在一起，而 blue 则是沮丧、忧郁的象征。两相对比之下，显然 blue 更加高明，对于体现原诗所表现的闺中寂寞幽怨之情更为恰切。而诗歌结尾处“昔为倡家女，今为荡子妇。荡子行不归，空床难独守。”几句，交代了思妇的身世、背景、现状与思绪。其中“荡子”指的是思妇远游在外的丈夫，并非后世所说的浪荡子。三位译者对这个词的理解各有不同。翟理思翻译为 a careless roué，意为“粗心的花花公子”；韦利翻译为 a wandering man，意为“远游的人”。相比之下，韦利的翻译更接近原意。但是庞德却出人意料地将“荡子”译为 sot（酒鬼），表面上没有忠实原诗的意思，但如果考虑到原诗和译诗的情境，就可以理解此番选词的意图。庞德并非生活在远古的汉末中国，而是社会转型中的近代美国。如果说原诗体现了游宦成风的汉末所有等待夫君归来的思妇之哀怨，那么在 19 世纪末 20 世纪初的美国，大概最能造成孤寂悲愤的思妇的就是整天在外喝酒而不顾归家的酒鬼了。钟玲在《美国诗与中国梦：美国现代诗里的中国文化模式》一书中提出过“创意英译”的说法。创意英译所追求的不是学术性的译诗，也绝不拘泥于原诗的字面意义，而是强调传达诗歌所带来的艺术享受和情感体验。因此这样的译诗不看重意义在语言层面的对等，而强调其本身的美学价值和带给读者的心灵共鸣。庞德这里的翻译就属于这种对原诗作了创造性改写的译本，他并不是从字面的意义上去选择对等译词，而是根据特定语境的理解将“荡子”一词的选择轴展开，直至跨越时空的语境，将原诗的故事与情绪延伸到了另一个世界。

三、组合轴上的重写

早在 18 世纪末，英国著名翻译家泰特勒（A.F. Tytler）就提出“诗人译诗”（none but a poet can translate a poet）的主张，认为只有本身具有诗人的气质的译者才能翻译好诗歌。“诗人译诗”的说法实际上就是强调译诗的人本身必须要有较高的语言艺术修养，才能创作出“令人神驰的美丽诗篇”（钟玲，2003：42）。我国著名文学理论家、翻译家王佐良（1989：14）指出，诗歌翻译对语言能力提出了很高的要求：“需要译者有能力找到一种纯净的、透明的然而又是活的本质语言——这又只有诗人最为擅长。因此单从语言来说，也需要诗人译诗。”在创作过程中，诗人的感受、感觉与思想不断分散、递增、组合，由内而外、自沉思到表现，将特定的物体、情景或事件用语言组合成特定的感性经验。可以说，诗人是从无到有的创作者。而译者同样需要经历意义由混沌至清晰的秩序重构。对于诗歌译者来说，为了重构意境，在组合轴上形成创意的文本重构是必不可少的功夫。

美国著名诗人斯耐德（Gary Snyder）曾于1958年在《接触》（*Encounter*）文学杂志上翻译并发表了24首寒山诗。寒山擅长以通俗语言入诗，俗中有雅、哓畅自然，同时又禅趣盎然、蕴意深刻。虽然寒山的影响一直存在，但在中国文学史中一直处于边缘化的位置。然而在英语世界，寒山诗借着翻译走红，深深地影响了“垮掉的一代”（the Beat Generation）的美国小说家和诗人。当时嬉皮士运动的追随者们将东方思想视为针砭西方文明病征的药引，将阅读东方看作一场心灵之旅，对禅宗尤其狂热，而寒山诗中的禅味恰好投合了当时人的口味。寒山诗最重要的英译包括亚瑟·韦利1954年译的寒山诗二十七首，斯奈德1958年译的寒山诗二十四首，以及华兹生（Burton Watson）1962年译的寒山诗一百首。以下面这句诗为例，对比一下三位译者的不同处理：

溪长石磊磊，涧阔草蒙蒙。

韦利：The valley so long and the ground so stony;
The stream so broad and the brush so tangled and thick.

华兹生：The valley are long and strewn with stones;

The stream broad and banked with thick grass.

斯奈德：The long gorge chocked with scree and boulders,

The wide creek, the mist-blurred grass.

由于汉语本身的特点，诗歌语言极具弹性，形容词本身也可以直接作谓语，无需连系动词，中间也可不用连词，在组合轴上实现简洁而生动的效果。这句诗写得平易工整，寥寥十个字，将一片草石丛生的山涧小景勾勒出来：溪水蜿蜒，卵石累累，山高涧阔，草色葱绿，令人神驰意往。原句一方面采用了中国古诗常用的意象并置的手法，溪谷、石头、山涧、绿草四个生动鲜明意象从选择轴投射到组合轴上，又用“长”去形容“溪”、“阔”去形容“涧”、“磊磊”形容“石”、“蒙蒙”形容“草”，将这些原本是选择轴上的形容词也投射到组合轴上去。原句没有动词、介词或连词，没有情节和序列，纯粹是空间意象的连缀和并置，这些貌似零碎的意象随着诗人的情绪起伏跌宕、互相叠加、相互映衬。尤其是叠词“磊磊”“蒙蒙”的使用，将“石多”“草多”的普通意象点染得诗意盎然，更让原本静态的画面充满生机与动感。

在翻译中，韦利连用了四个 so，可能希望以此重现原诗叠词的效果。不过在英文中这样连续重复地使用程度副词，反倒使他的诗句略显冗繁，而且读起来不太自然，语气过于夸张。原诗句意象并置的组合方式寓禅意于溪幽涧阔的无人之境中，而韦利的翻译更像是诗人面对美好自然不由自主发出大声赞叹：看这山谷多么悠长，地上奇石多么多呀！溪流如此宽阔，灌木丛是多么郁郁葱葱！相比之下，华兹生的译文较为平淡，试图忠实而平和地重现寒山诗中山谷、石头、溪流和草的意象，但是在华兹生的笔下，对自然的描写过于平铺直叙，似乎缺少诗意的感染力，原诗所希望体现的那种灵动而充满生命力的山谷，以及人与自然在感情上的和谐与共鸣，因此大打折扣。

斯奈德的译文则优美而富有诗意。第一句中拟人化的动词 chock 和第二句中清新自然的形容词 mist-blurred，读起来都让人回味无穷。在这里，chock 这个拟人化的动词使得多石的山谷意象跃然纸上，对应了中文中“磊磊”一词的语义效果；而 mist-blurred 所鲜明呈现出的雾气舒腾的山涧美景，也补足了“蒙蒙”一词所引出的联想效果。对此曾有学者评价，斯奈德寒山诗中的“自然不仅有情，还有知觉，如人之敏锐，能感知外间变化之情状”，这两句译文似乎在说“溪怎不感知石头的拥挤？涧怎不感知草的繁茂？”（谭燕保，2017：156）。斯奈德加入了拟人的动词，表面看来加入了原诗中所没有的信息，然而实际上是将原诗提供的意象按照英语语言的特点在组合轴上重新改写，使他的译诗不仅生动流畅，而且在意境层面实现了忠实和创造的统一。

在中国古典诗歌的翻译实践中，译者必须用一个诗人作诗的态度思考遣词造句，这样译作才可能是让人拍案叫绝的诗篇。读到李白《长干行》中的“两小无嫌猜”被庞德译为饶有情趣的“Two small people, without dislike or suspicion”，相信英语读者也会为这么可爱的句子而忍俊不禁。读到李商隐的“蓝田日暖玉生烟”被陶友白巧妙地翻译成 Blue fields are breathing their jade to the sun，并不了解玉石特性的读者又何尝不能体会那种和暖阳光下云雾缭绕的玉山意象呢？正是这些翻译家在翻译中的创意重构，使得他们的译文传递了原诗的感动，成为真正意义上的诗歌，让另一种语言的读者有可能去感受原作者提供的那被称作为“诗”的东西。

诗歌作为一种语言艺术的最高表现形式，常常都是为了出神入化地描摹自然。中国古典诗歌尤以其“天然去雕饰”的特点而闻名，古人说的“文章本天成，妙手偶得之”就是这个道理。然而不应该忽视的是，在诗人的“妙手”得到那些“天成”的佳句背后，总有一个苦心经营、千雕万琢的过程。字词的锤炼推敲表面上看来只是一种语言的技巧，可是正是这种技巧的使用构成了诗学的技艺之源。黑格尔（1979：173—174）在谈到希腊古典艺术的发展时曾说过："所以古典型艺术须处在一种熟练技巧高度发展的阶段，才能使感性材料听从艺术家随意指使。……因为只有到了单纯的机械性的技艺已不再成为困难和障碍的时候，艺术家才能致力于自由塑造形式。"如果说诗人在选择轴上的推敲和组合轴上的巧思是原诗的诗意之源，应该看到在诗歌翻译的实践中，译者在这两方面的功力和心思也不可或缺，在很大程度上决定了能否把握好原诗的灵感和意境，能否"天然去雕饰"般不动声色地把读者带入原作的诗境，以及能否用另一种语言创造出忠实于原诗的一首优美的新诗。

诗歌的可译性是一个一直让人争论不休的话题，诗歌的翻译也的确是让译家头疼的问题。事实上，一种诗歌语言和另一种诗歌语言的各种要素是不可能一一对等的，可是正如同音乐的灵魂可以跨越时空给所有的人以感动，浓缩在诗歌语言里的美和人类的情感是一定可以为所有的人所共同拥有的。因为不管人们的语言习惯、思维方式、文化背景有多么大的差异，人们对于自身和世界的认识过程还是相似的、共通的，这才使得翻译成为可能，因此翻译诗歌就要做到钱锺书先生（1983：125）所说的"躯壳换了一个，而精神姿致依然故我"。当一个译者首先明白体会到原作诗人用字的苦心，并且把自己遣词用句的技巧打造得炉火纯青的时候，才可能自然而自由地跨越语言和文化的沟壑，那种在诗歌里可以被称作真正的"诗"的东西也才不会在翻译中失去。

第二节　文化的适应

在当今的全球化语境下，国家之间的政治、经济、文化交往日益密切，人们的跨文化交往活动也日益频繁。跨文化交流的参与者会不可避免地面对文化差异带来的压力和挑战，涵化（acculturation）已经成为目前跨文化研究中的一个热点。研究者们从不同的学科视角对涵化进行分析，这一概念的界定和理论建构已呈现出不少新的发展和变化。翻译作为不同民族之间沟通信息和思想的桥梁，直接见证了文化间的碰撞、摩擦、冲突、融合，涵化对于翻译活动有不可忽视的作用和影响。本节试图梳理目前涵化研究的发展脉络，从方向和维度两个方面思考涵化这一概念在翻译研究中的运用。

一、跨文化研究中的涵化

“涵化”是跨文化研究中广泛使用的一个术语。值得一提的是，该词目前有不同的中文译法，常见的有“濡化”“文化涵化”“涵化”“文化融合”“文化适应”“文化变迁”。中国人类学界习惯将acculturation 译为“涵化”，并将其与译为“濡化”的 enculturation 相对。如果单从英语的前缀来考虑，ac- 含有“变化”“添加”的意思，en- 则表示“包含于”。这样看来，可以把 acculturation 理解为一种文化在添加了其他文化因素后出现的变化，而 enculturation 是一个文化由于自身或内部的原因而发生的变化。如此说来，acculturation 便是一个直接和翻译活动相关的概念。近年来有学者对此提出质疑，认为这两个术语的中文对接恰恰被颠倒了（安然，2013：60）。也有学者将两种译名结合起来，建议用“涵濡”一词来翻译 acculturation（王一川，2013：6）。这些五花八门的译名从某种程度上也反映了这一概念本身的复杂性和多义性。对“涵化”“濡化”的译名之争，本节暂不做评论，而采用目前最为通用的“涵化”这一译法，将重点放在梳理这个概念本身。同时，为了避免对其过于简单化或格式化的理解，首先简要回顾跨文化研究中关于涵化的相关论述，重点梳理这个概念本身内涵和外延的演变。

1880 年，美国民族事务局官员鲍威尔（John Wesley Powell）在关于美国本土语言变化的报告中，首次使用了 acculturation 这个词。鲍威尔将其定义为“来自外来文化者模仿新文化中的行为所导致的心理变化”（转引自 Rudmin，2003：24）。这一概念最初主要关注土著和少数族裔移民融入主流社会文化的个体心理调适过程，强调主流社会对移民的单向影响，认为个体会被主流文化所同化。当时美国社会对移民采用的熔炉（melting pot）政策，就体现了这种多少带有欧美种族中心主义的、单维度的涵化理论。

雷德菲尔德（Robert Redfield）等学者后来提出了目前为止最广为接受的涵化定义：“由个体所组成且具有不同文化的两个群体之间，发生持续、直接的文化接触，导致一方或双方原有文化模式发生变化的现象。”（Redfield，Linton, and Herskovits，2009：149）在此基础上，他们区分了涵化、文化变化（culture-change）以及同化（assimilation）这三个概念，指出涵化只是文化变化的一个方面，而同化则可以被视为涵化的一个阶段；在不同的群体和环境中，涵化也有可能体现为文化适应或文化抵抗（同上：149—152）。此后，心理学家的实证研究进一步证明，单向的同化并不是涵化的唯一结果，而且适应过程中的反作用力往往会导致交往中主客双方的变化（Graves，1967：350）。

在涵化的理论从单维向双维的转变中，加拿大跨文化心理学家贝理（John Berry）提出的涵化模型（图 4-1）影响最为深远。贝理（1980）认为个体对原居文化和客居文化的态度是两个相互独立的维度，对某种文化的高认同并不意味着对其他文化的认同就低。涵化者可以选择接受或拒绝客居文化，同时也可以选择保持或放弃原居文化身份。根据移民在保持传统文化身份以及与客居文化群体交往这两个维度上的不同表现，贝理将涵化策略归纳为四种：整合（integration）、同化、分离（separation），以及边缘化（marginalization）。

图 4–1 贝理的双维度涵化模型

此后贝理进一步发现，主流文化群体在涵化过程中扮演的角色也会影响涵化的过程。因此他在原先双维模型的基础上增加了第三个维度，即国家或主流群体对移民群体采取的态度。在涵化过程中，主流群体施加的涵化模式也被分为四种：与整合相对应的多元文化（multiculturalism）策略、与同化相对应的熔炉策略、与分离相对应的隔离（segregation）策略，以及与边缘化相对应的排斥（exclusion）策略（Berry，1997：11）。在贝理研究的基础上，有学者提出交互式涵化模式（the Interactive Acculturation Model），进一步强调涵化过程中主客双方的相互影响和共同作用，并根据主流文化和移民群体采取的不同策略推断出 25 种可能出现的涵化结果（Bourhis et al., 1997：382）。

近年来，心理学研究的发展为理解涵化过程引入了更多变量。新西兰跨文化研究学者沃德（Colleen Ward）（2001）根据“情感－行为－认知”（Affect-Behavior-Cognition）分析模式，从情感层面的心理适应、行为层面的文化学习、认知层面的社会认同这三个维度去分析涵化过程。西班牙心理学家纳瓦斯（Marisol Navas）（Navas et al., 2005）注意到涵化现实策略和理想态度之间的差异，并根据文化的硬核（如价值观、社会家庭规范、荣誉观、两性关系等）和外围（如工作或消费理念等）对涵化领域进行细分，认为个体有可能在不同的领域选择切合实际的适应策略。这一关于细分涵化领域的假设在此后不

东道社区：中、高活力群体	移民社区：低、中活力群体				
	整合 Integration	同化 Assimilation	分离 Separation	失范 Anomie	个人主义 Individualism
整合 Integration	合意 Consensual	有问题 Problematic	冲突 Conflictual	有问题 Problematic	有问题 Problematic
同化 Assimilation	有问题 Problematic	合意 Consensual	冲突 Conflictual	有问题 Problematic	有问题 Problematic
分离 Separation	冲突 Conflictual	冲突 Conflictual	冲突 Conflictual	冲突 Conflictual	冲突 Conflictual
失范 Anomie	冲突 Conflictual	冲突 Conflictual	冲突 Conflictual	冲突 Conflictual	冲突 Conflictual
个人主义 Individualism	有问题 Problematic	有问题 Problematic	有问题 Problematic	有问题 Problematic	合意 Consensual

图 4–2 交互式涵化模式下涵化的结果

少实证研究中得到了证实。跨文化研究者们对居住在荷兰的土耳其移民，以及对韩裔美国人的调查结果都表明，移民们在公共领域期望得到主流社会的接纳和承认，倾向于同化的适应策略，但在私人领域则愿意更多保留原居的文化身份（Arends-Tóth and Van De Vijver, 2003; Lee, Sobal, and Frongillo, 2003）。

在跨文化研究中到底应该采用单维、双维，还是多维框架的涵化理论，目前尚无定论，但存在一个基本共识：涵化是一个连续的、反复的转变过程，对于涵化的理解没有单一的模式和心理规律，而应当采用多元的思考范式；涵化只有在参与各方的相互接触、相互协商中方可实现，因此关于涵化的理解和评估也应当深嵌于该交往活动的特定历史、政治和社会语境中。

二、涵化等于归化？

作为一项重要的跨文化交际活动，翻译不仅涉及语言间的转换，更是不同思想和文化交流的桥梁。文化间的差异及因此带来的理解和沟通障碍是翻译过程中不可避免会出现的问题。自 20 世纪 80 年代翻译研究发生文化转向以来，学界对翻译中文化问题的关注日益突出，涵化也成为翻译研究中的一个重要话题。

在《译者的隐身》一书中，韦努蒂曾提出“归化”和“异化”这两个对翻译研究产生重要影响的术语。其实和归化相比，涵化是韦努蒂更早提出的、也更乐意采用的说法（Bielsa and Bassnett，2009：9）。韦努蒂（1991：127）将涵化理解为“对文化他者的归化，使他者能够被理解、被视为熟悉的，甚至是相同的，完全嵌入目标语中流通的意识形态文化话语编码之中”。落实到实际翻译工作中，涵化就意味着要选择“流畅的翻译策略对异域文本进行归化处理”（Venuti，1992：5）。

在韦努蒂提出的“归化－异化”二元对立模式的影响下，翻译学界普遍将涵化理解为译者根据目标语表达惯例、读者期待或社会规范，对译文进行相应处理，使之融入目标语文化的过程。巴斯内特曾多次将涵化与归化作为同义词互换使用。她（2005：127）认为在科技、法律、新闻等文类的翻译中，为了减少目标读者和观众的理解障碍，涵化是必不可少的。勒菲弗尔（1992b：109—123）在关于布莱希特（Bertolt Brecht）的戏剧作品在美国译介的个案研究中，将涵化看作原作在赞助者、译者、评论者等人的共谋下改头换面进入目标语文化并为之接受的过程。戏剧翻译理论家阿尔托宁（Sirkku Aaltonen）（1996：55）也将涵化看作对他者文化之“异”的弱化，在这个过程中译者需要“对不熟悉的‘现实’进行改写，让熟悉和不熟悉之间的界限变得模糊，使得文化的相融成为可能”。

在强调文化差异和价值多元的现代社会里，这一企图以自己的话语方式去涵盖他者文化、将差异消融于事先预想的相似性之中的做法，受到了一些学者的质疑和批判。例如，拉希亚尼（Raja Lahiani）

（2008：114）在研究阿拉伯《悬诗》（*Mu'allaqāt*）的英译和法译的时候，得出了“涵化就是归化；其结果就是同化”的结论，认为翻译中的涵化实际上就是弱小民族文化身份被主流文化吞噬的过程。

值得注意的是，将涵化等同于遮蔽、过滤乃至篡改他者异质性的翻译策略的看法，其背后的预设是对涵化直线的、单向的理解。这一在翻译研究中相当盛行的观点，似乎并没有考虑到涵化理论过去几十年发生的从单维向双维乃至多维的转变。2011 年出版的《中国译学大辞典》对涵化的定义依然是“指某一群体或个人的语言、文化和价值观因与另一文化相接触而发生的顺向变化”。如果说跨文化研究的学者们早已看到，最初将涵化等同于同化的观点已经不能够充分描述目前多元文化互动的现实，翻译研究中目前将涵化等同于归化的看法也未免显得过于简单片面。

作为跨文化交流的重要方式和工具，翻译的本质是为了跨越文化障碍并促进文化交流，这个过程需要涵化，但涵化并非意味着对文化异质的消除。相反，文化异质的存在往往正是翻译背后的动因。在翻译中，即便源语和目标语文化的权力或地位并非平等，它们之间的文化交流依然始终是一种双向、互动的状态。因此，翻译中的涵化不应该被简单理解为向目标语文化趋同的归化过程，而是完全可以借鉴跨文化研究中涵化理论的发展，尤其是对于涵化的理解从单向线性到互动多维的转变，从涵化的方向（directionality）和维度（dimensionality）这两个层面来重新思考翻译中的涵化。

三、翻译中涵化的方向

在方向的层面上，翻译中涵化考虑的问题是源语文化和目的语文化之间的关系。离开原居文化环境的移民经过一系列的过程才能够适应客居文化，文本在跨文化的旅行中同样也需要一定的变形才能在新的语境中得到接受和传播。这个变形有可能需要改变译文特定的文化基素（cultural anchoring），代之以目的语文化系统的惯例表达，这样的做法就是目前翻译涵化研究中最为强调的归化策略。承认这一点的同时，还应当看到的是，正如移民文化适应的策略选择是多样化的，归化也并非翻译中处理文化差异的唯一可行策略。在跨文化研究中，根据贝理的涵化模型，个体对原居文化和客居文化的态度是两个相互独立的维度，两者之间并不存在此消彼长的关系。只有在涵化个体只看重客居文化、无意坚持原居文化的时候，才会出现同化，否则其涵化的结果有可能以整合、分离、边缘化等方式表现出来。在翻译中，译者的文化态度是其选择特定翻译策略的社会语用根源（王东风，2000）。如果译者对目标语文化的看重远远超过对源语文化的重视程度，在翻译中的确会倾向于遵循目标语文化惯例，此时归化也就成为涵化的首选策略。然而，译者对源语文化和目标语文化的认同也不是相互对立的，译者完全有可能更加重视源语文化，或是在热爱目的语文化的同时也对源语文化充满向往，那么译者也可以采用异化或是归化和异化相“杂合”（hybrid）的翻译方法，这些不同的方法和归化一样，都是译者在不同条件下选择的涵化策略。如果译者的文化认同更倾向原作所在的源语文化，其翻译策略往往以异化为主；相反，如果译者更加认同于目标语文化，其翻译策略则偏向归化。在实际翻译中，译者作为游走于源语与目标语文化之间的文化掮客（cultural broker），对两种文化均抱有不同程度的认同，因此其翻译策略也往往会呈现出异化与归化杂合并存的态势。

值得注意的是，跨文化研究中目前关于涵化方向的讨论已经逐渐式微。越来越多的研究者已经达成共识，承认涵化是一个双向互动的过程，移民在客居地文化中通过学习它的语言、规范、习俗逐渐适应并且接受客居地文化，同时其本身固有的信仰、传统及行为模式对客居文化也会产生影响。在翻译研究中，其实也可以看到类似的研究趋势。即便是一直大力推崇异化翻译策略的韦努蒂，也承认异化和归化之间并没有一定绝对的分界线，而且在某种意义上一定会相互重叠（Venuti，2008：6）。这种重叠一方面体现在译者文化态度的多歧性带来的翻译策略的杂合，另一方面也体现在不同翻译策略在文化层面所引发的实际效用。许多时候，即便经过了译者的归化处理，译本所带来的源语文化的异质性也不可能被完全抹杀掉。例如，埃科（Umberto Eco）（2003：95）在谈到克罗地亚译者在翻译他的小说《玫瑰之名》（*The Name of the Rose*）一书的时候，提到译者对源文中某些互文指涉采用了归化处理，援引目的语中已经存在的某些前文本，但同时也指出这样的归化处理实际上更好地将文本的异质性引入了目标语境。相反，异化的翻译也有可能强化关于他者的程式化理解（stereotype）。沙玛（Tarek Shamma）（2005）研究了韦努蒂举过的异化翻译的例子：伯顿（Richard Burton）翻译的《一千零一夜》关于阿拉伯文化和文本的直接指涉，实际上进一步加深了西方读者原本持有的某些早已固化的关于东方的想象，因此并没有实现真正意义上对“异”的尊重。应该说，如果单纯停留在方向的层面去讨论在翻译中应该“让作者留在原处，让读者去接近作者”，还是“让读者留在原处，让作者去接近读者”，显然已经不能充分说明翻译活动中文化碰撞和交融的实际状况，因此更有必要强调在维度的层面上去思考翻译和涵化的问题。

四、翻译中涵化的维度

涵化的维度是跨文化研究近年的热点所在，目前的涵化理论已经引入了诸如主流文化群体的态度、客居群体对于不同文化领域的态度等多种变量，大大丰富了对于涵化策略、过程和结果的理解。应当看到，跨文化研究者现有的研究成果对于译者寻找合适的翻译策略也是大有裨益的。完全可以利用这个在跨文化研究中已经得到实证的结论来丰富对有关翻译现象的理解，例如可以尝试从文化外围和硬核的角度去梳理清末民初的西学翻译。目前有不少关于西学翻译的研究，但都侧重从意识形态的视角分析这些翻译活动背后的政治意图对翻译活动的影响。如果引入文化外围和硬核的概念有助于从文化生态学的角度去理解 1810—1919 年之间中国西学翻译的选材与译介传播，那么可以追问，在翻译过来的 3000 多种政治、历史、法学、伦理、教育、经济等书籍中，哪一类作品得到最为成功的译介？它们为中国本土文化带来了怎样的冲击？又如何与本土文化互动交融，并最终在目标语境促生了新的文化形态？

除了从文化内核、外围的角度来思考翻译现象，翻译研究完全还可以引入其他更多已经得到实证的跨文化研究成果，例如上文提到的从情感、行为、认知这三方面去分析涵化过程的 ABC 模式。跨文化研究者发现，移民往往在情感方面与自己原居文化的关系最为紧密，而在认知方面会更愿意学习新的文化模式，两者的矛盾张力往往会从复杂的行为模式上体现出来。同样可以借鉴这个结论，去预期翻译中的读者期待并设计出相应的、最有效的涵化机制和翻译策略。例如，美籍英裔汉学家白之（Cyril Birch）的《牡丹亭》英译本是在西方世界最具影响力的版本，整体而言其采取了异化的翻译策略，通过直译、直译加注及直译加解释保留了原文富有特定文化意蕴的表达。下面两例选自“惊梦”一出，展现了杜丽娘偷游后花园时，在大自然的春色感染下燃起对爱情的憧憬[①]：

【例 1】吾今年已二八，未逢折桂之夫；忽慕春情，怎得蟾宫之客？

① 下文所涉《惊梦》原文及译文分别选自：
汤显祖，1963，《牡丹亭》，人民文学出版社。
Birch, C.（trans.）2002. *The Peony Pavilion: Mudan Ting*, 2nd Edition. Bloomington: Indiana University Press.

Here am I at the “double eight”, my sixteenth year, yet no fine “scholar to break the cassia bough” has come my way. My young passion stirs to the young spring season, but where shall I find an “entrant of the moons toad palace”?

【例 2】佳人才子，前以密约偷期，后皆得成秦晋。

These “fair maids and gifted youths” after clandestine meetings made marital unions “as between Qin and Jin”.

白之将“年已二八”“折桂之夫”“蟾宫之客”“佳人才子”“得成秦晋”等带有文化指涉和典故的表述完整地保留了下来，直译的方法使得译文相当拗口奇特，可谓不辞辛苦地想要把目的语读者带到原作面前。作为当代著名的汉学家，白之在翻译中力求最大限度地忠实于原文，将原文的异国风味传达给译语读者，这种异化的努力更多是出于认知层面的考虑，即希望西方读者通过阅读译本对中国文化乃至典故有所了解。但是必须清楚的是，作为一个至情至性的故事，西方读者阅读《牡丹亭》的时候，阅读快感和情感共鸣也是必不可少的。在这个层面上，白之在翻译某些特定场景的人物对白时，也不乏流畅而自然的英语表达。暂举一例而言：

【例 3】（旦）妾千金之躯，一旦付与郎矣，勿负奴心。每夜得共枕席，平生之愿足矣。

（生笑介）贤卿有心恋于小生，小生岂敢忘于贤卿乎？

BRIDAL: This body, “a thousand gold pieces”, I offer you without hesitation. Do not disdain my love. My life’s desire is fulfilled if I may share your pillow night by night.

LIU (*laughs*): You give me your love, my dearest: how could I dismiss you from my heart?

这里是第二十八出“幽媾”中杜丽娘和柳梦梅交欢后的对话。虽然这里也有一处对“千金之躯”的异化处理，但对话表达总体上流畅自然，尤其是将“贤卿”翻译为 my dearest，看似简单的一个称谓改动却可以让西方读者更容易理解。此处翻译的重点不在于从认知的角度强调中国的异域文化，而在于从感情的角度让读者为两位主人翁生死相契的爱情感动。这样的翻译策略选择应该是和跨文化研究提出的涵化过程的 ABC 模式不谋而合的。

涵化作为翻译研究中的一个重要概念，最初就是从跨文化的社会研究中借用而来的（Marinetti，2005：40）。在翻译中，翻译文本作为文化的载体，在文化交流和适应的过程中发挥了直接作用。研究翻译中的涵化就是要在特定的语境中对不同文化在翻译中相互接触、交流、融合乃至创新的过程进行分析和评价。早期的涵化模式主要研究移民思维、情感，以及交流方式适应新文化的转型过程，而近年跨文化研究中涵化理论的发展对这一适应过程的描述和理解，无论在方向的层面还是在维度的层面，都已经有了相当值得关注的发展。翻译研究对涵化的讨论也需要突破目前单一的归化论，力求实现从单项向多维、线性向非线性、结果到过程、现象描述到机理探讨的系列转变。

第三节　历史的经纬

翻译研究中一直以来都有历史的成分，翻译和历史之间存在复杂而双向的关联。翻译作为一项跨文化交流活动，必然发生在特定历史语境中，与此同时翻译文本自身也是重要的历史记录与载体。随着新历史主义对文本的强调，“文本的历史性”（historicity of texts）和“历史的文本性”（textuality of histories）成为当下历史研究的关键词。一方面，文本是人们了解历史的窗口，通过历史学家撰写的文献，文本成为阐释历史的媒介与依据；另一方面，文本并不总是对现实的反应或表述，文本本身也是构建历史与现实感的能动力量。对翻译研究而言，文本历史性的启发在于对译文文本地位的重新思考。传统译论认为译文衍生于原文，因此处于边缘或次要地位，而在文本历史性的视角下，译文的生命并非依赖于原文，而是取决于它作为历史性的存在，因此有必要消解原作中心论，转而透过历史探讨原作与译作之间的关系，以及译文文本在目标文化中的生成与接受。历史文本论带来的洞见则提醒翻译研究者，翻译文本本身就可以被看作一种历史文化“事件”（event），是得以了解，甚至改写历史表述的机会。

一、“永远历史化”

詹姆逊（Fredric Jameson）是第二次世界大战以来美国最重要的马克思主义文学批评家。在其著作《政治无意识》（*The Political Unconscious*）一书的开端，詹姆逊喊出了一个响亮的口号：“永远历史化！（Always historicize！）”在他看来，历史不但是一切阐释的终极视域，也是展开任何讨论的前提。受到新历史主义批评的影响，詹姆逊所说的“历史”并不是纷杂的历史事实，而是通过文本接近读者的叙述。但与新历史主义不同，他（1999：4）并不认同“历史不过是另一种文本”，而认为历史是一种“缺席的本原”，以不在场的方式决定在场的文本，并强调“我们并没有随意构造任何历史叙事的自由”。在詹姆逊看来，一方面，历史是绝对的起点与视野，在研究中必须坚持永远历史化；另一方面，历史是无法直接把握的，在研究中只能以文本的形式出现。

翻译研究从学科肇始已经贯彻着相当明确的历史意识，不但在历史中研究文本，也在文本中解读历史。在霍姆斯（2008：72）于1988年为翻译学绘制的学科地图中，论及“描述性翻译研究”这部分的时候，指出“译本导向的描述性翻译研究”可分为历时和共时两种路径，对译本的内部语言特征和外部社会文化影响加以描述，最终目标在于建立“一部普遍翻译史”。在有关“理论性翻译研究”的讨论中，霍姆斯（同上：76）也强调翻译理论研究应该具有历史意识，包括所谓的“聚焦于特定时间段的翻译理论”（time-restricted theories），不仅应该关注当代文本如何翻译，而且应该关注早期文本在不同历史时期如何翻译。

随着描述性翻译研究的发展，与翻译相关的历史因素也被凸显出来。20世纪70年代末，伊文–佐哈的多元系统论将翻译视为译入语社会、历史和文化的一部分，彰显了翻译活动中的历史、文化因素。20世纪80年代初，英国翻译学者巴斯内特（1980：39）在《翻译研究》（*Translation Studies*）一书中指出：“不从历史视角加以考察，翻译研究必不完整。”后来在和勒菲弗尔合编的论文集《构建文化：文学翻译论文集》（*Constructing Cultures: Essays on Literary Translation*）导言中，巴斯内特进一步指出历史赋予了翻译研究“相对性”（relativity），并推翻了翻译学者在20世纪80年代曾一度认为是永恒的普遍规律（Bassnett and Lefevere，1998：1）。翻译研究的文化转向引入文化的维度，将翻译研究的研究对象重新设定为根植于源语及译语文化符号网络中的文本，因此纯粹用语言学的方法分析文字、语义、修辞与文体等的转换显然是不够的。原先古老的评价方法，即将一个译本与另一个译本放在形式主义的真空中进行考察，这种逐行罗列式的语言优劣批评的做法很难再行得通了。越来越多的研究者意识到，翻译作为一种知识生产形式必须置于文化的大背景下进行考察，关注文化语境、历史规范等更为宏大的课题。

描述主义（descriptivism）的态度为翻译研究带来了前所未有的历史洞察力。说到底，描述主义之所以得名，是因为它反对规约主义（prescriptivism），因为它希望实事求是地呈现翻译的本来面目，而不是研究者或批评家所预设或期待的标准。对翻译活动进行描述，完全可以不触及抽象概念和假定的规律，而是阐明实实在在发生了的翻译活动，往往也试图从翻译的目的和引发的效果来理解翻译。事实上，绝大多数关于翻译的历史研究都是描述性的。但是，必须看到描述性翻译研究背后存在一个强大的科学愿景，即专注于抽象、概括、普遍的规律，以制定规范、假设和预测为指向，希望对跨越时间和地点的翻译的本质达成一个全面的解释。换言之，从结构主义中得到灵感、通过追踪模式和规律而前进的描述性研究，始终期待实现更广泛的概括，也因此带有一种超越特定历史的冲动，因而纯粹以描述为指向的翻译研究不足以为翻译史研究提供充分洞见。

在《翻译史研究方法》（*Method in Translation History*）一书中，皮姆（1998：5—6）将翻译史研究分为三个相互依存又有一定独立性的研究领域：（1）翻译考古学（translation archaeology），记录与追踪翻译活动的基本史实，包括翻译活动发生的经过、时间、地点、原因，以及译作的影响等；（2）历史批评（historical criticism），收集并分析前人对历史翻译现象的评论、思考与总结，指出历史批评意味着评价一个译者的作品必须要结合这部译作在当时所取得的社会影响，而不应该完全从当代的角度来判断译作是否有进步性；（3）解释（explanation），考察翻译行为在特定历史时期和特定地点出现的原因及其与社会变迁的关系。其中，翻译考古学和历史性批评主要研究个人事实和具体文本，而解释则涉及这些事实的原因，这就意味着研究者一方面应该立足历史事实本身，对相关史料进行钩沉、鉴别、整理和记录，厘清“什么时候、谁、从什么语言、为了谁、翻译了什么”这些基本问题。同时也应该面向史学建构，以不同的叙述视角和阐释方式对历史上的翻译现象进行重构，解释并寻找翻译事件与政治、经济、文化、思想之间的联系：为什么在这个时候翻译（或不翻译）什么？为什么是这些人来翻译？翻译（或不翻译）实际的影响是什么？其文化态度是创新还是保守？为此，皮姆（同上：ix—x）提出研究需要遵循四条原则：（1）翻译史应解释翻译的社会起因，即译作为何出现在特定的时代与地点；(2)翻译史研究的对象不是翻译文本、情境脉络或语言特征，而是译者以及译者周遭的其他人士(如客户、赞助者、读者)，只有厘清这些活动者的网络才可以真正了解究竟翻译为何会出现在这个特定的时间地点；(3)翻译史的写作需要以译者居住及生活的大环境为中心，也就是以目标语文化，而非源语文化为中心；(4)翻译史研究应表达、讨论或解决实际问题。换言之，翻译史研究不仅是为了探究历史上的翻译，也是为了发现、叙述、反思翻译中的历史，并有意识地追求在历史的观照中审视现实。

翻译研究中与历史有关的研究方法在很大程度上与史学模式的发展有密切关联。20世纪初，高度技术化的社会发展催生了新的政治目的和社会理性观念，曾经被埋没的阶级和大众走向历史舞台。在这样的大变动时代，集中关注精英人物和政治变迁的传统史学陷入了危机，而这一危机也为新史学的兴起埋下伏笔。以往的历史学依赖对史料的评论，注重个别事实和现实的描述，现今历史学研究出现了从“文献史”“事件史”向“问题史”“观念史”的转变，提倡多学科的综合研究方法，把社会经济、思想、文化等人类生活的诸多方面纳入历史科学的范畴，在注重长时段历史趋势分析的同时，也注重局部历史、微观历史的深层考察。在这一背景下，历史语境之中的翻译现象得到了学界的关注。作为特定语境下的话语实践，翻译不可避免会受到权力话语的影响，因此不可能是价值无涉的再现。为了理解翻译在特定历史背景下所扮演的角色、发挥的作用，需要了解翻译在当时如何得以实践和被理解。圣皮埃尔(Paul St-Pierre)(1993：69)在《作为历史话语的翻译》(*Translation as a Discourse of History*)一文中，指出历史与翻译的关系可以从两个不同的角度来考虑：一方面，人们可以对两者之间的关系进行质疑，以便更好地了解翻译的起源；另一方面，两者的交织能够定义翻译实践发生的语境以及该语境对实践的影响。圣皮埃尔认为，应该将翻译看作在特定规范下对原文的转换，而并非准确或不准确的复制；翻译与原文的关系，应该根据翻译产生的语境来确定。他将翻译看作历史的话语，是生产翻译活动的文化所经历的影响、互动与焦虑的症状。因此，翻译研究必须要对产生翻译标准或规范的语境有所了解，并由此认识翻译本身的语境性质，进而将这些标准或规范与其他文化和历史现象联系起来，关注翻译与产生翻译的文化中普遍存在的历史事件和结构之间有可能存在的意味深长的关联。

简而言之，在翻译研究中坚持“永远历史化”的立场，就意味着不再像传统译论那样单纯运用“忠实”“等值”等概念范畴进行批评，而是要将译本置于特定的历史文化之中，把翻译实践与它的历史和价值联系起来。韦努蒂提倡在翻译批评中运用阿尔都塞（Louis Althusser）所说的“症状阅读”（symptomatic reading）的方法，将翻译文本视为各种影响的混合体，每个单词、短语、句子、习语或段落都视为翻译过程的症状。这种方法不仅确保了译者不会保持隐形，而且将翻译过程与翻译文本都凸显为历史叙事的一部分。下文就尝试采用“症状阅读”的方法，选取20世纪初四个较为重要的莎剧译介事件——即无名氏翻译《澥外奇谭》、林纾与魏易合译《吟边燕语》、包天笑改编《女律师》、朱东润发表《莎氏乐府谈》——从文体学视角梳理莎氏戏剧作品在中国早期译介过程中的变形、改写及影响，并据此管窥戏剧这一文体在中国近代的滥觞。

二、戏本小说、神怪小说、剧本或是乐府？

众所周知，中国对莎士比亚戏剧作品的介绍源自对兰姆姐弟（Charles and Mary Lamb）《莎士比亚故事集》（*Tales From Shakespeare*）的译介。1903年，上海达文社出版《澥外奇谭》，选译了故事集中的10篇，译者不详。根据该书附志的“叙例”，译者明确主张本土化的翻译策略：“书中人名皆刻意翻译求似中国姓名”，如韩利德（Hamlet）、葛洛兆（Claudius）、燕敦里（Antonio）、宰路（Shylock）

等。另外，每个故事都冠以章回体风格标题，前后对仗：

1.《蒲鲁萨贪色背良朋》(《维洛那二绅士》)
2.《燕敦里借债约割肉》(《威尼斯商人》)
3.《武历维错爱孪生女》(《第十二夜》)
4.《毕楚里驯服恶癖娘》(《驯悍记》)
5.《错中错埃国出奇闻》(《错误的喜剧》)
6.《计上计情妻偷戒指》(《终成眷属》)
7.《冒险寻夫终谐伉俪》(《辛白林》)
8.《苦心救弟坚守贞操》(《一报还一报》)
9.《怀妒心李安德弃妻》(《冬天的故事》)
10.《报大仇韩利德杀叔》(《哈姆莱特》)

作为莎剧的首次译介，本土化或归化的翻译策略是意料之中的选择，而译者对于原作文体的介绍却相当耐人寻味。根据“叙例”的介绍：“是书原系**诗体**，经英儒兰卜行以散文，定名曰 *Tales From Shakespeare*，兹选译其最佳者十章，名以今名……是书为英国索士比亚（Shakespeare，千五百六十四年生，千六百一十六年卒）所著。索氏乃绝世名优，长于诗词。其所编**戏本小说**，风靡一世，推为英国空前大家。译者遍法德俄意，几于无人不读。而吾国近今学界，言诗词小说者，亦辄啧啧称索氏。然其书向未得读，仆窃恨之，因亟译述是篇，冀为小说界上，增一异彩。”（注：黑体格式为本书作者所加）

译者对于莎剧文体的定位，显然不能拿定主意，一时说是诗体，一时又称其为戏本小说。翻译的缘起和目的却是相当明确的：之所以译述出来，是因为“吾国近今学界”对莎士比亚的普遍赞誉，而中国尚无译本可读。《澥外奇谭》出版之前，提及莎士比亚的作品中比较有影响力的包括 1856 年慕威廉翻译的《大英国志》、1844 年魏源的

《海国图志》、1880 年梁启超的《饮冰室诗话》、1899 年严复的《天演论》等。在这些文献中，莎士比亚大多被看作与弥尔顿、田尼逊、斯宾塞等人并名的“近代诗家”“词人”“词曲家”。这一主流的看法可能多少影响了《澥外奇谭》译者的判断，因而亦称莎剧“原系诗体”。同时，他又将莎剧定位为“戏本小说”，并称自己通过翻译“冀为小说界上，增一异彩”。这一表述很可能是对梁启超 19 世纪末发起“小说界革命”的直接回应。梁启超提出“欲新一国之民，不可不先新一国之小说”的观点之后，翻译小说日益勃兴，《澥外奇谭》的翻译受这一大势的影响并不奇怪。

1904 年，林纾和魏易翻译的《英国诗人吟边燕语》由商务印书馆出版，兰姆姐弟《莎士比亚故事集》中 20 篇都翻译过来，其标题均为二字，颇有《聊斋》之风，因此有学者认为“林纾在题目上尽力突出神怪色彩，甚至制造本来没有的神怪色彩”（安凌，2012：78）：

1.《肉券》(《威尼斯商人》)
2.《驯悍》(《驯悍记》)
3.《孪误》(《错误的喜剧》)
4.《铸情》(《罗密欧与朱丽叶》)
5.《仇金》(《雅典的泰门》)
6.《神合》(《泰尔亲王佩里克里斯》)
7.《蛊征》(《麦克白》)
8.《医谐》(《终成眷属》)
9.《狱记》(《一报还一报》)
10.《鬼沼》(《哈姆莱特》)
11.《环证》(《辛白林》)
12.《仙狯》(《仲夏夜之梦》)
13.《林集》(《皆大欢喜》)

14.《礼哄》(《无事生非》)
15.《女变》(《李尔王》)
16.《珠还》(《冬天的故事》)
17.《黑瞀》(《奥赛罗》)
18.《婚诡》(《第十二夜》)
19.《情惑》(《维洛那二绅士》)
20.《飓引》(《暴风雨》)

林纾依照当时学界的主流观点，将莎士比亚当作诗人，这一点不但从译著标题《英国诗人吟边燕语》可以看出，而且在林纾所撰之序中有明确表述：“**莎氏之诗**，直抗吾国之杜甫，乃立义遣词，往往托象于神怪。……然证以吾之所闻，彼中名辈，耽**莎氏之诗**者，家弦户诵，而又不已，则付之梨园，用为**院本**。”（注：黑体格式为本书作者所加）林纾不谙英文，对莎剧的背景了解有限，误以为莎士比亚原作为诗，后被改写为剧本上演；他甚至并没有意识到自己翻译的只是兰姆改编的莎士比亚戏剧故事，因此译本标注原作者为莎士比亚，并没有提到兰姆的名字。

本书 1914 年由商务印书馆重版，林纾有可能已经认识到此前的误解，封面标题中删去了“英国诗人”四字。商务印书馆将该书归为“说部”下的“神怪小说”，这一点依然遵循了林纾 1904 年在该书序言中表明的立场：“好言神怪”并非国家沦弱的原因，维新变革无须鄙薄自身传统。本书的译笔事实上打动了众多读者，顾燮光（1960：539）读后写道：“书凡二十则，记泰西曩时各佚事，如吾华《聊斋志异》、《阅微草堂》之类。作者莎氏，为英之大诗家，故多瑰奇陆离之谭。译笔复雅驯隽畅，遂觉豁人心目。然则此书殆海外《搜神》，欧西述异之作也夫。”郭沫若（1979：114）也曾回忆说，林纾所译的《吟边燕语》“使我感受着无上的兴趣。它无形之间给了我很大的影响”，且即便后来读了原著，“但总觉得没有小时候所读的那种童话式的译述来得更亲切了”。

1896年至1910年期间，圣约翰大学在夏季毕业典礼上用英语演出《威尼斯商人》《裘力斯·凯撒》《皆大欢喜》《仲夏夜之梦》等剧，是中国最早的莎剧演出（濑户宏，2017：63）。用中文的莎剧演出，据目前可查的记录最早是1913年上海城东女学于寒假游艺会上演的新剧《女律师》（即《威尼斯商人》）（孟宪强，1994：161）。该演出所用的剧本为包天笑根据林纾、魏易所译《吟边燕语》中《肉券》改编而成，易名为《女律师》；根据包天笑（1971：343）的回忆，“因为在女学校里演出，而为安东尼辩护的，却又是一位女律师，所以便取了此名”。

这个剧本根据《威尼斯商人》的人物和情节简略改编而成，出场人物包括鲍梯霞（Portia）、巴散奴（Bassanio）、安东尼（Antonio）、歇洛克（Shylock）、微臬斯公爵（Magnificoes of Venice）五人，保留了借款、“一磅肉”的契约、法庭辩论等核心情节，将原剧中鲍梯霞和巴散奴之间的恋人关系改为兄妹，抹去了原剧鲍梯霞选亲，以及杰西卡与罗兰佐恋爱和私奔的线索。剧本不到7页，推测演出时间在20分钟左右，非常适合当时学校演剧的需要。包天笑并不仅对情节做简单删略，还根据观演的特定场合进行了大胆的改编。原剧中巴散奴为了向鲍梯霞求婚，才向好朋友安东尼借款，进而引发后来的一系列剧情发展。而在包天笑的笔下，巴散奴是为了支持鲍梯霞办女子学堂的想法筹款。第一幕，鲍梯霞一上场就发出了叹息：

> 近来世界上，有件极不平等的事，诸位知道是什么事？便是我们女子没有参政权。我想二十世纪中，这参政权也不能让男人独占，所以我急急想办个女子政法学堂。只是办学堂，第一要有经济，没有钱如何办得。不免和我哥哥商量去者。
>
> （包天笑，1911：104）

这样一来，全剧便定下了20世纪女性平权运动的时代基调。身为城东女学的老师，包天笑为学生改编的这出《女律师》可谓用心良苦，这也许就是为什么朱双云（1914：30）在翌年的《新剧史》中，评价这出戏“情节甚善”。

包天笑的译本《女律师》载于上海城东女学编印的《女学生》1911年第二期，归入小说类，而就文体结构来看则是一部基本具备现代话剧特征的四幕剧。在《钏影楼回忆录》中，包天笑（1971：343）解释了当时翻译的背景：“那个时候，现代所称为话剧的那种新戏，已经流行到中国来了。我们在日本的留学生，也在东京演剧，上海男女各学校，每逢什么节日、纪念日，学生们也常常在演剧，这个风气已经是大开了。我记得第一年，我给他们编导的一个故事，名曰‘女律师’。”可见包天笑在编写《女律师》的时候，有意识顺应当时新剧的风气，采用了以台词对白而非词曲演唱推动情节发展的方式，台词虽有少量文言残留，但总体晓白通畅，算得上是相当通俗生动的白话文。以剧终假扮律师的鲍梯霞揭晓自己真实身份的几句对白为例：

> 巴（白）咦？这个我已经送给贝律师了。
>
> 鲍（白）你们知道贝律师是谁？就是我呢！
>
> 巴（白）哎呀！我倒不知是妹子改扮的。
>
> 安（白）鲍姑娘，真感激你。你真可算得冰雪聪明了！
>
> （包天笑，1911：110）

目前学界较为普遍的一个观点是，田汉1921年发表的《哈孟雷特》是我国出版的第一部白话莎剧译本（丁罗南，1999：45）。事实上，用白话剧本的形式译介莎士比亚的第一人应该算是包天笑更合适。

1917年第1卷第5号、第6号、第8号和1918年第1卷第9号的上海《太平洋》杂志上，分四期刊出了朱东润两万余言的文言长文《莎氏乐府谈》，这是目前所见篇幅最长、最为细致完整的早期莎士比亚研究论文，不但介绍了莎士比亚的生平、作者身份、剧场、演员，还有精彩细腻的文本分析和片段翻译。

《莎氏乐府谈》一文作者朱东润时任广西省立第二中学（现梧州市第一中学）英语教师，和此前的译介活动最大的区别在于，朱东润并非通过兰姆姐弟的故事改编进入莎剧，而是直接参照了莎剧原文。这一优势使得朱东润对于莎剧文体特征的把握比前人要充分得多。文中，他（1917a：4）首先解释道，“莎士比亚之时，剧场乃与吾国旧日之舞台相似，更言之，直与酬神侑酒之剧类耳”，并将其剧场布景传统之变迁与当时中国戏台布景转向写实的风气相比较，指出两种戏剧传统之间“多有暗合”。这一点说明，朱东润对于莎剧的作为演出本的特性是非常清楚的。接下来，他（同上：6）又将莎士比亚与中国诗仙李白相比较，认为两者才华有相通之处（“皆天才磅礴，此其所同也”），但是创作各有特点（“李氏诗歌全为自己写照，莎氏剧本则为剧中人物写照”）。在此基础上，朱东润（同上）总结了诗歌与戏剧之间不同的特点：

> 大抵诗歌所以陶写性情，故读李氏之诗集，可以概见其为人……至于剧本，则大不然。剧本之作，非所以咏叹时事描摹风景而已。其中必有无数之人物，而擅长于此道之作者，其所长即在能将此无数之人物，尽力描写，使之跃然纸上。故读莎氏之乐府，于莎氏之为人，未能尽知。其所知者，此种无数之人物。人人具一面目，三十五种剧本之中，即不啻有几百几十人之小照，在其行墨之间。而此几百几十人者，又无一重复，无一模糊，斯真可谓大观也已。

与评论“莎翁之诗，直抗吾国之杜甫”的林纾相比，朱东润对于莎士比亚戏剧艺术的理解显然更为准确，对于诗歌和戏剧这两种体裁特点的把握也相当具有洞见。也正是因为对莎士比亚戏剧文体的定位，朱东润的论文选用了“乐府”而非“诗体”或“小说”等词汇去定位莎翁剧作。此外，他（同上：1—2）还指出林纾翻译的二字剧名不符合中国戏剧传统的习惯，因为“吾国戏剧本多以三字为名，如《西厢记》《琵琶记》《牡丹亭》《桃花扇》之类。至于剧中曲折，始以二字名之，如‘小宴’‘惊梦’是也”，因此建议对林纾译名“略加变通”，在每个两字剧名后均添加了“记”字，更符合中国戏剧三字命名的传统。

《莎氏乐府谈》一文重点分析了《凯撒记》（《裘力斯·凯撒》）和《铸情记》（《罗密欧与朱丽叶》）这两部剧。在评论《凯撒记》一剧的时候，朱东润（1917b：3）大段翻译引用了原剧第三幕第二场勃鲁托斯与安东尼的演说[①]，以详实的译文直接呈现了莎翁“不在长枪大戟之际，而在轻描淡写之间”的“文字之妙”：“此段数十行中复分两幅，前幅所以见布鲁多为温文尔雅之君子，非赳赳武夫所可比；后幅所以言凯撒之阴魂尚隐隐在侧。”李伟昉（2019，155）指出，朱东润在中国反袁称帝进步运动中，大幅评介布鲁多与安东尼演说，赞美秉性刚正的布鲁多捍卫罗马自由和民主，“不是故作卖弄，随意为之，而是有的放矢，有感而发”。在对《铸情记》的研究中，朱东润翻译并引用了剧中两个重要场景片段：第二幕第二场著名的“花园夜语”，以及第三幕第三场罗密欧因杀人被放逐前私见劳伦斯神父的对白。

朱东润论文中所引莎剧片段以文言译成，有学者评价他的译文“生动传神，惟妙惟肖，相比现有的莎士比亚戏剧白话文译文，毫不

① 这两篇演说后来曾引起不少人的兴趣，1928 年《语丝》第四卷第 43 期刊登了石民翻译的《两篇演说》，1931 年《进步英华周刊》第 16 卷刊登了厉小通翻译、中英对照的《白鲁特斯刺杀恺撒后演说词》。

逊色”（同上）。这一评价主要是从“可读性”的角度来看的，如果从“可演性”的角度来说，朱译还是有所欠缺。以《铸情记》中朱东润认为“最可记者”的“花园夜谈”开场朱丽叶的独白为例：

> 周立叶　罗密欧，罗密欧，若奈何为孟太格家人也。果汝能爱吾者，当自弃其族姓。否则吾亦屏加波勒之族姓而勿御。嗟乎嗟乎，今之所未安者，特以汝之姓为孟太格耳。然所谓姓字者，非手足，非股肱，非面目，非一切生人所不可少之物。汝能易之，乃始可耳。且所谓名字者，何复足道。蔷薇之花果，易以他名者，其芳洁初不减于其故，则罗密欧果易其名而为他名者，其芳洁亦如故耳。罗密欧，罗密欧，速易若名，吾身即汝有矣。
>
> （朱东润，1918：3—4）

朱东润译文虽读之不觉生涩，但这样的文言台词若搬上戏台还是相当拗口。作为一个研究者，朱东润对莎士比亚戏剧的特点有非常准确的把握，而作为一个翻译者，他的译文虽然内容上十分忠实，但在可演性层面上比莎翁原剧则要逊色得多。当然，朱东润翻译莎剧片段的时候，目的只是为了案头的文本研究，因此并没有刻意追求译文的可演性。

三、文体的问题：误读与调适

20世纪初期是中国戏剧现代化探索和发展的重要时期，中国剧坛一方面接受了西方戏剧的影响和冲击，一方面也见证了民族传统文艺的蜕变求新。对莎士比亚戏剧在中国早期译介的探究和评价，必须考虑到这一特定的时代背景。中国话剧尚处于孕育阶段，任何译者都不可能用完全地道的西方戏剧体式来译介莎士比亚，能够尝试的就是在本土戏剧传统中广搜博采，通过寻找最为恰切的对应物去理解、接受乃至学习这一舶来的新文类。李昌集（1997：80）归纳了中国古代戏曲理论的两条线索："一是以'曲'为本位，将戏曲作为一种以'乐府气味'为主导的'曲'的创作而理解与评价；二是以'传奇'为本位，将戏曲作为一种具有与小说意义相同的'故事'而理解与评价。"莎士比亚戏剧作品在中国的早期译介过程里，亦可见到不同译者顺着这两条线索对莎剧文体的不同定位。

《澥外奇谭》的译者对于莎剧文体的定位是戏本小说，很有可能是受了梁启超的影响。梁启超提出的"小说界革命"，其概念范畴之"界"实际同时纳入了小说和戏剧。"诗界""文界"主要见于韵文和散文之别，而小说和戏曲可以归于一"界"，两者都被诗文传统所轻视，也均有通俗易懂的特点，因而在梁启超看来同样具备作为启蒙工具的重要作用。在《劫灰梦》中，梁启超曾借主人公杜撰之口明确提出了写作戏剧醒世救国的文学主张：

> 我想歌也无益，哭也无益，笑也无益，骂也无益。你看从前法国路易第十四的时候，那人心风俗，不是和中国今日一样吗？幸亏有一个文人叫做福禄特尔，做了许多小说戏本，竟把一国的人从睡梦中唤起来了。想俺一介书生，无权无勇，又无学问可以著书传世，不如把俺眼中所看着那几桩事情，俺心中所想着那几片道理，编成一部小小传奇，等那大人先生、儿童走卒，茶前酒后，作一消遣，总比读那《西厢记》《牡丹亭》强得些些，这就算我尽我自己面分的国民责任罢了。

梁启超将法国剧作家伏尔泰的剧作称为"小说戏本"，与《澥外奇谭》的作者将莎士比亚剧作看作"戏本小说"道理是一样的。和西方文体学条理明晰确定的文体分类不同，中国文体的划分有"以类相从”“因文立体”的特点，“中国古人在对文体进行区分辨析、分体归类时，不仅着意于辨异，也关注于求同，而且既关注其‘本’之同，也关注其‘用’之同”（郭英德，2005：6）。将小说与戏曲等同视之的情况在晚清民初相当普遍，后来林纾、魏易合译《英国诗人吟边燕语》的过程中，这一文体混同的情形再次凸显。后世对林纾译笔的评价虽高，但对于他将《吟边燕语》归为神怪小说的做法依然多有微词。例如，刘半农在《复王敬轩书》中说：“若《吟边燕语》本来是部英国的戏考，林先生于‘诗’‘戏’两项，尚未辨明，其知识实比‘不辨菽麦’高不了许多”；胡适也在《建设的文学革命论》一文里写道：“林琴南把莎士比亚的戏曲，翻译成了记叙体的古文！这真是莎士比亚的大罪人。”林纾去世后，郑振铎在《小说月报》发表的《林琴南先生》一文中，也批评林纾“把许多的记号的剧本，译成了小说——添进了许多叙事，删减了许多对话，简直变成与原本完全不同的一部书了”，又说“林先生大约是不大明白小说与戏曲的分别的——中国的旧文人都不会分别小说与戏曲，如《小说考证》一书，名为小说，却包罗了无数的传奇在内”。

郑振铎的批评意见点出了小说和戏剧之间的文体混淆并非林纾个人的误读，而是整个“旧文人”群体所共有的问题。其实，如果跳出新旧之分，回到林纾等“旧文人”所熟悉的中国文学传统中，戏曲小说之间的艺术是相通的。中国戏曲素材的来源、编剧的手法和技巧均曾得益于小说，正如李渔在《合锦回文传》卷二篇末素轩评语中所言：“稗官为传奇蓝本。”并且，“小说”也并不是一个规定性概念，而是一个广收博取、兼容混杂的描述性概念。明人胡应麟把小说分为志怪、传奇、杂录、丛谈、辨订、箴规六类；清人永瑢和纪晓岚总纂《四库全书总目提要》，把小说分为叙述杂事、记录异闻、缀缉琐语等三类。传奇述异往往“作意好奇”，与戏曲传统多有相通，尤其是书写异人异事的题材往往为戏曲吸收，这正是元代陶宗仪在《南村辍耕录》中所云——“稗官废而传奇作，传奇作而戏曲继”。将莎士比亚的作品看作“神怪小说”，强调其中那些“瑰奇陆离之谭”，未尝不是在当时中国传统戏剧观念和审美条件下，能够曲折通达莎剧真髓的路径。《吟边燕语》后来也确实成为新剧团竞相上演的文明戏之蓝本，林纾翻译的不少故事名，例如《鬼沼》《肉券》《铸情》等，亦成为这段时间风行一时的通用剧名。从小说与戏曲互通相融的观点看来，林纾“神怪小说”的定位不啻为对莎士比亚戏剧文体相当准确的中国式判断。从严格意义上说，包天笑的《女律师》不能算是莎剧《威尼斯商人》的翻译，而不过是《吟边燕语》中《肉券》一文的改编。从莎剧原文到兰姆改写的故事，到林纾翻译的《吟边燕语》，再到包天笑根据特定观演场景而改编的《女律师》，文本流转的每一步都会发生变形。从情节和内容的角度说，《女律师》与《威尼斯商人》确实相差甚远，算不上是严格意义上的翻译，但从文体形式的角度来说，包天笑却是汉语世界中以话剧演出本的形式接近莎剧的第一次尝试。

关于莎士比亚戏剧作品，1903 年《澥外奇谭》的译者将其称为“戏本小说”，1904 年林纾在《吟边燕语》中将其归为“神怪小说”，后来 1911 年包天笑改编莎剧《女律师》发表时又归为“小说”，顺着“传奇”本位强调莎翁剧作的故事性，最终将这些故事改编为新剧，带上中国的剧场舞台。1917 年朱东润《莎氏乐府谈》一文用了“乐府”的说法，以“曲”的眼光来理解莎翁作品可读可演的综合艺术，尽管文中出现的翻译片段从未被搬演，却成为中国莎士比亚研究“从抽象到具体、从故事到戏剧、从简单到立体管窥”的一个重要转折点（李伟昉，2019：160）。早期莎剧译介者所选用的词汇，“戏本小说”“神怪小说”“莎氏乐府”，以及本文尚未论及的“弹词”“杂剧”[①]

① 1928 年邓以蛰将《罗密欧与朱丽叶》翻译为《若邈久袅新弹词》。1931 年厉小通翻译《白鲁特斯刺杀恺撒后演说词》时，称原剧为“莎士比亚恺撒冤杂剧”。

等，看似是对莎剧文体不同程度的变形与误读，但置于当时中国新旧交错的文学和戏剧场域，均可被视为恰切的翻译尝试。

第四节 伦理的回归

伦理是一个亘古常新的话题，任何成熟学科的发展都离不开对伦理问题的严肃思考。皮姆（2001：129）注意到，在翻译研究中伦理一度曾是“一个不愉快的词”（an unhappy word），尤其在20世纪90年代初，翻译研究几乎完全沉浸在描述性方法所带来的发展高潮中。那是一个高举“不一致和不确定性”的后现代旗帜的时代（Koskinen，2000：27），那个时代背景下人们行动的选择不再是通过诉诸预先存在的法律、规则或规范来获得合法性的加持（Derrida，1997：17）。在“那些反应过度的日子”（those days of over-reaction）里（Pym，2001：129），谈论任何普遍道德或伦理标准似乎都是一种极其冒险的尝试。

如今，人们似乎对规范不再那么偏执了。在当代议程上，伦理的讨论正在复兴。即便无法确定人类的行为是否在事实上正在变得更加高尚，但至少目前不同学科关于伦理的讨论都在如火如荼地展开。从生物学到医学、从传统媒体到互联网社区、从环境保护到动物福利、从科技到商业经济，似乎现在每个社会方面都在某种伦理考量的审视之下。作为一个相对年轻的学科，翻译研究也就翻译伦理展开了热火朝天的讨论。许多翻译学专著都直接打出了伦理的旗帜，例如韦努蒂所著的《翻译的丑闻：走向差异伦理》（*The Scandals of Translation: Towards an Ethics of Difference*）、科斯基宁（Kaisa Koskinen）所著的《模糊之外：后现代与翻译伦理》（*Beyond Ambivalence: Postmodernity and the Ethics of Translation*）、皮姆主持编写的《伦理的回归》（*The Return to Ethics*）、S. 贝尔曼（Sandra Bermann）编写的《国家、语言和翻译伦理》(*Nation, Language, and the Ethics of Translation*)，等等。近年举办的翻译研讨会上，伦理也是一个热点话题。2001 年国际翻译工作者协会将“翻译和伦理”定为该年度国际翻译日的主题。这些现象或多或少地证明了皮姆书中开宗明义的那句话：“翻译研究已经回到了伦理问题。”(同上)

一、主体的迷思

反思如今翻译研究中的“伦理热”，可以发现背后有许多方面的原因。首先，从某种程度上说，翻译研究作为一门学科的出现虽然是近几十年的事，但是翻译实践作为最古老的一种人类活动，从来也没有和伦理思考分开过。和传统的翻译相关的概念，比如说信、忠实，都带有很浓厚的伦理韵味。尽管在后现代的背景下这些概念已经被反复解构，但它们依然在很大程度上支配着如今学界对翻译的理解。其次，过去一段时间翻译研究的主流范式是描述翻译学，强调对翻译现象作出客观而科学的描述。经过几十年的发展，这一纯描述性的范式是否能保证翻译研究的学科发展已经成为许多学者正在反思的问题。面对年复一年单纯的描述研究，人们总会发出“事实如此，那又如何”的感慨。除了对翻译现象的描述，翻译研究者还必须让读者明白这种描述的可靠性和价值所在，这就不可避免地要在描述以外引入解释、评价和引导的机制，而这一切都和翻译伦理密不可分。再次，在如今哲学的不同流派中，语言以及交流都成为伦理思索中的核心问题。从福柯(Michel Foucault)在话语中重建伦理个体的努力，到哈贝马斯交往伦理学理论的产生，再到德里达(Jacques Derrida)对列维纳斯(Emmanuel Levinas)接待他者的伦理的重估和发展，都可以看出主流哲学界在伦理探索中的语言/交流转向，这一转向对于更好地理解翻译伦理起到了理论支持的作用。另外一个不可忽视的原因就是近年来翻译界中职业化的趋势。越来越多的学者呼吁社会应当认可译者专业人士的地位，应当把译者当作像医生律师一样掌握专业技能的从业者。在这一职业化 / 专业化的趋势中，就涉及一系列关于专业操守、行业监督和职业培训的考虑，这些也都是和伦理直接相关的问题。如果进一步深究下去，翻译研究中“伦理热”背后的原因一定还有许多。目前这一初步反思已经从某种程度上提醒了人们，西方翻译研究回归伦理不是一种单一的现象，而是一项复杂的事件。这一事件中出现的观点是丰富的、多元的，有时候甚至是相互矛盾的。

英语中的 ethics 一词源于希腊语中的 ethikos，而 ethikos 一词本身又源于 ethos，意为 character，即品质。在翻译希腊单词 ethikos 时，西塞罗创造了 moralis 一词，该词源于拉丁语 mores，意思是一个人在社会中的习俗、习惯或正确行为。道德和伦理从一开始就非常紧密地联系在一起，因为“道德是一种‘个人化的伦理’，而伦理是一种‘集体性的道德’”（Koskinen，2000：11）。今天，伦理学更普遍地被用作一个特定学科的术语，“指的是哲学研究道德的领域”（Timmons，1999：9）。这种探究创造了道德或伦理环境，在这种环境中人们区分对错、形成骄傲或羞耻的概念、理解如何与他人交往，并学会在生活中作出正确的选择。换句话说，伦理旨在告诉人们应该做什么，因此伦理在本质上是规范性的。伦理的规范力量在历史上曾经与宗教捆绑在一起，甚至完全由宗教决定。然而在当今时代，尤其是在尼采宣称“上帝已死”之后，将神性作为道德价值的唯一基础似乎已经很难再有说服力。“上帝已死”并不意味着普遍价值观的崩塌，而是意味着把人类作为自己道德原则的最终立法者。一旦人们不再持有任何教条式的假设——比如宗教道德信仰——就不得不面对一个相当矛盾的困境：一方面，一切都是允许的；另一方面，没有什么是合理的。陀思妥耶夫斯基的著名问题很好地表达了这种担心：“如果上帝死了，那么，一切都是被允许的吗？”没有立法者，似乎就没有绝对的法律让人们遵循，个人的主体选择和行为的责任则得到前所未有的凸显。

在当今西方翻译伦理的讨论中，虽然各家的理论都似乎自成一派，但是不难看出其中一个明显的共通点就是对译者主体性的反思。这一反思是及时而必要的：一方面，在过去描述翻译学的范式下，翻译规范似乎在一定程度上遮蔽了对译者的关注，现在重新评价译者的地位可谓当务之急；另一方面，伦理本身就是一门"人学"，和形而上学与认识论不同，伦理学所关注的问题都是围绕人这个主体来展开的。狮子从来不会因为杀死斑马就得被关进监狱，只有人才会为自己的行为接受伦理审判与法律规约。在研究翻译伦理的时候，也应该始终牢记不是要对翻译文本本身进行是非判断，而是要为翻译过程所涉及的主体行为作出评价。从这一角度来看，当前西方翻译伦理的讨论中，对译者责任和义务的重视是合情合理的。但是新的问题也随之出现：从贝尔曼和韦努蒂的他者代言人，斯皮瓦克和尼南贾纳的第三世界文化价值的维护者，皮姆和切斯特曼（Andrew Chesterman）的文化协调者，到铁木茨科和贝克的政治参与者，再到西蒙和冯弗洛托的女性声音的释放者，译者的身份出现了各种各样的伦理定位。既然各说各理，那么译者到底该听谁的？

要追寻这一问题的答案，就不得不首先考虑西方主体这一基本概念的发展轨迹。自笛卡尔"我思故我在"的宣言以来，主体地位在西方得以确立和高扬。在康德的理性主义框架下，人被定义为"有限的理性存在"，主体的自主性自由概念则进一步把人从自然必然性领域提升到伦理道德领域。这一意志自律的主体在黑格尔和胡塞尔的哲学中进一步延伸，但是"在尼采和海德格尔的时代之间，愈来愈弱，以致化为废墟"（Badiou，2009：24）。后现代主义时代哲学家，包括福柯、拉康、德里达，都对主体性、普遍主义和绝对主义进行着不断的攻击。在《主体性的黄昏》（*Twilight of Subjectivity*）一书中，美国哲学家达尔迈尔（Fred Dallmayr）（1981）宣告了主体性的衰落，并探索这种衰落对社会思想和政治思想产生的反响。如今似乎不得不承认现实生活中主体身份的复杂性、有机性、杂合性、流动性和碎片性，与这样的主体相联系的伦理则自然充满了不定性（undecidability）和模糊性（ambivalence）。

在后现代的翻译模式中，不再有一个绝对的、普适的译者主体，取而代之的是不同的译者在不同的时间和地点面对不同的社会历史背景的不同召唤，而译者再也不能指望任何一种伦理原则会为自己解决所有问题。正如鲍曼（Zygmunt Bauman）（1993：41）所言，后现代时代的来临意味着伦理时代的终结和道德时代的回归。那么先前所讨论的，与其说是翻译伦理的回归，毋宁说是翻译道德的回归。任何一家的观点都不是可以永久信赖的权威，而每一个个体译者都将面对前所未有的自由，以及随之而来的令人烦恼的不确定状态。即使是皮姆和切斯特曼所强调的职业伦理也无法为个体译者简化道德选择，因为支撑职业伦理的最终支柱正是每一个译者自己向善的决定。

视角从翻译伦理到翻译道德的这一转变，把最终决定权放到了每一个译者的手中。如何看待译者这一道德主体则成为一个颇为刁钻的问题。如今的西方翻译研究的学者们发现自己已经不知不觉陷入了一个怪圈：一方面，他/她们理论背后的推动力正是对“自主的、有限的、普适的”（autonomous, bounded and universal）现代主体的解构；另一方面，在重建道德话语的时候，他/她们又不得不重新求助于被自己解构的现代主体。正如科斯基宁（2000：114）在《模糊之外：后现代与翻译伦理》一书的结语中所指出的，强调译者的自我意识是谈论翻译道德的前提，因为要谈论道德或是道德意识就不得不预设一个明白自己行为和后果的道德主体，而谈论翻译道德实际上就是要求译者必须“自觉（self-conscious）、自检（self-critical）、为翻译和社会现实负责”。在切斯特曼所构想的职业伦理的图式中可以看出同样的观点。译者自我意识（self-awareness）的形成被认为是一个普通译者成长为专家之路的最后一步，只有实现了自我意识，译者才可能避免教条的束缚和盲目的翻译。西方学者从对包括译者主体在内的传统翻译观念的解构中得到了理论滋养，形成多元而丰富的翻译道德观，但是最终他/她们的结论又不约而同地回到了对传统主体的依赖。他/她们的理论都预设了一个理性自主的道德主体，能够认识、理解、判断并再现异质的踪迹，或是第三世界价值，或是职业尊严，或是政治目的，或是女性声音。对于这一解构时代自相矛盾的做法，斯皮瓦克（1999：175；原文斜体）的回应是："我们如果想要着手进行任何事，就必须忘记，*无论怎样努力*，我们的起点都是不牢靠的，我们如果想要完成任何事，就必须忘记，*无论怎么安排*，我们的结论都是不完善的。"

二、（不）可译性的迷思

对翻译伦理的思考之所以有"不牢靠的起点"与"不完善的结论"，其根本原因在于对翻译的目的及本质的理解尚存争议。"不可译性"（untranslatability）和"可译性"（translatability）是一对相伴相生的概念，也是翻译学中反复出现的一个议题。苏联翻译理论家费道罗夫（转引自群力，1983：20）曾说，可译性问题是整个翻译理论中最有原则性的问题，翻译理论必须解决这个最原则的问题，否则一切翻译理论都无从谈起。对翻译伦理的反思，也需要回答翻译是否可能或者在何种程度上可能的问题。"能够做什么"虽然无法直接推导出"应该做什么"，但不可否认两者之间确实存在相互协调的伦理道德关系。对（不）可译性的思考，也是贯穿翻译伦理思考始终的重要话题。

翻译历史上，最著名的能够体现不可译性的例子之一是伊拉斯谟（Desiderius Erasmus）1516年用拉丁文翻译的《新约全书》中的一个词。这是第一次双语对照的印刷版，"和后来各种对开本一样，由三部分组成：希腊文本、拉丁文译本，以及译者注释。希腊文和拉丁文平行印刷，左边是希腊文本，右边是拉丁译文。注释单列在另外的页面。”（Jonge，1984：394）此版本出版时，伊拉斯谟在致教宗利奥十世的献词信中明确表示，他的作品旨在让基督教世界“……从源头而不是泥泞的池塘和溪流中汲取养分。因此，我对照希腊原文的标准修改了整部新约全书。”随着16世纪希腊和希伯来语的普及，以及圣经手稿和不同版本的出现，对经文来源和阅读原文的强调日益突出，“Ad fontes!”（回到源头！）是文艺复兴人文主义的口号。伊拉斯谟的翻译就在这样的背景下出现，并对当时权威圣经译本（拉丁通俗译本，哲罗姆所译）提出修正。伊拉斯谟和哲罗姆（Saint Jerome）的译本中对lógos一词的处理可为不可译性之明证。《约翰福音》第1章第1节开篇有如下内容：

通用希腊语	Ἐν ἀρχῇ ἦν ὁ **λόγος**, καὶ ὁ **λόγος** ἦν πρὸς τὸν θεόν, καὶ θεὸς ἦν ὁ **λόγος.**
拉丁化希腊语	En arkhêi ên ho **lógos**, kaì ho **lógos** ên pròs tòn theón, kaì theòs ên ho **lógos**.
拉丁通俗译本	In principio erat **Verbum** et **Verbum** erat apud Deum et Deus erat **Verbum**.
伊拉斯谟译本	In principio fuit **sermo**, et **sermo** erat apud Deum, et Deus erat **sermo.**
钦定本	In the beginning was the **Word**, and the **Word** was with God, and the Word was **God.**
和合本	太初有**道**，**道**与神同在，**道**就是神。
思高本	在起初已有**圣言**，**圣言**与天主同在，**圣言**就是天主。

哲罗姆的译本将lógos一词翻译为Verbum（更接近word，即语词），而伊拉斯谟翻译为sermo（更接近discourse，即话语）。伊拉斯

谟用了大量篇幅在注释中解释为什么 sermo 比 verbum 更好，但仍不完全对应 lógos。

lógos 具备典型的不可译性。中文采用过“道”“言”“理”等不同语词去翻译它，但也都似是而非。目前通行的音译“逻各斯”，与其说是翻译，毋宁说是不译。虽然 lógos 是不可译的，但翻译的行为依然发生了。伊拉斯谟清晰看到了 sermo 与 lógos 之间的差别，但他还是在两难中选择了前者，完成了翻译。他为此所加注的解释和后来关于翻译 lógos 的论文都显示出译者面对不可译性的不安与思虑。译者的不安和思虑没有妨碍翻译的发生，但显然能减缓翻译的速度，让译者（以及读者）不得不思考 lógos 在翻译中的其他可能性。无论哲罗姆的 Verbum 还是伊拉斯谟的 sermo，都是试探的、临时的，是在不同语境下不同译者或许出于不同的语感而作出的选择。换言之，翻译的发生不过是暂时克制住不可译性，并没有将其消除。事实上，不可译性恰恰在翻译的行为中才得以彰显，不可译性和可译性（或者更准确地说，“现实的、可接受的翻译”）的理解是并行不悖的。

但丁（Dante）（2002：48）曾讨论《飨宴》（*Convivio*）拉丁语与意大利语的翻译，并指出由于两种语言的不对等关系根本无法实现对原文真正的遵从（true obedience）。由于拉丁语与意大利语的地位不对等，如果在翻译中一定要遵从原文的表达方式，其结果是不美妙的、非完全控制的，更谈不上是有限度的。当一种语言转换为另一种语言时，如果不破坏原作的美妙与和谐，诗歌翻译就无法进行，因此完全遵从原文的翻译根本无法企及。换言之，所谓不做任何改动的翻译是不存在的（同上）。但丁指出的语言之间的差异恰是不可译性的根源之一。

语言学家认为，跨语言不对称现象（cross-lingual asymmetry）相当普遍，不同语言、不同文化之间均存在非同构性（non-isomorphism）。萨丕尔－沃尔夫假说（Sapir-Wolfe hypothesis）的语言相对论是关于语言、文化和思维三者关系的重要理论，这一理论认为在不同文化下不同语言的结构、意义和使用等方面的差异在很大程度上决定或影响了使用者的思想，包括世界观和认知过程。其实，语言相对论甚至并非只是一种假说，而是对人们赖以生存的多元语言及文化现实的投射。正如萨丕尔（1985：162）所言：

> 事实就是，“现实世界”在很大程度上，是由其成员的语言习惯无意识地建构起来的。不可能找到可以完全相同的任何两种语言，可以用来表征完全一样的社会现实。不同的社会生存的物质世界是不同的，而并不是人们在一样的世界里贴着不同的标签。

在萨丕尔－沃尔夫假说之前，十九世纪的德国思想家洪堡特（Wilthelm von Humboldt）（2001）便已经指出语言和思维是不可分割的整体：“每一语言都包含着一种独特的世界观……都包含着属于某个人类群体的概念和想像方式的完整体系。”在他看来，语言和民族精神是融为一体的，语言的差异不只是声音和符号的差异，而是世界观本身的差异。由于每种语言都包含了一种独特的世界观，翻译就成为一项不可能实现的任务。

然而，不同语言、文化之间的非同构性并不意味着不同语言、文化及相应的文本之间绝对不可通约。从逻辑上看，可译性是谈论不可译性的前提：如果想证明某样东西不能被翻译成目标语言，需要首先用目标语言说出目标语言不能说的是什么，而这就需要有正确的翻译，或者至少也是恰切的、有效的。从实践上看，翻译是人类一项颇为古老的行为，语言和文化的差异似乎从来没有真正阻碍过翻译的开展，十八世纪末、十九世纪初德国出现的关于不可译性的思想之萌芽也恰是在翻译活动开展的过程中得以产生的。

施莱格尔（August Wilhelm von Schlegel）是德国浪漫主义时期最伟大的翻译家，他博学多才、精通外语，用德语翻译了莎士比亚的十七部戏剧、但丁的《神曲》、大量的骑士文学，并将印度典籍从梵语翻译为拉丁语。他的翻译观主要以“神似”为宗旨，强调对作品整体印象的忠实，而非对局部字词的纠结。在翻译莎士比亚的时候，他（1997：216）感慨莎士比亚的文字之美“不在字面，而好像神灵的呼吸一般，漂浮在文字之上”。对于语言差异给翻译造成的挑战，施莱格尔（同上）也有清醒的认识：“由于不同语言之间存在多样且不可通约的歧异（the multiple and incommensurable divergencies of languages），翻译只能是不完美的近似（imperfect approximation）。”在翻译梵语典籍的时候，他（同上）指出梵语和德语之间有巨大差异，而对德语而言梵语是无法企及、无法效仿的（unreachable and inimitable），这可能就是他最终采用拉丁语去翻译《薄伽梵歌》的原因。

洪堡特是施莱格尔的好友，在对语言与民族精神之关联、翻译对德意志语言及文化发展的意义、翻译的困难和限度等问题上二人有许多共识。施莱格尔承认“翻译只能是不完美的近似”之余，更多从翻译实践的角度对翻译方法进行探讨，而洪堡特则通过自己翻译实践的体认，试图找到不可译性背后的原因。在1816年《阿伽门农》（*Agamemnon*）的“译序”中，洪堡特（1992）指出：

> 这一作品因其独特性质而不可译。但在某种意义上，它与通常所说伟大独创的作品不可译，并不是一个意思。人们常说，并且经验和研究也都证实，除却那些纯粹表示物理实体的表述，一种语言中没有一个词会完全等同于另一种语言中的一个词。在这方面，不同的语言只不过是同义词的集合：每个同义词都有这样或那样的外延，它们表达的概念有细微差别。每个同义词都会将

概念置于感觉阶梯的或高或低梯级上。

洪堡特认为不同语言间的词汇不可能完全等值，那些所谓的同义词含义依然有细微差别，因此翻译中的差异性是不可避免的。其实即便不考虑不同语言之间的差别，即便在同一个语言中来思考这个问题，他（1999：77）也已经论述了个人的差异性对语言和理解有不可忽视的影响：

> 运用词语时，每个人都跟别人想的不一样，一个极其微小的个人差异会像一圈波纹那样在整个语言中散播开来。所以任何理解同时始终又是不理解，思想和情感上的所有一致同时也是一种离异。

"任何理解同时始终又是不理解"转换到翻译的语境中来，完全有理由说"任何翻译同时始终又是不翻译"，或者"任何可译的文本同时始终又是不可译的"。即使将最忠实、最优秀的译作与原作相比较，也不难发现"译者只是竭力保持等值和一致"（merely tried to preserve equivalence and identity），甚至会出现"译本越是忠实，偏差就越大"（the more a translator strives for fidelity, the more deviant the translation becomes）的情况（Humboldt，1992），因为译者的忠实就意味着要照顾细节，对应到译作的语境里，译者将不可避免地需要用不同的词去体现原词各种细微而有差别的含义。译者每一次选词的细微差别都会在译文乃至译语中散播开更大的波纹，对于原文的忠实最终必然导致凸显差异。这一观点，洪堡特后来在给施莱格尔的信中给出了进一步具体阐释。当时，施莱格尔的《薄伽梵歌》译本受到法国梵文学家朗格卢瓦（Simon Alexandre Langlois）猛烈批评，认为施氏并没有找到合适的拉丁语词去对应原文中的一些基本概念。洪堡特为自己的朋友这样辩护：

> 在评估任何翻译时，首先必须记住翻译原则上是一项不可能的任务，因为不同的语言并不构成相同结构概念的同义语。只有意识到并内化了这一点的人，才有可能做好翻译。翻译最多只是一种近似，对美的近似，以及对原文意义的近似……如果某些语词像梵语中的许多哲学表达一样，具有如此多重含义，以至它们无法被翻译成译入语中的任何单个语词，那么别无选择，只能选用某一个语词，来表示其中一个含义，并根据具体语境，酌情选择合适的译词。
>
> （转引自 Gipper，1986：112）

施莱格尔称自己翻译的《薄伽梵歌》是“自由模仿”（free imitation），无意于纠缠字词的对应。洪堡特则更清晰解释了这样做背后的道理——词的不可译性。他认为词不是事物本身的模印，而是心灵对事物的重新理解和概念重构——这正是近代语言学的基本原理。在他看来，语言并非是一种产品，而是一种不停顿的创造性精神活动，最大限度地展现着独特的民族精神。洪堡特（1999：39—40）不止一次将语言比喻成云，距离（distance）的重要性恰是这一隐喻背后的寓意之一：“语言就像是一块笼罩着山顶的云彩，若从远处观望，它有明晰确定的形象，但你尚不了解它的细节，而一旦登上峰顶，身置云中，它就化作了一团弥散的雾气，你虽已掌握了它的细节，却失去了它的完整形象。”身处自己的母语当中，反而无法完整理解其要义，亦无从察觉其边界，因此有必要跳出自己母语既定的圈子，远距离回望。翻译作为一种发生在两种语言文化间的转换活动，本质上就是一种“跳出母语——进入外语——反观母语”的过程。这个过程绝非易事，即便其中的第一步也几乎不太可能：

> 因此，学会一种外语就意味着在迄今为止所拥有的世界观领域里赢得一个新的立足点。在某种程度上这确是事实，因为每种语言都包含着一部分人类的整个概念和想象方式的体系。但是人们或多或少总是把自己原有的世界观，甚至原有的语言观，带进了一种陌生的语言，因此学会外语的成效尚未得到纯粹并完整的体验。
>
> （同上：60）

洪堡特在这里所说的是外语学习，实际上也在哲学层面对翻译作为一种跨语际活动的任务给出了更高的界定。因为如果“每种语言都包含着一部分人类的整个概念和想象方式的体系”，那么翻译的最高伦理便应当指向对这一体系的再现，而非仅仅是原文意义的再现。这也使得对于不可译性的探讨上升到了一个新的层面。历史上关于可译性的争论大多从实际翻译的困难和限度的角度出发，背后秉持的翻译标准是译作对原作（意义）的忠实，目的在于为翻译实践给出相应的指引。但洪堡特对于外语和语言的思考则带来另一个更大的主题，即翻译如何再现原作所代表的那“一部分人类的整个概念和想象方式的体系”，从而成为通向更大的乃至整个人类思维体系的通道，成为后来本雅明（Walter Benjamin）及解构主义思想家们继续思考译者任务的路径。

三、纯语言与译者的任务

承接洪堡特的思路，本雅明在《译者的任务》（*The Task of the Translator*）一文中对不可译性进行了更为深入的探讨。《译者的任务》是本雅明翻译波德莱尔（Charles Baudelaire）现代主义诗歌《巴黎风貌》（*Parisian Scenes*）后所作的序言，也是译学经典之作。最初发表时，该文并没有引起学界重视，直到英译本面世才引发学术界广泛关注。德里达的《巴别塔》(*Des Tours des Babel*) 和德曼 (Paul de Man) 的《关于本雅明 "译者的任务" 的结论》(*Conclusions: Walter Benjamin's "The Task of the Translator"*) 两篇文章采用解构主义进路进一步推进了本雅明对翻译的思考，使翻译理论从现代语言学研究路径转向后现代文化研究路径，对后来译学基本范畴和研究范式变革产生重大的影响。

按照通常的理解，译者的任务无非是为读者忠实传递原文信息，然而本雅明却颠覆了这一传统意义上的翻译观，指出翻译既非为读者而作，也非原作意义的复制品，翻译有其自身的存在价值。《译者的任务》一文开篇即提出：

> 在欣赏一件艺术品或一种艺术形式时，不用考虑接受者会如何评价，那是绝对没有任何成效的。在对艺术展开理论思考时，谈论什么公众或其代表人物在此只会误入歧途，甚至"理想的"接受者这个概念也都是有害的，因为它所假设的只是人本身的存在和本质。艺术，也以同样的方式，假设了人的肉体和精神的存在，但是艺术作品却并不在乎人会有什么反应。没有一首诗是为读者而写的，没有一幅画是为观者而画的，没有一首交响乐是为听者而谱的。
>
> (2000：15)

本雅明不但颠覆了传统译论对读者的考虑，也对以意义导向的翻译规范发起了挑战。他指出一部文学作品最根本的特性与最重要的意义并不是陈述或告知信息，它究竟说了些什么、表达了什么对于知情识意的读者而言其实无关紧要。任何意在执行传递功能的翻译所能传递的不过是非本质的信息，因此如果只翻译了原文的意思，那其实是"劣质翻译的标志"(同上)。本雅明认为，文学作品真正的实质（substance）并不是为了传递信息，更不是为了讨好、迎合或迁就读者。如果翻译既不为读者而做，又不传达意义，那么翻译到底是什么呢？本雅明（同上：16）指出："翻译是一种形式。要掌握这种形式，就必须返回原作，因为支配翻译的法则就存在于原作之中：原作的可译性。"他（同上）进一步解释了可译性的两重含义，一是"在该作品的全体读者中，能否找到一位称职的译者"，二是"该作品的性质是否使它适合于翻译，从而——鉴于翻译形式的重要性——呼唤翻译"。在这两重含义之中，后者更为重要。本雅明（同上）并非从实际翻译的困难和限度的角度去讨论可译性，而是将可译性看作某些作品的本质特征："这并不是说这些作品一定要被翻译出来，而是指原作某种特定的内在意蕴（a specific significance inherent in the original），会在原作的可译性中得以自我呈现。"

那么，通过可译性得以呈现的特定的内在意蕴到底是什么呢？在这个问题的理解上，本雅明引入了"纯语言"（pure language）的概念，并且用"碎片"（fragment）和"容器"（vessel）之喻，说明语言和纯语言之间的关系：翻译必须克制追求意同的愿望，并非去制造出和原作形状相同的碎片，而是要"精巧细致地与原作的意指方式融为一体"（incorporate the original's way of meaning），从而使得译作和原作这两块碎片严丝合缝地粘贴到一起，"使译作和原作一起被识别成一个更大的语言中的碎片，就如同一个容器的碎片一样"（同上）。本雅明（同上：19）将纯语言的实现寄托于一种不同语言之间"相互补充的全部意图"（by the totality of their intentions supplementing one another），这在一定程度上呼应了洪堡特的语言观，也更为明确地将翻译的任务立足于语言自身的渴望与诉求。

关于实际的翻译方法，本雅明和洪堡特一样都以词为着眼点。但两者之间也有所不同：洪堡特以词为立足点，意图说明意义的延展、差异及其对翻译造成的困难，而本雅明的词则超越了意译的层面，代表着通往纯语言的通道。

> 真正的译作是透明的；它不会遮盖原作，不会挡住它的光芒，而是允许纯语言，就像是获得了自身媒介的强力支持一样，更加闪亮地照耀在原作之上。最重要的是，这是可以通过对语法的直译来实现的。在这样的直译中，对译者来说，最基本的要素是词而不是句子。如果句子是横在原文之前的墙壁的话，那么直译就是拱廊。
>
> （同上：21）

句子是耸立在原文前面的墙壁。“墙壁”意味着遮挡、隐藏，原文内核中的光芒因为这不可逾越的墙壁而被屏蔽。在翻译学里，句译是意译的最基本的技巧，但本雅明是明确反对在翻译中片面追求意同的，他更看重词的重要性。在他看来，要把文学的光芒在翻译中体现出来，唯有针对词的直译才是通往这个目标的“拱廊”：上面有拱顶、两边有墙壁的，一种风雨无忧的、能够让原作内涵的纯语言之光穿透的通道。在纯语言的光照下，因可译性而发生关联的原作和译作之间，本质上是生命及其延续的关系。从这个角度去理解，翻译的伦理不在于意义的忠实传递，而在于在译本中延续原作的生命，作为原作的“后续生命”（afterlife），让原作的生命在译作之中获得了最新、最丰满的绽放。

本雅明《译者的任务》一文在很大程度上启发了后来的解构主义翻译思潮。德里达的《巴别塔》便是受这篇文章的启发，不断追问传统译论中有关原文和译文的相互地位问题和意义的性质问题，批判了传统译论的原文至上观念和意义普遍主义的假定。“任务”一词的德文原文 Aufgabe 可以引申出多种可能的意义，包括失败、债务、使命、承诺、职责乃至放弃。德里达以“债务的偿还”来阐释本雅明所说的“任务”，指出翻译已经写入了众语言的命运，原作既是一个负债人，也是一个请求者；它在呼唤翻译，而译者必须回应这一无可逃遁的使命，承担起偿还的责任。在这一前提下，德里达整理了本雅明的观点，进一步明确了翻译的任务不是为了读者的接受，不是为了信息的交流，也不是为了语义的再现。德里达（1985：223—225）将这三点称为“本雅明的警告”。

《巴别塔》这篇文章以《旧约》里的著名典故和本雅明《译者的任务》为切入点，讨论翻译的必要性和不可译性。德里达与本雅明一样，假定在语言之上还存在着超验的纯语言。这是一种关于真理的语言（language of truth），对应巴别塔故事中上帝的语言，凌驾于任何现实语言之上，是一个以上帝之名命名的专有名词。因为有上帝语言的存在，则闪族人辛苦搭建巴别塔成为冒犯上帝的行为，一种妄图为自己命名、妄图在纯语言之下建构普遍语言的亵神之举，注定要遭到上帝的拆解，现实的语言也注定成为一种意为变乱的巴别塔之状，因此巴别塔的建构始终是一种不可实现的理想。德里达（同上：203—204）指出：“巴别塔并非是完全用来喻指语言不可简约之多样性，而是展示了一种不完整性，甚至是一种任何类似于建筑或建筑性建造的无法完成、无法完整、无法完满、无法实现的特性。”用巴别塔这一隐喻来指涉翻译之必要性和不可能性，可谓意味深长。一方面，翻译成为了不可推卸的债务，而另一方面这一债务又是无法偿还的，因为巴别塔早已被拆解，语言混乱才是翻译无法回避的真实状况。

时隔十余年后，于《什么是“确切”的翻译》（“What is a ‘Relevant’ Translation?”）一文中，德里达再次借用莎翁经典戏剧《威尼斯商人》法庭对峙一幕，隐喻翻译中的债务与偿还问题。在这一幕中，犹太人夏洛克坚持要安东尼奥偿还他欠下的一磅肉，而女扮男装的鲍西亚用割肉不得流血为由，不仅令夏洛克输掉官司，还强迫他改信了基督教。德里达认为，翻译拖欠的债务与安东尼奥拖欠给夏洛克的债务极其相似，那是一笔无法偿还的债务，正如夏洛克拒绝安东尼奥以钱来偿还肉的欠债一样，钱不可能等量于肉，不可译性贯穿着翻译的始终。在该文中，犹太人夏洛克及其所持的契约指代言语的可译性，可以做到精确量化，而鲍西亚对该契约的挑战则喻指的是言语的不可译性，俨然是可译性和不可译性之间的一场辩论和较量。在文章一开始，作者就指出翻译如果被要求必须在量的准则、质的准则上实现与原文对等，那将是无法完成的任务。然而，翻译自相矛盾之处在于，与不可译性共存的另一个极端便是可译性，可译性犹如鲍西亚所扮演的律师那样钻契约的空子，以现实法律迫使犹太人夏洛克（不可译性）必须遵从基督徒的"慈悲"（mercy）语言运作法则。《威尼斯商人》描述了一次交易行为，在德里达看来也是一次翻译行为，交易行为"情理（法）兼顾"（when mercy seasons justice）的原则实际上同样适用于翻译。在表述这一原则的时候，德里达使用的法语是 quand le pardon relève la justice，他（2001：194）用 relève 来翻译 season，因为法语 relève/relever 可以表达出译文进入原文、升华或拔高原文而又扬弃原文的意思，而且这个词也是为了呼应文章那个诡异的主题词 relevant。文中谈道："一种'确切的'（relevant）的翻译就是'好的'翻译，即与人们的期待相符合的那种翻译，简而言之便是一种履行了职责、偿还了自己的债务、完成了自己的任务或尽了自己义务的表达，同时也在接受语中铭写上了原文最确切的等同物——最正确的、合适的、相关的、充分的、适宜的、明确的、单意的、地道的语言。"（同上：177）在德里达看来，翻译是一项始终未完成的任务，是一种延续不断的过程。relevant 这个形容词的修饰是为了更好地体现翻译的任务，那就是对原文无止境的"调味（season）、升华（relève）与扬弃（Aufhebung）"，唯有这样的译文才可以保证原文的重生。在文章结尾，德里达（同上：199）再次呼应了本雅明"译者的任务"，指出译文赋予原文双重意义上的生命，既是一种后续，也是一种重生："fortleben（逾生）以及 Überleben（续命），延长的生命、延续的生命、继续生存，但也是死后的再生。"至此可以相对清晰地看出，德里达的翻译思想一直在设法推翻传统翻译中的本源概念与原文中心主义。在这一视角下，译文非但无须追求与原文的绝对同一性，译文所产生的差异反而能够补充或拓展原文的边界。

人们在谈论德里达的时候，似乎总是把他的观点与不可译论联系在一起。但有意思的是，德里达在引导读者围观夏洛克的可笑表演之时，有意无意之间也把读者引到了不可译论在预设上的荒谬之处：因为只有把翻译的忠实设定为像夏洛克要的一磅肉那样足斤足两、不多不少、百分之百，才有可能走向不可译论，而这样的预设是违背翻译的基本常识的。由此也可以看出，不可译论的提出本身就有着严重的预设缺陷，因此本身就如同夏洛克对那一磅肉的要求那样荒谬。而真正的解构主义者并不是不可译论者，但也绝对不是可译论者。"实际上，我相信没什么东西是不可译的——或者，进一步说，是可译的。……无论是最好的翻译，还是最坏的翻译，都是在两极之间。"（同上：179）。

除了德里达之外，德曼也曾于1983年在康奈尔大学发表题为《关于本雅明〈译者的任务〉的结论》的演讲，对本雅明的观点进行了进一步阐发。德曼对比了英译者和法译者对《译者的任务》这篇文章的翻译，将人们引向翻译中所体现出来的语言哲学问题。德曼提出通常观念下的翻译是译意，但译文与原文最大的区别就在于原文假定了某种言外之意的存在，并允诺指向那个言外之意，而翻译则摆脱了这种幻觉，直接指向原文。翻译作为一项从语言到语言、从文本到文本的活动，最终又消解了原文的意义，展示出来的所谓意义乃是一种"幻觉"（illusion），从而揭示出翻译是一个从语言到语言的纯语言过程，以及一个从形式到形式的"纯形式"（pure form）过程。因此，翻译向人们论证了以意义为目标的翻译其实是不可能的。而由于 Aufgabe 这个词本身的多义性，译者的任务本身就隐含了译者的失败。德曼在此玩了一个解构主义的文字游戏，指出“任务”一词的德文原文 Aufgabe 另一个意思恰好也是“失败”的意思，于是在德曼（1985）看来，“译者，注定是要失败的”。

本雅明《译者的任务》中对可译性的讨论蕴藏着解构主义翻译理论的种子，而在德里达、德曼等解构主义学者们推动下，译者的任务和失败、可译性与不可译性之间的界限益发模糊，促使翻译研究从现代语言学范式进入后现代文化研究范式。然而这一路径下，对于可译性的讨论背后的理念是要求翻译完整地保留语言及话语的独特性，并认为语言承载了超越语言本身而指向纯语言之形而上的语义负荷，这使得翻译伦理的回归之路，益发显得艰难而多歧。

四、重回“信”之伦理

无论翻译是否可能，也无论译者的任务到底是什么，最终在现实的世界中都需要实在的行为主体才能够完成翻译的行为和命定的任务。将翻译伦理的讨论拉回到“主体”这一概念本身，不难看出在不同的文化背景中“主体”本身就可能有不同含义。在反思了孔子的学说以后，哲学家郝大维和安乐哲（2005：153）认为中国传统视角偏向社会性，并不赞同西方所倚重的个人主义。然而中西传统在理解“人”这一主体概念上，分歧远不只是集体主义和个人主义之间的区别。事实上，孔子学说中强调的道德主体从来不是一个独立的个体，它必须存在于社会或家庭的关系网中。正如美籍华裔学者、心理人类学家许烺光（Francis Lang Kwang Hsu）（1985）所说，中国的“人”不是西方文化所强调的自主个体，而是一个嵌于社会网络中的个体。旅美历史学家孙隆基（2004：12）也认为，中国传统文化中的“人”是社会关系的总和，只有在社会关系中才能体现，“如果将这些社会关系都抽空了，‘人’就被蒸发掉了”。中国现代国学大师梁漱溟（1987：93）更为深刻地指出，中国的现实不是个人本位也不是社会本位，而是关系本位。由于两方文化的路径之异趣，在中国现实下产生的主体和西方形而上学的主体概念不同，既不是现代式孤立的实体，也不是后现代式和环境互动的有机体，而是关系的产物。近年来在西方伦理学发展中，关系对于主体的建构作用也在不同程度上得到人们的注意。在包括麦金太尔（Alasdair MacIntyre）、利科和列维纳斯在内的许多西方学者的理论中，都可以看出把伦理置于关系之中，并将关系置于主体的觉醒（awakening）之前的尝试。在翻译研究中，从伦理的角度看待翻译中的关系，而后再从关系的角度来反思翻译主体以及主体的决定，也是值得一试的翻译伦理的研究进路。

自从严复在《天演论》“译例言”中提出“译事三难，信、达、雅”以来，“信、达、雅”就成为中国古代翻译理论探索的浓缩，又成为近现代翻译研究争议的焦点。译界人士在不同历史时期对“信、达、雅”的理解和评价都有所不同。排除“雅”的标准暂不考虑，中国翻译界对“信”和“达”的争辩已经是热闹非凡。“以信为上”和“以达为上”，或是忠实和通顺，大概历来是翻译中互有区别的两派，不过两派倒也并不是水火不容，只是一个孰轻孰重的问题。也有学者将“信”和“达”的关系看作内容和形式的关系，认为两者“相互依存，互以对方为前提，不可偏废”（王东风，1998：5）。但是在大多数的争论中，“信”和“达”作为翻译标准都预设了翻译主体的认知能力和理性判断的能力，认为一个理想的译者可以准确理解原文（信），并采用合适的方式表达这种理解（达）。随着解构主义、新批评等理论的发展，人们逐渐认识到了意义和作者意图的不确定性，“信”作为一个传统的翻译标准则面临越来越严重的质疑。失去了恒定不变的意义，“信”也好，忠实也好，都幻化为伦理的幽灵，面临被消解的危机（王东风，2004：3）。

在这里要做的不是从认识论的角度上去争辩“信”的可能性，而是从关系伦理学的角度上来对“信”重新解读。在中国传统文化中，“信”被赋予极其丰富的伦理内涵。“信”字在《论语》中共出现了38次，其中36次是作为伦理概念来使用的。《孟子·滕文公章句上》将人伦直接定义为“父子有亲，君臣有义，夫妇有别，长幼有叙，朋友有信”。在这里“信”被明确是处理“朋友”关系的伦理原则。董仲舒以来，“信”和“仁、义、礼、智”并列，称“五常”，成为贯穿于中华伦理价值体系中的最核心因素。根据《说文解字》的解释，“信”与“诚”是相通的：“诚，信也，从言成声……信，诚也，从人言。”两个单字中都含有一个“言”字。在解读中国的“诚”字时，庞德就曾经把“诚”分为“言”“成”二字，认为它说的是言语和道德完善之间的关系。用同样的方法来读“信”字，得到的是“人”“言”二字的结合。“人”字在中国是一个十分有趣的字，它常奇怪地用作“我”或者“己”的反义词，如“人不犯我，我不犯人”“己所不欲，勿施于人”。中国话语中的“人”虽然不等同于自我，但也不可以被简单当成他者。西方哲学中的他者是一个明确的主体，而在中国的语境中，人是用作泛指的存在，和主体无关，用列维纳斯的话说就是那种失眠式的、没有承载者的存在。

列维纳斯曾用脸（visage）这个意象去表达绝对的他者，认为他人之脸出现之时宣告了伦理主体在关系中的诞生。中国孔子学说中的“仁”也昭示了人人相对这一关键时刻的伦理意义。“言”的意义相对容易理解，但是也要注意在中文里“言”极少用来指语言本身，而是一般用来表示言说，如“君子敏于行，讷于言”，更多用来指所说，如“圣人之言”“言出必行”等。比较孔子和苏格拉底的对话方式以后，有哲学家认为苏格拉底把言说的标准确立于语言本身，而孔子则把言说标准放在言说之外。本书没有能力对这样的观点作出评价，因为其中暗含着一个棘手的问题，即言说的意义是否可以通过定义和逻辑固定于语言中，对于翻译来说也就是一个是否有言可信的问题，或者说是信人还是信言的问题。而现在所讨论的“信”作为伦理标准，关注的并非所信何物，而是强调一种言和人之间关系的昭示：作者书写原文，译者阅读原文，译者书写译文，读者阅读译文。“人”在和“言”——无论是所说（said）还是言说（saying）——的相对中成为道德主体。

如果将翻译的伦理讨论落实到“人”与“言”的关系中，人类学学者对于他者文化的理解或许有助于想象一个更现实的场景。格尔茨（1977：799）在《翻译中发现：关于道德想象的社会史》（“Found in Translation: On the Social History of the Moral Imagination”）一文中这样说过：

> 文化（或历史——这是一回事）相对主义学说的真相是，我们永远无法像理解我们自己的想象一般，清晰地理解另一个人或另一个时期的想象。这种说法的错误在于认为我们永远无法真正理解它。我们能足够好地理解它，至少就像我们理解任何其他不是我们自己的东西一样。

如果暂时搁置对是否真正理解他者——也就是真正的翻译是否可能、翻译的任务是否现实——的追问，格尔茨所使用的关于理解的两个副词就会凸显出来：清晰（neatly）、足够好（well enough）。这两个限定词足以在“文化和历史特殊性（particularity）的巨大事实”和“跨文化和跨历史可及性（accessibility）的同样巨大的事实”之间达成和解，并让人们看到通过“人”与“言”的接触与相对，跨文化的理解至少在一定程度上是可能的。格尔茨承认与他者之间充满各种误会和干扰的言辞（interfering glosses），但指出对于他者的理解并非来自于从这些言辞背后张望与审视，而是要穿越、经由这些言辞才能够实现。当然，必须对这些言辞足够警惕，因为这些言辞的意义已经刻在跨文化阐释者的头脑中了。

格尔茨（同上：803）在讨论跨文化翻译的问题时，指出“翻译的过程其实就是要学习如何与另一种生活共存”。人类学研究立足于现实生活中的情景、试图弄明白翻译是如何开始、理解又是如何产生。人类学家普拉特（Mary Louise Pratt）提出了一个关键词：“纠缠”（entanglement），对思考翻译中“人”“言”相对的情境相当有启发。她的《意义的交流：翻译、传染、渗透》（“The Traffic in Meaning: Translation, Contagion, Infiltration”）一文，研究了1781年秘鲁西班牙殖民当局处决一名土著反叛者的报道，研究中涉及西班牙殖民者的视角与土著文化习俗和概念的抄录和转译。这类翻译不但是殖民者眼中的对他者的理解，也是当时社会语境所需要的产物。“纠缠”这个概念强调的就是文化媒介及相关话语均从属于特定知识和社会形态，既参与相关知识和社会的建构，又同时受其制约。从纠缠的视角看，无论跨文化及语际的翻译多么困难，只要特定知识和社会形态有实际的、直接的翻译需求，翻译就必将发生，而且这样的翻译不会一次性盖棺定论，而会反复出现。换言之，不可译性的幽灵在翻译行为发生之前就已经很显而易见，翻译行为完成之后还会挥之不去。然而，只要特定的现实条件迫切需要翻译，可用的话语和必然的纠缠就能够帮助人们根据具体语境作出跨语言和跨文化的对等决策。佛经汉译早期用道教的办法去“格义”，基督教传教士早期援引佛教观念，装扮成佛教僧侣传教，而后发现僧侣们不受尊重，又把自己改造成文人士大夫的形象，采用儒学话语翻译圣经，这些都是文明交往中不同文明不可避免发生纠缠的实例。

刘乐（Lydia H. Liu）（2004：110）在《帝国的冲突》（*The Clash of Empires*）一书中提出“想象中的意义的充分性”（imagined adequatio of meanings），文化的相遇初期条件下产生的“对等”往往都不过是

“临时发明”（makeshift inventions），需要通过反复使用得以固定下来，或被后来出现的其他选词所取代。回顾早期佛经翻译也好，圣经翻译也好，译者最初在建立跨语言对等的时候，充满了试探、简化以及粗糙，甚至野蛮的改写。蒯因（1960：28）在《语词与对象》（*Word and Object*）中设想过“真空翻译”（radical translation）的假定场景，没有任何现成的翻译手册，语言学家只能从外部的刺激条件出发，把听到的句子与所看到的、促使这个句子发生的外部刺激联系起来，然后通过问询的方式建立语言匹配（即两种语言之间的对应关系），编成一部可供参考的翻译手册。蒯因的分析表明，外部可视刺激不足以确定单个词的意义，指称的不可测知性（inscrutability of reference）自然会导致“翻译的不确定性”（indeterminacy of translation）。但是他所设想的这一发生在文化、语言真空中的翻译在现实世界里几乎不存在，人类虽然有多样的经历以及获取言语的不同方式，但语言之间的历史渊源、所共有的文化背景乃至共有的生活背景等因素也在翻译过程中起着不可或缺的作用。并且，现实中的翻译是允许试探、求证、修订乃至重译的，而这个过程并不只是记录或寻找语言等值的过程，其实也是思维、劳动、生产、生活的过程，是“人”与“言”接触、相对并纠缠的过程。“言”之意义也许的确无法确定，然而“信”并不会因为意义的缺失而成为幽灵，因为“信”本不指向意义，而是指向“人”和“言”的关系，并在“人”和“言”的相对中许诺了翻译这一注定会失败的任务本身所包含的伦理诉求与可能。

或许可以因此说，翻译无“信”则不立。这里的“信”不是带有主体性的“诚信”“守信”，也不是指主体间的“相信”“信任”，而是对翻译中所出现的关系的伦理表述。作为“人”“言”相遇的原发地，伦理并不是翻译评价的标尺，而是翻译的内在本质。在对作为概念符号的语词的凝视中，作者也好、译者也好、读者也好，将依然会面对先前论述过的种种难题，依然会发现永远无法企及的意义与延异。然而这一切并非理解和沟通路途上的障碍，而恰是促成人们真正开始拆除壁垒、走过拱廊、最终相遇的原因。回归“信”之伦理，不啻于回到了翻译自身。因着他者的召唤与其所使用的言辞发生纠缠，不断试探、求证、修订乃至推倒重来，对意义一再地探究、凸显、搁置、否定，再至潜伏、繁盛、再生——翻译本身，就是伦理的实践。

结语　事实与价值之间

事实与价值的关系是哲学史上一个众说纷纭的棘手议题。18 世纪著名哲学家休谟（David Hume）（1978：469—470）指出，在关于真实、客观世界的事实陈述与表达主观价值与偏好的价值陈述之间，存在一条难以跨越的鸿沟。前者是自然哲学的领域，探讨“是什么”的问题，由 is（是）联结而成；后者属于道德哲学的范畴，所探讨的是“应该怎样”的问题，由 should（应该、应当）等词联结而成。在《人性论》中，休谟提出了一个著名的问题：从“是”能否推出“应该”？他（1980：505—506）写道：

> 在我所遇到的每一个道德学体系中，我一向注意到，作者在一个时期中是照平常的推理方式进行的……可是突然之间，我却大吃一惊地发现，我所遇到的不再是命题中通常的“是”与“不是”等连系词，而是没有一个命题不是由一个“应该”或一个“不应该”联系起来的。这个变化虽是不知不觉的，却是有极其重大的关系的。因为这个应该或不应该既然表示一种新的关系或肯定，所以就必需加以论述和说明；同时对于这种似乎完全不可思议的事情，即这个新关系如何能由完全不同的另外一些关系推出来的，也应当举出理由加以说明。

休谟提出这一问题，旨在防止任何非道德系统成为道德力量的基础，如果人们无法从“是”推导出“应该”，就意味着不能够从包含事实情况的陈述与命题推导得出规范性或评价性的价值评判。自从休谟提出“是 - 应该”关系的问题之后，关于事实断言和道德判断之间关系的讨论便成为道德哲学的核心问题之一，相关讨论在社会学的发展中也产生了重要的影响。德国社会学家韦伯基于休谟对“是”与“应该”的区分，得出事实与价值的二元论，并构思出价值中立的科学的概念。在 1904 年的著名文章《社会科学和社会政策中的“客观性”》（“‘Objectivity’ of Knowledge in Social Science and Social Policy”）中，韦伯指出逻辑上可论证的或经验上可观察的事实和实践价值判断之间存在明确区别，从价值到事实的跨越只向一个方向开放，只能够从价值推导出事实，但是不存在从事实陈述到价值判断推演的逻辑路径。在韦伯（1949：39）构想的社会学研究范式中，价值观被赋予了先验地位，甚至不能被简单定义为“主观的”，因为它们实质上占据了研究的元领域，超越了经验科学所统治的事实领域，不可能证明或否定任何价值的“正确性”，也无法阐明有约束力的规范或理想。既然价值不是从事实中产生的，那么一个好的社会学家在对客观事实进行观察和描述的同时，也应该克制对客观事实进行主观价值判断的冲动。通过确定某一特定现象具有文化意义，研究者能够下的结论就是这个现象是否有意义或重要，而不是它是否值得称赞。因此，经验性学科奉行价值中立（value neutrality）的方法论，并借此在一定程度上对研究的“客观性”作出保证。

第一节　何谓事实

要真正说清楚“事实”是什么，并不是一件容易的事。莱莫斯（Ramon Lemos）（1986：525—527）区分了事实的四种含义。在最基本的意义上，事实可以用来指任何独立于个体理解或认识而存在的事物本身，正如《简编牛津英语词典》（*The Shorter Oxford English Dictionary*）的定义："有别于结论的经验数据"（a datum of experience as distinct from conclusion）；其次，事实可以用来表示一种事态的成立，如"林纾翻译小说始于光绪二十三年（1897 年），与精通法文的王寿昌合译法国小仲马《巴黎茶花女遗事》"；再次，事实可是对某种事态不成立的说明，或者说对负面事实存在的承认，如"林纾不懂外文"；第四种意义上的事实是一种真命题（true proposition），如"林纾是中国翻译史上著名的翻译家"。命题的特别之处在于，它既不等同于实物也不等同于事态的成立与否，其真假也不取决于它们是否被陈述、书写或相信。在这个意义上，可以看出事实和事态虽然密切相关且相互暗示，但两者在形而上学的意义上并不等同，"事态可以被拍照，但事实不能"（Aldrich，1989）。第四种意义上的事实是一种语言的表达与建构，不独立于个体意识之外，而和观察者对事实的理解有关。近年来人文学科对语言这一维度的强调，使人们意识到语言并非全然透明的、对经验感受的真实再现，它还具有社会与文化载体的功能。在这个意义上说，事实是可以被发现的，并且在发现的过程中也存在着发明的因素，因为对事实的发现将取决于选择用来表达事实的理论和概念框架。

在翻译研究中，随着文化转向的影响，研究从纯语言层面延伸到文化层面，各因素相互影响与制约，翻译不再被视为语言转换的机械"行为"（act），而是发生在特定历史文化语境中的一场文化交往"事件"。对于翻译研究而言，一旦选定了研究对象，弄清楚这场翻译事件的相关事实就是研究必不可少的一步。翻译事件从属性上说是社会事实，但显然并非所有的事实都是社会性的。与可以实现纯然客观的自然事实不同，社会事实由人类行为组成，包括行为的方式、行为本身和行为的产物。其中，人的行为方式受制于各种制度、惯例、文化、宗教等，行为则表现为历史事件和当前事件，行为的产物包括人类创作的文本、制作的器物和参与建构的环境。就翻译事件而言，相关的事实包括影响翻译的社会环境、文化规范与读者期待等诸多环境因素，也包括实际翻译发生的经过，同时还要考虑翻译出来的译本、出版流通、接受以及译本对目标语文化的影响等因素。显然，人作为行为主体的思想、感情和意欲是不可能从这些事实中排除出去的，因此可以说社会事实不像自然事实那么坚硬和清晰，但不能因此就否认它们是客观事实。因为事实本身就是一个极其复杂的概念，并不是满足物理主义定义的事实才算是客观事实。和自然界的事实不同，社会事实的客观性不是由它们的普遍性来定义的，而是以群体信仰和实践的集体特征为标准。这些事实存在于群体中，得到个体的接受、承认，发挥持久的效用，从而表明其权威性和强制性。正如涂尔干在《社会学方法的规则》（*The Rules of Sociological Method*）一书中的定义，社会事实（social fact）是“人们集体所共有的信念、倾向与实践（1982：54），它是“一种行为方式，不论固定与否，能够对个体造成外在的强制力：或者说，普遍存在某一社会，有独立于个体表征之外的自己的存在”（同上：59）。韦伯（1949：84）也指出，文化重要现象原因的答案不取决于单个研究者的特质，对社会事实客观性的保障主要仰仗研究者的共识，“这显然并不意味着文化科学的研究只能有‘主观的’结果，即它们对一个人有效，而对其他人无效。……因为科学真理正是对所有寻求真理的人都有效的东西。”

翻译既然是一种社会化的行为，翻译研究就必然包括对相关社会事实的追问。译者作为翻译行为的实践者，其行为方式有意或无意都必然受到社会意识形态、主流诗学、政治风气等因素的驱动与制约。文化转向下的翻译研究，尤其是赫曼斯、勒菲弗尔、巴斯内特等人的研究，集中于探究文学系统中制约文本接受的具体因素，从翻译、选集编撰、文学批评、修订、历史叙述等多种文本中发现改写的动机与功能。这样的研究就是以翻译为入口，凸显相关社会事实的研究。至于研究的结论，勒菲弗尔（1992b：39）就发现，“在翻译过程的每一层面，我们都可以看到，如果语言的考量与意识形态和/或诗学形态本质发生冲突，后者往往会胜出”。在这个结论的基础上，查明建（2003：73）通过对二十世纪五六十年代中国的文学翻译相关社会事实的描述，发现在这一特定的历史文化语境中，“如果意识形态和诗学发生冲突的话，意识形态往往会得到优先考虑”。这些研究发现所勾勒出的社会事实，对于翻译过程中的种种决定，从翻译选材、翻译策略到译本阐释与接受等各个层面，都具有相当有效的强制力和规范作用，并且这种力量是不因个人喜好而改变的。参与翻译事件的行动者，即便有一定程度的主体性与个人意向，但其行为方式与决策必须要权衡各种系统规范的作用力，因此在一定意义上说，这些社会事实具有客观性。

显然，这里所说的客观性并不能简单等同于自然科学所承诺的证实。它不可能具有工具意义的安全可靠性，也无法为翻译理论或各种实际问题给出一个确定的解决方案。翻译研究对现象进行描述的目的，并非纯然如自然科学那般通过对直观的、无限多样的现实进行概念处理与简化，以期提取普遍的规律。翻译研究者对相关社会事实进行描述、试图解释这些现象背后的因果关联，这与自然科学对因果法则的探究并不能等同。在自然科学中，因果法则本身往往就是研究的目的，而在翻译研究中，因果关联本身并不是研究的目的，而是用以解释翻译作为一种文化现象的独特性的手段。翻译研究一方面承认翻译实际上是在规范制约下的抉择活动，希望能够积累足够多的描述性研究并从中发现翻译规范与法则；另一方面也承继了语文学与历史研究的研究旨趣，对不可复制的、独特的翻译事件感兴趣，而普遍的翻译规范只不过是解释个别翻译现象的工具。对于普遍规律的关心，要求研究方法更倾向于实证主义范式；对个别事件的兴趣，则更倾向于解释主义路径。两者虽然在研究的侧重上有差别，但均承认关于翻译学的知识建构涉及社会、文化与历史的维度，描述性翻译研究所呈现的现象与事件不可能如严格的实证论者要求的那样重现现实客观。在翻译研究中，研究者主体维度是不可或缺的，要了解与翻译相关的社会事实，就不能只问“谁翻译的”“翻译了什么”，也要追问“如何翻译”的问题，更要反思翻译的原因及意义。这就是社会事实的特殊性，“凡是前进方向是要达到某种目的的任何活动，都是价值定向活动”（拉兹洛，1985：95）。人类的社会行为并非遵照行为主义“刺激－反应”模式的生物现象，而有理性、原因与目的，也必然带有一定的价值取向，因此价值是社会事实的组成部分，在涉及社会事实的命题中始终无法规避对价值的追问。

第二节 价值的透镜

社会学研究中相当强调价值中立的方法论，所谓的“价值中立”，其实主要是针对研究过程而言的。社会学家在研究过程中以及发表结果时，应该努力克服个人偏见，尤其是潜意识偏见，保持公正。社会学家有义务披露研究结果，而不遗漏或扭曲重要数据，即使研究结果与个人观点、预测结果或业已普遍接受的信念相矛盾。然而，这并不意味着研究者的价值观是无效的，更不意味着价值观不重要。价值中立的关键在于遏制从事实推论出价值的冲动，而反过来从价值到事实的通道却始终是畅达的。韦伯（1949：81）也曾明确指出，“所有关于文化现实的知识，都是从特定角度出发的知识”，脱离价值预设与立场来谈论社会科学研究的客观性，是毫无意义的。研究的目的以及研究对象的选择难免受到研究者价值观的影响：

> 对“社会现象”的分析，不可能绝对客观而科学。这一分析绝不可能独立于特定的、“片面的”视角，恰需要依据这些视角，

“社会现象”才能以或隐或显、或有意或无心的方式得以选择、分析与组织，以用于说明展示。

（同上：72）

社会科学的研究对象本身就是意义丰富的行动和事件。相对于自然科学领域可测量、可实验、可分析操作物质化研究对象，社会科学研究的行为者和事件的主体是人这一意义敏感群体，其构成的社会现象纷繁复杂，充满非线性、随机性、模糊性、离散性和突变性，不能片面地、孤立地用数学方法去对社会现象进行所谓“纯客观”的定量分析。自然科学重视对普遍法则的追寻，将不符合普遍法则的部分看作“未融合的残余”（unintegrated residue）（同上：73）。社会学研究却不能照搬这样的做法，因为社会科学不但要纵览社会历史进程的曲折变迁，也要关注个体思维的激荡消长。研究者希望通过社会科学的研究厘清社会现象的总体趋势，但更重要的是要理解社会现象的个性，也就是那些对人们而言尤具意义的特定现实。用韦伯的话来说，“只有一小部分现存的具体现实，被受制于我们价值观的兴趣所影响，单是这一小部分现实，对我们意义重大”（同上：76）。在社会科学研究伊始，价值观往往就发挥了重要的作用：它们暗示某些社会现象的文化重要性，并暗示应该将这些现象作为研究问题。

以韦努蒂关于归化与异化的讨论为例。站在后殖民主义的立场，他的信念是：翻译过程中充满了权力不平等的文化交流，异化翻译寻求抑制翻译的种族中心主义暴力，具有对抗种族中心主义的能力，因此他就会特别注重翻译史中的归化与异化现象。例如，他审视了17世纪直至当下西方——主要是英语世界——文学翻译的历史，梳理出两种主要翻译观，一是诉诸目标语读者阅读习惯的归化翻译观，二是凸显目标语的抵抗式异化翻译观。他发现前者体现了英美强势文化在翻译文本中所占据的主导地位，而后者通过彰显差异重新定位弱势文化与强势文化之间的权力关系。基于对英美文学翻译历史的描述性研究，以及对相关基本翻译事实的描述与梳理，韦努蒂发现了文学翻译的规范，也是英语世界文学翻译的事实：大多数弱势文化的文学作品进入英语的时候，往往被归化的翻译策略处理得流畅而符合英语表达习惯，也因此被漂洗去原本独有的特质。作为规范的社会事实，对译者或读者都有一定的强制力与约束力。习惯了阅读流畅译本的读者，轻易不愿意尝试诘屈聱牙的译本；为了争取到读者，译者也轻易不会更换自己的翻译策略，这就体现了规范的作用。然而这样的规范作为现存的社会事实，并不能等同或替代价值判断。恰如哈贝马斯（2002：66）在《包容他者》中所指出的：

> 规范告诉我们的是，应当做什么；价值告诉我们的则是，什么值得去做。获得承认的规范，对每一个接受者都具有同等约束力，没有什么例外可言。而价值表达的则是善的优先性，也就是说，这些善值得一定的团体去追求。规范满足了一般意义上的行为期待，因而得到了遵守，价值或善则是通过目的行为而付诸实现的。进一步说，规范提出了双重的有效性要求，它们不是有效，就是无效；对待规范命题就像对待断言命题一样，我们只能做肯定或否定的回答，或者干脆放弃我们的判断。相反，价值确立的是一种比较关系，它们告诉我们，某些善比其他的更有吸引力。

韦努蒂发现了归化作为文学翻译的规范这一事实，但他本人后殖民主义的研究立场促使他对这一既定规范提出批评，指出归化的翻译手法是强势文化对弱势文化的霸权行为，是一种愚弄译文读者的种族中心主义策略。为了对抗和抵制这样的霸权行为，他（1995：16）寄望于异化翻译：

> 异化翻译力图遏制翻译中民族中心的暴力，可以成为抵御民族中心主义和种族主义，反对文化自恋、反对帝国主义的一种形式，以维护民主的地缘政治的关系。

不难看出，这段文字既是对异化翻译策略功能符合事实的描述，也包含对这一功能的价值性评价。韦努蒂所使用的语词，例如“民族中心的暴力”（ethnocentric violence）、“民族中心主义”（ethnocentrism）、“种族主义”（racism）、“文化自恋”（cultural narcissism）、“帝国主义”（imperialism）、“民主的”（democratic），显然都具有相当沉重的价值负载，却未必是自明的贬义词或褒义词。以“民族中心主义”为例，这个词最早由美国社会学家萨姆纳（William G. Sumner）使用，他（1906：13）在1906年的著作《民俗论》（*Folkways*）中将民族中心主义描述为“一种以自己的群体为中心，以此参照衡量并评判其他族群的观点”，并指出民族中心主义经常导致骄傲、虚荣、自我优越性和对外人的蔑视。虽然很多人会将民族中心主义看作一个贬义词，但也有不少学者指出，其实民族中心主义未必就一定包含对其他民族的丑化或鄙视（Hooghe，2008：4）。甚至有不少研究者认为，民族中心主义可能有积极的意涵，因为它培养了强烈的自我意识，并在群体内部的关系中建立了善意和信任，可以表现为对自己群体成员的积极评价，而“这种群体内的偏爱标志着对群体的忠诚和积极承诺，从而使以种族为中心的个人成为可靠和值得信赖的伙伴”（De Dreu et al., 2011：1262）。显然民族中心主义是一个无视事实与价值二分的语词，它既表述了一种社会事实，也可能具有价值负荷，体现了一种“事实与价值的缠结”（普特南，2006：53）。

韦努蒂对异化和归化的讨论引发了许多翻译研究者的回应，也有不少学者并不同意他的主张。博伊登（Michael Boyden）（2006：124）通过对美国文学史的研究，发现在美国文学史的建构中“归化和异化构成相反但互补的策略”；美国文学的发展历程中存在着一种悖论，“外来的（the foreign）既是被排斥的，也是被生产出来的。美国文学通过包含它所排斥的东西实现对自我的定义。”（同上：133）在博伊登（同上）看来，文化比韦努蒂的理解更具动态性，处于不断自我翻译的过程中，有时候会将曾经被异化的东西再次归化，如重新发现曾经被遗忘的文本，“有时候也会对处于文化核心的价值观进行异化”。铁木茨科（2000：35）指出，在实际文化交流中，无论采用异化还是归化的翻译策略，都不足以保证达到理想的效果，“任何翻译程序都可能成为文化殖民的工具”。如果不考虑翻译的具体情境，尤其是翻译的方向，在弱势文化中一味推行异化翻译，非但不能抵御文化霸权主义，反而会加速弱势文化国家在文化上被同化、被殖民化的趋势。正如中国翻译学者葛校琴（2002：32）所言：“后殖民视阈的归化/异化其内涵，论域都有明确的所指和定位，是取归化还是取异化应结合具体的社会情境。”其实即便在强势文化的语境中，也不乏案例说明异化翻译方法非但没有挑战民族中心主义，反而会进一步加深对弱势文化的刻板印象。第四章“文化的适应”一节中，已经展示了许多这方面的例子。其实韦努蒂本人也不否认，异化并非总能遏制民族中心主义倾向。他自己的研究就曾追溯了19世纪早期德国翻译中的异化倾向，因为这种策略被精英们用于精英阶层，而文学和学术文本的翻译通常是从希腊语和拉丁语翻译而来，并不适合未受教育的多数人，因此这种异化的翻译策略与其说是对外国文化霸权的抵制，莫若说是对本国社会等级制度的维护，并在一定程度上反映了“对外国文化的沙文主义式的优越感”（Venuti，1995：85）。正是因为对特定翻译语境中的权力不平等以及翻译方向的考虑，韦努蒂的研究后来也将异化改称为“少数族化”或是“抵抗式翻译策略”，从而更加明确强调翻译在对抗强势语言、文化及其规范中的作用。

值得指出的是，学界对韦努蒂异化及归化观的质疑其实是在事实而并非价值的层面发起的。不同的研究者大都承认韦努蒂对英语霸权地位、译者的地位及工作条件的质疑是合理的，认同他对英语国家利用全球力量进行不平等文化交流的反对，也和他一样希望翻译在对抗强势语言及其规范中发挥更积极的作用。大家的分歧主要在于，如何理解并评价翻译在跨文化交流中发挥战略性文化干预的实际效用。有学者指出，即便是流畅的译文也未必定然包含了对他者文化的不尊重。同样，充满阅读阻力的译文由于过分凸显文化差异，反而有可能导致对他者的刻板印象，强化霸权文化的优越感。韦努蒂提倡的异化翻译是一种语言文化抵制行为，他希望通过异化彰显弱势民族的文化特质，以抵抗英美主流语言文化价值观对他者话语的侵蚀，从而让英美读者见识乃至接受其他文化的价值观。在这样的预设下，民族中心主义是一个贬义词，是一种需要克服或改变的价值观。因此，与归化翻译带来的效果相联系的语词——种族主义、文化自恋、帝国主义——也就不只是一种社会事实的呈现，而是一种带有负面、消极价值负载的评判；与异化相联系的、异化翻译希望实现的民主的地缘政治，则显然是具有正面、积极价值负载的判断。通过价值概念的透镜，韦努蒂所构想的归化或异化翻译行为的事实才得以真正建构起来。

翻译研究在借鉴社会学发展路径、试图将翻译学建设为一种以实证主义为指导的经验学科的过程中，不应该也不可能将价值话语排除出去。从选择需要描述的翻译现象和事件，到对这些现象与事件进行分析与阐释，整个过程都必然会被某些特定的、先在的观念所过滤，恰是这些观念清楚地塑造了人们看待世界的方式。一旦根据特定的价值观选定了研究的目的，以及将某个现象作为研究对象，研究过程本身应该尽量避免受到预设价值观的左右。然而也有不少社会学家认为，在研究过程中要求研究者彻底抛开个人价值观、保持完全的客观性也是难以实现的。由于文化的影响，作为一个人以及研究人类主体必然会产生一定程度的主观性。除了尽可能避免为匹配特定研究目的——如政治主张或文化立场——而故意操控并曲解数据，社会学研究中还有一种普遍的补救办法，就是要求研究者在报告结果的一开始坦诚并详细说明自己研究背后的价值预设及目的，以此告诫读者注意研究可能会有的偏见和局限。这样做并不会抹黑或推翻研究结果，反倒是允许读者将研究的发现视为某种形式的事实，而不是唯一确切的真理。通过价值的透镜会更清楚地看到，在翻译学研究中对于事实的理解不应该只限于作物理主义或行为主义的解释，把社会事实排除于事实概念的外延之外，而应该顾及社会事实的特殊性质。翻译研究所希望实现的客观性，并不是唯实论意义上去主体化的绝对客观性，而是将知识的主体和客体纳入因果批判，并融贯了规范与价值的思考。

第三节　多维的视野

对事实和价值的追问贯穿了学术研究的始终。在翻译研究中，研究者出于各自不同的价值预设对特定翻译现象发生兴趣，或关注后殖民语境下翻译表达的身份诉求，或聚焦女性主义视角下翻译中的性别话语，或强调文化交往中翻译蕴含的权力机制。研究者完全有理由反对或认同特定的价值诉求，甚至采取积极的政治行动主义立场开展研究。对有关翻译事件展开观察、阐释，或是对翻译文本进行分析、解读，过程中依然需要秉持对真实性、科学性、客观性的追求，只不过这里所说的“客观性”可以被理解为是一种具体化的客观性（embodied objectivity）、一种融入情境知识（situated knowledges）的客观性（Haraway，1991：186—198）。情境始终是生成的、开放的，处于不断变化、发展与更新的解释之中。因而，需要不同的视角与立场去观察与阐释，而且对于立场或视角的理解不应该被简化为简单的分裂或叠加，而是应该将其视为多维的、多样性的存在。每一种立场都承认自身的局限性，但同时坚持应有的地位与合法性；任一种视角都可以与其他视角结合在一起，而并不需要被融合或否决。多维的视野恰是一种客观性的承诺："一个科学的认知者所追求的，并不是同一性的主体地位，而是客观性的主体地位，即局部的联结。"（同上：193）

多维视角、立场及其携带的价值观之侵入，一度被视为对研究客观性的威胁。在情境知识的背景下，可以设想这种威胁能够通过视角、立场及价值多元化来缓解。在逻辑经验主义的框架中，只强调观察结果的客观性和真理性，多元论被看作对客观性的拖累与冒犯；而在情境主义的思维方式里，多元化是一种优势与出路。究其原因，是因为在研究中，尤其是社会科学研究中，很难或无法存在所谓超然的立场。当研究的结果变得实际相关时，研究者的专业知识和含有特定价值负载的兴趣往往与愿望紧密交织在一起。这些兴趣与愿望，甚至是追求之间会有差别，甚至会出现相互冲突的情况。抑制特定价值观影响的唯一合理的方法就是用不同的价值观来平衡它们。与其要求研究者放弃个人偏见（显然这是不可能做到的），不如允许不同的视角或立场之间相互监督和批判，并实现相互制约（Longino，1990：69）。这一思想由来已久。康德在《纯粹理性批判》中将客观的知识看作独立于任何个人幻想而能够得到辩护的知识，如果辩护原则上能够被检验并被任何人理解，那这个知识就是客观的。1934 年，波普尔（Karl R. Popper）（2002：22）在《科学发现的逻辑》（*The Logic of Scientific Discovery*）一书提过了著名论断："科学陈述的客观性在于它们可以被相互主观地检验。"科学研究的进程不仅体现了研究的个性特征和世界观，而且渗透了学科共同体的文化传统与背景信念，因此波普尔指出科学陈述的客观性并不在于与事实的直接对应，而应该被视为主体间的可检验性。隆吉诺（Helen Longino）（1990：64—66）在波普尔的基础上进一步强调了主体间批评的重要，他将科学知识视为一种社会产品，并提出科学客观性的概念直接参与产生知识的社会过程，而研究的客观性本身应该取决于主体间“互动的客观性”（interactive objectivity）。在隆吉诺（同上：76）看来，所有的知识都是局部的、有限的，没有无源之见，面对必然存在的视角局限，需要发展一种情境经验主义的认识论，强调一种“客观到了允许变革性批评的程度”的探究方法。这种客观性本质上是社会性的，通过鼓励交流与争议揭露盲点，克服单一视角的局限性，因而有助于提高研究结果的可靠性，符合人们的认知利益。

多维视野下的研究重视被遮蔽的他者的视角，但这种重视并不意味着绝对单一视角，而只是为被忽视的局部本应有的权利提出辩护。没有一个视角拥有绝对的特权，所有视角都不能免于批判性的再检查和再解释，不同视角的共享、对话、联结与批判可以实现客观性的最大化，可以保证对世界的更充分的、持续的、客观的和变化的解释。换言之，应该提倡一种负责任的研究，研究者无须为自己先在的立场或价值观道歉，但必须作为观察的主体对所见之物负责，承诺所述即所见。主体之间关于彼此的发现展开交谈与批判，对彼此视角互相监督，这就保证了知识的主体不是有限的、具有主观性的个人，而是综合不同视角的共同体（Haraway，1991：195）。正如翻译研究中的女性主义视角，其关注译文背后的父权话语，往往会注意到译文如何因为删除和误译改变了原文的女性/女性主义基调、视角、风格等，这样的研究彰显了过去曾被文学史忽视的女性作者及译者的主体性。然而恰如主流女性主义理论一样，过于强调父权文化往往可能忽略性别维度以外的其他历史语境，如种族身份。殖民翻译研究特别关注种族身份与翻译对不平等权力关系的抗争，但在这些研究中性别维度却基本缺席。有学者看到这两种视角之间的互补，将两者结合起来，发现“对父权话语的迎合或抵制与否，不再是涉及女性文本的翻译批评在很多时候依赖的唯一重要标准”，同时“对殖民主义话语的迎合或抵制，不再是涉及第三世界文本的翻译批评在很多时候依赖的唯一重要标准”（陈丽娟，2011：188）。这就是超越有偏见的视角和特殊的立场、通过主体间的共识来提高研究客观性的做法。

通过多维的视野来研究，并不等于认定所有的立场都同等重要，也不主张所有的解释都同样有效，因此这并非一个相对主义的提议。多维的视野意味着承认探究者和探究客体之间关系的动态性与开放性，也要求以动态、开放的方式行动与思考，要“避免绝对主义和相对主义，把对真理的承诺与可以改变该承诺的信号的永恒开放性联系起来”（Restivo，1994：189）。多维视野中的翻译研究依然秉持对翻译现象客观描述及对翻译规律科学探究的承诺，同时将这一承诺看作一个过程而非某种终极目标，而这一过程又以一系列前后相继但或许永远不会终止的不断趋近为先决条件。但这前后相继、不断趋近的过程并不是图里（2012：3）所设想的那种简单过程：通过分散个案研究的叠加形成“知识的有序积累”（ordered accumulation of knowledge）。在最重要的意义上，多维视野下知识前后相继、不断趋近的过程并非以添加或积累的方式进行，而是重要的分离过程，即和摆脱主观立场之束缚与成见之局限的过程相联系。这个过程又深深地扎根于特定的历史传统和文化语境中，是学科共同体内部不同视角之间交流和批判、价值竞争和较量的过程。

穿梭于多维的视野中，翻译研究也将成为各种价值、观点交互碰撞的知识场域。每个个案研究都可以被视为“可错的”（fallible）活动，但又有希望自我改进。通过提出问题，交换质询，聆听各自观点背后的立场和价值预设，考察理由和答案之间的相互作用，并反思各方观点的现实意蕴，最终达到协商的共识。以类似默顿（Robert Merton）（1973：270）所说的那种“有组织的怀疑主义”（organized scepticism）的方式，重建客观与主观、事实与价值的关系。惟其如此，才有可能又一次逼近事实的真相。

参考文献

Aaltonen, S. 1996. *Acculturation of the Other: Irish Milieux in Finnish Drama Translation*. Joensuu: University of Joensuu Publications in the Humanities.

Abdallah, K. 2012. "Translators in Production Networks Reflections on Agency, Quality and Ethics." PhD diss., University of Eastern Finland.

Abrams, M. H. 1981. *Glossary of Literary Terms*. New York: Holt, Rinehart and Winston.

Admussen, Nick. 2017. "Errata." *New England Review Online*, July 26: https://www.nereview.com/2017/07/25/nick-admussen/. Accessed December 27, 2021.

Adorno, T. W. 1973. *Negative Dialectics*, translated by E. B. Ashton. New York: The Seabury Press.

Adorno, T. W. 1977. "Sociology and Empirical Research." In *The Positivist Dispute in German Sociology*, edited by Theodor W. Adorno, Hans Albert, Ralf Dahrendorf, Jürgen Habermas, Harald Pilot, and Karl R. Popper, pp.68–86. London: Heinemann Educational Books.

Adorno, T. W., and Max Horkheimer. 1972. *Dialectic of Enlightenment*, translated by John Cumming. New York: Herder and Herder.

Agorni, M. 2002. *Translating Italy for the Eighteenth Century: Women, Translation and Travel Writing 1739–1797*. Manchester: St. Jerome.

Agorni, M. 2007. "Locating Systems and Individuals in Translation Studies." In *Constructing a Sociology of Translation*, edited by Michaela Wolf and Alexandra Fukari, pp.123–134. Amsterdam: John Benjamins.

Aldrich, V. 1989. "Photographing a Fact?" *American Philosophical Quarterly* 26(1): 81–84.

Angelelli, C. V. 2012. "The Sociological Turn in Translation and Interpreting

Studies." *Translation & Interpreting Studies* 7(2): 125–128.

Appiah, K. 2002. "Thick Translation." In *The Translation Studies Reader*, edited by Lawrence Venuti, pp.417–429. London: Routledge.

Arends-Tóth, Judit, and Fons J. R. Van De Vijver. 2003. "Multiculturalism and Acculturation: Views of Dutch and Turkish-Dutch." *European Journal of Social Psychology* (33): 249–266.

Badiou, A. 2009. *Theory of the Subject*, translated by Bruno Bosteels. New York: Continuum.

Baker, M. 1993. "Corpus Linguistics and Translation Studies: Implications and Applications." In *Text and Technology*, edited by Mona Baker, Gill Francis, and Elena Tognini-Bonelli, pp.233–250. Amsterdam: John Benjamins.

Baker, M. 2006. *Translation and Conflict: A Narrative Account*. London: Routledge.

Bassnett, S. 1980. *Translation Studies*. London & New York: Methuen.

Bassnett, S. 1998. "The Translation Turn in Cultural Studies." In *Constructing Cultures: Essays on Literary Translation*, edited by Susan Bassnet and André Lefevere, pp.123–140. Clevedon: Multilingual Matters.

Bassnett, S. 2005. "Bringing the News Back Home: Strategies of Acculturation and Foreignization." *Language and Intercultural Communication* 5(2): 120–130.

Bassnett, S. 2013. *Translation Studies*, 4th Edition. London and New York: Routledge.

Bassnet, S., and André Lefevere. eds. 1990. *Translation, History and Culture*. London-New York: Printer Publishers.

Bassnett, S., and André Lefevere. 1998. "Introduction: Where Are We in Translation Studies?" In *Constructing Cultures: Essays on Literary Translation*, editied by Susan Bassnet and André Lefevere, pp.1–11. Clevedon: Multilingual Matters.

Bauman, Z. 1993. *Postmodern Ethics*. Oxford, UK & Cambridge, USA: Blackwell Publishing.

Benjamin, W. 2000. "The Task of the Translator.", translated by H. Zohn. In *Translation Studies Reader*, edited by Lawrence Venuti, pp.15–25. London & New York: Routledge.

Berman, A. 1984. *L'Épreuve de l'étranger: Culture et traduction dans l'Allemagne romantique*. Paris: Gallimard.

Berman, A. 1992. *The Experience of the Foreign: Culture and Translation in*

Romantic German, translated by S. Heyvaert. Albany: State University of New York Press.

Berman, A. 1995. *Toward a Translation Criticism: John Donne*, translated and edited by Françoise Massardier-Kenney. Kent, Ohio: The Kent State University Press.

Berman, A. 1999. *La Traduction et la Lettre ou l'auberge du lointain*. Paris: Seuil.

Berry, J. W. 1980. "Acculturation as varieties of adaptation." In *Acculturation: Theory, Models and Some New Findings*, edited by A. M. Padilla, pp.9–25. Washington, D. C.: Westview.

Berry, J. W. 1997. "Immigration, Acculturation, and Adaptation." *Applied Psychology: An International Review* 46(1): 5–34.

Bielsa, E., and Susan Bassnett. 2009. *Translation in Global News*. London: Routledge.

Bogic, A. 2010. "Uncovering the Hidden Actors with the Help of Latour: The 'Making' of the Second Sex." *MonTI: Monografías de Traducción e Interpretación* (2): 173–192.

Bourdieu, P. 1977. *Outline of a Theory of Practice*. Cambridge: Cambridge University Press.

Bourhis, R. Y., L. C. Moïse, S. Perreault et al. 1997. "Towards an Interactive Acculturation Model: A Social Psychological Approach." *International Journal of Psychology* 32(6): 369–386.

Boyden, M. 2006. "Language Politics, Translation, and American Literary History." *Target: International Journal of Translation Studies* 18(1): 121–137.

Brownlie, S. 2003. "Distinguishing Some Approaches to Translation Research." *The Translator* 9(1): 39–64.

Brownlie, S. 2007. "Situating Discourse on Translation and Conflict." *Social Semiotics* 17(2): 135–150.

Buzelin, H. 2005. "Unexpected Allies: How Latour's Network Theory Could Complement Bourdieusian Analysis in Translation Studies." *The Translator* 11(2): 193–218.

Buzelin, H. 2006. "Independent Publisher in the Networks of Translation." *TTR* 19(1): 135–173.

Buzelin, H. 2007. "Translations 'In the Making'." In *Constructing a Sociology of Translation*, edited by Wolf Michaela and Alexandra Fukari, pp.135–169. Amsterdam: John Benjamins.

Bynner, W., and Kiang Kang-Hu. 1929. *The Jade Mountain: A Chinese Anthology: Being Three Hundred Poems of the T'ang Dynasty, 618–906*. New York: Knopf.

Callon, M. 1980. "Struggles and Negotiations to Define What is Problematic and What is Not: The Sociologic of Translation." In *The Social Process of Scientific Investigation*, edited by Karin D. Knorr, Roger Krohn, and Richard Whitley, pp.197–221. Dordrecht and Boston: D. Reidel Publishing Company.

Callon, M. 1986. "Some Elements of a Sociology of Translation: Domestication of the Scallops and the Fishermen of Saint Brieuc Bay." In *Power, Action and Belief: A New Sociology of Knowledge?*, edited by John Law, pp. 196–233. London: Routledge and Kegan Paul.

Callon, M. 1991. "Techno-economic Networks and lrreversibility." In *A Sociology of Monsters: Essays on Power, Technology and Domination*, edited by John Law, pp.132–161. London: Routledge.

Callon, M., and Bruno Latour. 1981. "Unscrewing the Big Leviathan: How Actors Macro-structure Reality and How Sociologists Help Them to Do So." In *Advances in Social Theory & Methodology: Toward an Integration of Micro- and Macrosociologies*, edited by Karin Knorr Cetina and A. V. Cicourel, pp.277–303. London: Routledge and Kegan Paul.

Campbell, P. N. 1984. *Form and the Art of Theatre*. Bowling Green, Ohio: Popular Press.

Chesterman, A. 2001. "Proposal for a Hieronymic Oath." *The Translator* 7(2): 139–154.

Chesterman, A. 2002. "Semiotic Modalities in Translation Causality." *Across Languages and Cultures* 3(2): 145–158.

Chesterman, A. 2006a. "A Note on Norms and Evidence." In *Translation and Interpreting: Training and Research*, edited by Jorma Tommola and Yves Gambier, pp.13–19. Turku: Department of English Translation Studies, University of Turku.

Chesterman, A. 2006b. "Questions in the Sociology of Translation." In *Translation Studies at the Interface of Disciplines*, edited by João Ferreira Duarte,

Alexandra Assis Rosa, and Teresa Seruya, pp.9–27. Amsterdam/Philadelphia: John Benjamins.

Cheung, Martha P. Y. 2006. "Introduction." In *An Anthology of Chinese Discourse on Translation (Volume 1): From Earliest Times to the Buddhist Project*, edited by Martha P. Y. Cheung, pp.1–19. Manchester: St. Jerome.

Crisafulli, E. 2002. "The Quest for an Eclectic Methodology of Translation Description." In *Crosscultural Transgressions: Research Models in Translation Studies II: Historical and Ideological Issues*, edited by Theo Hermans, pp. 26–43. Manchester: St. Jerome.

Cronin, M. 2000. *Across the lines: Travel, Language, Translation*. Cork, Ireland: Cork University Press.

Cronin, M. 2003. *Translation and Globalization*. London: Routledge.

D'Andrade, R. 1995. "Moral Models in Anthropology." *Current Anthropology* Vol. 36, No. 3 (Jun.): 399–408.

Dallmayr, F. R. 1981. *Twilight of Subjectivity: Contributions to a Post-Individualist Theory Politics*. Amherst, MA: University of Massachusetts Press.

Dante, A. 2002. "Translation Destroys the Sweetness of the Original", translated by K. Hillard. In *Western Translation Theory from Herodotus to Nietzsche,* edited by D. Robinson, pp.47–48. London & New York: Routledge.

De Dreu, C. K. W., Lindred L. Greer, Gerben A. Van Kleef, Shaul Shalvi, and Michel J. J. Handgraaf. 2011. "Oxytocin Promotes Human Ethnocentrism." *Proceedings of the National Academy of Sciences* 108(4): 1262–1266.

de Man, P. 1985. "Conclusions: Walter Benjamin's 'The Task of the Translator' ." *Yale French Studies* (69): 25–46.

Denzin, N. K. 1989. *The Research Act: A Theoretical Introduction to Sociological Methods*, 3rd edition. Englewood Cliffs, New Jersey: Prentice-Hall.

Denzin, N. K., and Yvonna S. Lincoln (eds.). 1994. *Handbook of Qualitative Research*. Thousand Oaks, CA: SAGE.

Derrida, J. 1985. "Des Tours des Babel." In *Difference in Translation*, edited by Joseph Graham, pp.165–248. Ithaca and London: Cornell University Press.

Derrida, J. 1997. *Of Grammatology*, translated by Gayatri Chakravorty Spivak. Baltimore: John Hopkins University Press.

Derrida, J. 2001. "What is a 'Relevant' Translation?", translated by Lawrence

Venuti. *Critical Inquiry* Vol. 27, No. 2 (Winter): 174–200.

Duara, P. 1995. *Rescuing History from the Nation: Questioning Narratives of Modern China.* Chicago: University of Chicago Press.

Durkheim, E. 1982. *The Rules of Sociological Method and Selected Texts on Sociology and Its Method*, translated by W. D. Halls. New York: The Free Press.

Eco, U. 2003. *Mouse or Rat? Translation as Negotiation.* London: Weidenfeld & Nicolson.

Eoyang, E. C. 1993. *The Transparent Eye: Reflections on Translation, Chinese Literature, and Comparative Poetics*. Honolulu: University of Hawaii Press.

Even-Zohar, I. 1978. "The Position of Translated Literature within the Literary Polysystem." In *Literature and Translation: New Perspectives in Literary Studies*, edited by James S. Holmes, José Lambert, and Raymond van den Broeck, pp.117–127. Leuven: Acco.

Even-Zohar, I. 1990. "Polysystem Studies: Poetics Today." *International Journal for Theory and Analysis of Literature and Communication* 11(1): 8–51.

Flyvbjerg, B. 2001. *Making Social Science Matter: Why Social Inquiry Fails and How it Can Succeed Again*, translated by Steven Sampson. Cambridge: Cambridge University Press.

Frake, C. 1964. "Notes on Queries in Ethnography." *American Anthropologist* (33): 132.

Geertz, C. 1973. "Thick Description: Toward an Interpretive Theory of Culture." In *The Interpretation of Culture*, edited by Clifford Geertz, pp.1–30. New York: Basic Books.

Geertz, C. 1977. "Found in Translation: On the Social History of the Moral Imagination." *The Georgia Review* 31(4): 788–810.

Gentzler, E. 1993. *Contemporary Translation Theories*. London/New York: Routledge.

George P. 1899. *A Writer of Books*. New York: Appleton.

Geuss, R. 1981. *The Idea of a Critical Theory*. Cambridge: Cambridge University Press.

Giddens, A. 1979. *Central Problems in Social Theory: Action, Structure and Contradiction in Social Analysis*. London: Macmillan.

Giddens, A. 1990. *The Consequences of Modernity*. Stanford: Stanford University Press.

Giddens, A. 1991. *Modernity and Self-Identity*. Cambridge: Polity Press.

Giles, H. A. 1965. *Gems of Chinese Literature*. New York: Dover Publications, Inc.

Gipper, H, 1986. "On the Translation of the Bhagavadgita." In *Studies in Western Linguistics*, edited by Theodora Bynon and Frank Robert Palmer, pp.109–128. Cambridge: Cambridge University Press.

Godard, B. 2001. "L'Éthique du traduire: Antoine Berman et le « virage éthique » en traduction." *TTR* 14(2): 49–82.

Goodwin, C., and A. Duranti. 1992. "Rethinking Context: An Introduction." In *Rethinking Context: Language as an Interactive Phenomenon*, edited by Alessandro Duranti and Charles Goodwin, pp.1–42. Cambridge: Cambridge University Press.

Gouanvic, J.-M. 2007. "Objectivation, réflexivité et traduction: Pour une re-lecture bourdieusienne de la traduction." In *Constructing a Sociology of Translation*, edited by Michaela Wolf and Alexandra Fukari, pp.79–92. Amsterdam: John Benjamins.

Gouldner, A. 1985. *Against Fragmentation: The Origins of Marxism and the Sociology of Intellectuals*. New York: Oxford University Press.

Grady, S. 1996. "Toward the Practice of Theory in Practice." In *Researching Drama and Arts Education: Paradigms and Possibilities*, edited by Taylor Philip, pp.59–71. London: The Falmer Press.

Graham, A. C. 1965. *Poems from the Late T'ang*. London: Richard Clay Ltd.

Graves, T. D. 1967. "Psychological Acculturation in a Tri-ethnic Community." *South-Western Journal of Anthropology* 23(4): 337–350.

Gouanvic, J-M. 2005. "A Bourdieusian Theory of Translation, or the Coincidence of Practical Instances: Field, 'Habitus', Capital and 'Illusio'." *The Translator* 11(2): 147–166.

Guldin, R. 2015. *Translation as Metaphor*. London and New York: Routledge.

Halverson, S. L. 2010. "Cognitive Translation Studies: Developments in Theory and Method." In *Translation and Cognition*, edited by Gregory M. Shreve and Erik Angelone, pp.349–369. Amsterdam: John Benjamins.

Haraway, D. J. 1991. *Simians, Cyborgs, and Women: The Reinvention of Nature*. New York & London: Routledge.

Hermans, T. 1985. "Introduction: Translation Studies and a New Paradigm." In *The*

Manipulation of Literature: Studies in Literary Translation, edited by Theo Hermans, pp.7–15. London & Sydney: Croom Helm.

Hermans, T. 1999. *Translation in Systems: Descriptive and Systemic Approaches Explained*. Manchester: St. Jerome.

Hermans, T. 2003. "Cross-cultural Translation Studies as Thick Translation." *Bulletin of the School of Oriental and African Studies* 66(3): 380–389.

Hesketh, P. 1946. *The Life of Oscar Wilde*. London: Methuen.

Holmes, J. S. 2008. "The Name and Nature of Translation Studies." In *Translated! Papers on Literary Translation and Translation Studies*, edited by James S. Holmes, pp.67–80. Amsterdam-Atlanta: Rodopi.

Hooghe, M. 2008. *Ethnocentrism International Encyclopedia of the Social Sciences*. Philadelphia: MacMillan Reference.

Horkheimer, M. 1982. *Critical Theory*. New York: Seabury Press.

Hsu, F. L. K. 1985. "The Self in Cross-cultural Perspectives." In *Culture and Self: Asian and Western Perspectives*, edited by Anthony J. Marsella, George Devos, and Francis Lang Kwang Hsu, pp.24–55. New York: Tavistok.

Hubscher-Davidson, S. 2011. "A Discussion of Ethnographic Research Methods and Their Relevance for the Translation Process." *Across Languages and Cultures* 12(1): 1–18.

Humboldt, W. von. 1992. "Extract from the Preface to His Translation of Aeschylus' Agamemnon." In *Translation/History/Culture: A Sourcebook*, edited by André Lefevere, pp.135–136. London: Routledge.

Humboldt, W. von. 1999. *On Language: On the Diversity of Human Language Construction and its Influence on the Mental Development of the Human Species*. New York: Cambridge University Press.

Hume, D. 1978. *A Treatise of Human Nature*, with analytical index by L. A. Selby-Bigge, and with text revised and notes by P. H. Nidditch. Oxford: Oxford University Press.

Jain, S. 2006. *Women in the Plays of George Bernard Shaw*. New Delhi: Discovery Pub.

Jakobson, R. 1960. "Closing Statement: Linguistics and Poetics." In *Style in Language*, edited by Thomas A. Sebeok, pp.350–377. Cambridge, MA: MIT Press.

Jakobson, R. 1981. "Linguistics and Poetics." In *Selected Writings Volume III:*

Poetry of Grammar and Grammar of Poetry, with a preface by Stephen Rudy, pp.18–51. Hague: De Gruyter Mouton.

Jones, F. R. 2009. "Embassy Networks: Translating Post-war Bosnian Poetry into English." In *Agents of Translation*, edited by John Milton and Paul Bandia, pp.301–326. Amsterdam: John Benjamins.

Jonge, H. J. de. 1984. "Novum Testamentum a nobis versum: The Essence of Erasmus' Edition of the New Testament." *Journal of Theological Studies* 35: 394–400.

Kao, Y. K., and Tsu-Lin Mei. 1978. "Meaning, Metaphor, and Allusion in T'ang Poetry." *Harvard Journal of Asiatic Studies* 38(2): 281–356.

Koskinen. K. 2000. *Beyond Ambivalence: Postmodernity and the Ethics of Translation*. Tampere: Tampere UP.

Koskinen, K. 2008. *Translating Institutions: An Ethnographic Study of EU Translation*. Manchester: St. Jerome.

Kuhn, T. S. 1962. *The Structure of Scientific Revolutions*. Chicago: University of Chicago Press.

Kung, S. W. 2009. "Translation Agents and Networks: With Reference to the Translation of Contemporary Taiwanese Novels." In *Translation Research Projects 2*, edited by Anthony Pym and Alexander Perekrestenko, pp.123–138. Tarragona: Intercultural Studies Group, Universitat Rovirai Virgili.

Kung, S. W. 2010. "Network & Cooperation in Translating Taiwanese into English: With Reference to the Translation of Modern Taiwanese Literature." In *Translation: Theory and Practice in Dialogue*, edited by Antoinette Fawcett, Karla L. Guadarrama García, and Rebecca Hyde Parker, pp.164–180. London & New York: Continuum.

Lahiani, R. 2008. *Eastern Luminaries Disclosed to Western Eyes: A Critical Evaluation of the Translations of the Mu'allaqāt into French and English (1782–2000)*. Oxford: Peter Lang.

Landau, M. 1991. *Narratives of Human Evolution*. New Haven: Yale University Press.

Latour, B., and Steve Woolgar. 1979. *Laboratory Life: The Social Construction of Scientific Facts*. Princeton: Princeton University Press.

Latour, B. 1987. *Science in Action: How to Follow Scientists and Engineers through Society.* Milton Keynes: Open University Press.

Latour, B. 1999a. "On Recalling ANT." *Sociological Review* 47(S1): 15–25.

Latour, B. 1999b. *Pandora's Hope: Essays on the Reality of Science Studies*. Cambridge, MA: Harvard University Press.

Latour, B. 2005. *Reassembling the Social: An Introduction to Actor-Network-Theory*. Oxford: Oxford University Press.

Law, J. 2004. *After Method: Mess in Social Science Research*. London: Routledge.

Lee, S. K., J. Sobal and E. A. Frongillo. 2003. "Comparison of Models of Acculturation: The Case of Korean Americans." *Journal of Cross-cultural Psychology* 34(3): 282–296.

Lefevere, A. 1978. "Appendix: Translation Studies: The Goal of The Discipline." In *Literature and Translation: New Perspectives in Literary Studies*, edited by James S. Holmes, Lambert José, and Raymond van Den Broek, pp.234–235. Leuven: Acco.

Lefevere, A. 1981. "Translated Literature: Towards an Integrated Theory." *The Bulletin of the Midwest Modern Language Association* 14(1): 68–78.

Lefevere, A. 1985. "Why Waste Our Time on Rewrites? The Trouble with Interpretation and the Role of Rewriting in an Alternative Paradigm." In *The Manipulation of Literature: Studies in Literary Translation*, edited by Theo Hermans, pp.215–243. London & Sydney: Croom Helm.

Lefevere, A. 1992a. *Translating Literature: Practice and Theory in a Comparative Literature Context*. London: Routledge.

Lefevere, A. 1992b. *Translation, Rewriting and the Manipulation of Literary Fame*. London: Routledge.

Lemos, R. M. 1986. "Propositions, States of Affairs, and Facts." *The Southern Journal of Philosophy* (24): 517–530.

Li, D. 2004. "Trustworthiness of Think-aloud Protocols in the Study of Translation Processes." *International Journal of Applied Linguistics* 14: 301–313.

Liu, J. 1962. *The Art of Chinese Poetry*. London: Routledge & Kegan Paul.

Liu, L. 2004. *The Clash of Empires: The Invention of China in Modern World Making*. Cambridge, MA & London: Harvard University Press.

Liu, X. 1983. *The Literary Mind and the Carving of Dragons: A Study of Thought and Pattern in Chinese Literature*, translated and annotated by Vincent Yu-chung Shih. Hong Kong: Chinese University Press.

Longino, H. E. 1990. *Science as Social Knowledge: Values and Objectivity in*

Scientific Inquiry. Princeton, NJ: Princeton University Press.

Lowenthal, L. 1961. *Literature, Popular Culture, and Society*. Englewood Cliffs, NJ: Prentice-Hall.

Lowenthal, L. 1984. *Literature and Mass Culture*. New Brunswick: Transaction Books.

Lowenthal, L. 1987. *An Unmastered Past: The Autobiographical Reflections of Leo Lowenthal*. Berkeley: University of California Press.

Marinetti, C. 2005. "The Limits of the Play Text: Translating Comedy". *New Voices in Translation Studies* 1: 31–42.

Merton, R. 1973. *The Sociology of Science: Theoretical and Empirical Investigations*. Chicago: University of Chicago Press.

Muhawi, I. 2006. "Towards a Folkloristic Theory of Translation." In *Translating Others*, edited by Theo Hermans, pp.365–379. Manchester: St. Jerome.

Mumby, D. K. 1993. "Critical Organizational Communication Studies: The Next Ten Years." *Communication Monographs* 60: 18–25.

Navas, M. et al. 2005. "Relative Acculturation Extended Model (RAEM): New Contribution with Regard to the Study of Acculturation." *International Journal of Intercultural Relations* 29: 21–37.

Nietzsche, F. 1968. "The Anit-Christ." In *Twilight of the Idols and The Anti-Christ,* translated by R. J. Hollingdale, introduction by Michael Tanner, pp.123–199. New York: Penguin.

Niranjana, T. 1992. *Siting Translation: History, Post-Structuralism, and the Colonial Context*. Berkeley: University of California Press.

O'Brien, S. 2011. *Cognitive Explorations of Translation*. London & New York: Continuum.

Outhwaite, W. 2009. *Habermas*. Cambridge: Polity Press.

Palumbo, G. 2009. *Key Terms in Translation Studies*. London & New York: Continuum.

Pickering, A. 1992. "From Science as Knowledge to Science as Practice." In *Science as Practice and Culture*, edited by Andrew Pickering, pp.1–28. Chicago: University of Chicago Press.

Popper, K. 2002. *The Logic of Scientific Discovery*. London & New York: Routledge.

Putnam, L. 1983. "The Interpretive Perspective: An Alternative to Functionalism." In *Communication and Organizations: An Interpretive Approach*, edited by Linda

L. Putnam and Michael E. Pacanowsky, pp.31–54. Beverly Hills, CA: Sage.

Pym, A. 1992. *Translation and Text Transfer: An Essay on the Principles of Intercultural Communication*. Frankfurt: Peter Lang.

Pym, A. 1998. *Method in Translation History*. Manchester: St. Jerome.

Pym, A. 2001. "Introduction: The Return to Ethics in Translation Studies. " *The Translator* 7(2): 129–138.

Pym, A. 2009. *Exploring Translation Theories*. London: Routledge.

Quine, W. V. 1960. *Word and Object*. Cambridge, MA: MIT Press.

Quine, W. V. 1976. "Carnap and Logical Truth." In *Ways of Paradox and Other Essays*, 2nd edition, edited by W. V. Quine, pp.107–132. Cambridge, MA: Harvard University Press.

Redfield, R., R. Linton, and M. Herskovits. 2009. "Memorandum on the Study of Acculturation." *American Anthropologist* 38(1): 149–152.

Restivo, S. 1994. *Science, Society, and Values: Toward a Sociology of Objectivity*. Bethlehem: Lehigh University Press.

Risku, H., and A. Dickinson. 2009. "Translators as Networkers: The Role of Virtual Communities." *Journal of Language and Communication Studies* 42: 49–70.

Rudmin, F. W. 2003. "Field Notes from the Quest for the First Use of Acculturation." *Cross-Cultural Psychology Bulletin* 37: 24–31.

Sapir, E. 1985. "The Status of Linguistics as a Science." In *Culture, Language and Personality: Selected Essays*, edited by David G. Mandelbaum, pp.160–166. Berkerly: University of California Press.

Schlegel, A. W. 1997. "Something on Shakespeare in Connection with Wilhelm Meister." In *Western Translation Theory: From Herodotus to Nietzsche*, edited by Douglas Robinson, pp.214–216. Manchester: St. Jerome.

Serres, M. 1982. *Hermes: Literature, Science, Philosophy*. Baltimore: Johns Hopkins University Press.

Serres, M. 1997. *Hermès III: La traduction*. Paris: Les éditions de minuit.

Shamma, T. 2005. "The Exotic Dimension of Foreignizing Strategies: Burton's Translation of the Arabian Nights." *The Translator* 11(1): 51–67.

Simeoni, D. 1998. "The Pivotal Status of the Translator's Habitus." *Target* 10(1): 1–39.

Simon, S. 1996. *Gender in Translation: Cultural Identity and the Politics of*

Transmission. London: Routledge.

Simons, J. 2005. "Introduction." In *Contemporary Critical Theorists: From Lacan to Said*, edited by Jon Simmons, pp.1–17. Edinburgh: Edinburgh University Press.

Snell-Hornby, M. 1988. *Translation Studies: An Integrated Approach*. Amsterdam: John Benjamins.

Snell-Hornby, M. 1990. "Linguistic Transcoding or Cultural Transfer: A Critique of Translation Theory in Germany." In *Translation, History and Culture*, edited by Susan Bassnett and André Lefevere, pp.4–21. London: Printer Publishers.

Spivak, G. C. 1993. "The Politics of Translation." In *Outside in the Teaching Machine*, edited by Gayatri Chakravorty Spivak, pp.179–200. London and New York: Routledge.

Spivak, G. C. 1999. *A Critique of Postcolonial Reason: Toward a History of the Vanishing Present*. Cambridge: Harvard University Press.

Stalling, J. 2018. "The Chinese Literature Translation Archive and ANTS (Actor-Network Translation Studies." Paper Presented at the International Symposium on Translated Chinese Literature and Its Reception Outside of China, Shanghai, September 28.

St-Pierre, P. 1993. "Translation as a Discourse of History". *TTR* VI(1): 61–82.

Sumner, W. G. 1906. *Folkways: A Study of the Sociological Importance of Usages, Manners, Customs, Mores, and Morals*. Boston: Ginn and Company.

Tahir-Gürçağlar, Ş. 2002. "What Texts Don't Tell: The Uses of Paratexts in Translation Research." In *Crosscultural Transgressions: Research Models in Translation Studies 2: Historical and Ideological Issues*, edited by Theo Hermans, pp.44–60. Manchester: St. Jerome.

Tanitch, R. 1999. *Oscar Wilde: On Stage and Screen*. London: Methuen.

Thompson, J. 1984. *Studies in the Theory of Ideology*. Cambridge: Polity Press.

Timmons, M. 1999. *Morality Without Foundations*. New York & Oxford: Oxford University Press.

Todorov, T. 1977. *The Poetics of Prose*. New York: Cornell University Press.

Toury, G. 1980. *In Search of a Theory of Translation*. Jerusalem: Israel Academic Press.

Toury, G. 2012. *Descriptive Translation Studies and Beyond*. Amsterdam &

Philadelphia: John Benjamins.

Tymoczko, M. 1999. *Translation in a Postcolonial Context: Early Irish Literature in English Translation*. Manchester: St. Jerome.

Tymoczko, M. 2000. "Translation and political engagement: Activism, social change and the role of translation in geopolitical shifts." *The Translator* 6(1): 23–47.

Tymoczko, M. 2002. "Connecting the Two Infinite Orders: Research Methods in Translation Studies." In *Crosscultural Transgressions: Research Methods in Translation Studies II: Historical and Ideological Issues*, edited by Theo Hermans, pp.9–25. Manchester: St. Jerome.

Tymoczko, M. 2003. "Ideology and the Position of the Translator: In What Sense is a Translator 'In-between'." In *Apropos of Ideology: Translation Studies on Ideology*, edited by María Calzada Pérez, pp.181–201. Manchester: St. Jerome.

Tymoczko, M. 2007. *Enlarging Translation, Empowering Translators*. London: Routledge.

Tymoczko, M. 2010. "Translation, Resistance, Activism: An Overview." In *Translation, Resistance, Activism*, edited by Maria Tymoczko, pp.1–22. Amherst and Boston: University of Massachusetts Press.

Venuti, L. 1991. "Genealogies of Translation Theory: Schleiermacher." *TTR* 4(2): 125–150.

Venuti, L. 1992. "Introduction." In *Rethinking Translation: Discourse, Subjectivity, Ideology*, edited by Lawrence Venuti, pp.1–17. London and New York: Routledge.

Venuti, L. 1995. *The Translator's Invisibility*. London and New York: Routledge.

Venuti, L. 1998. *The Scandals of Translation: Towards an Ethics of Difference*. London: Routledge.

Venuti, L. 2008. *The Translator's Invisibility*, 2nd edition. New York: Routledge.

von Flotow, L. 1997. *Translation and Gender*. Manchester: St Jerome.

von Flotow, L. 2001. "The Systemic Approach, Postcolonial Studies, and Translation Studies." *Comparative Literature and Culture* 3(9).

Ward, C. 2001. "The A, B, Cs of Acculturation." In *The Handbook of Culture & Psychology*, edited by D. Matsumoto, pp.411–445. New York: Oxford University Press.

Weber, M. 1949. *The Methodology of the Social Sciences*, translated and edited by Edward A. Shils and Henry A. Finch. New York: Free Press.

White, S. 2004. "The Very Idea of a Critical Social Science." In *The Cambridge Companion to Critical Theory*, edited by Fred Rush, pp.310–335. Cambridge: Cambridge University Press.

Wilde, Oscar. 1905. *De Profundis*. New York and London: The Knickerbocker Press.

本間久雄，1914，「『先代萩』と『サロメ』」，演芸画報 8（01）。

本间久雄，1914，《先代萩》与《莎乐美》，《演艺画报》8（01）

井村君江，1990，「『サロメ』の変容—翻訳・舞台」，東京：新書館。

井村君江，1990，《莎乐美的变身：翻译·表演》，东京：新书馆。

［英］Fletcher，W. J. B.，1932，《英译唐诗选》，商务印书馆。

［意］艾柯，安贝托等，2005，《诠释与过度诠释》，王宇根译，生活·读书·新知三联书店。

安凌，2012，《文明戏时期莎士比亚戏剧的改译及演出》，《外语与外语教学》第3期：77—80页。

安然，2013，《解析跨文化传播学术语"濡化"与"涵化"》，《国际新闻界》第9期：54—60页。

包天笑，1911，《女律师》，《女学生》第二期。

包天笑，1971，《钏影楼回忆录》，大华出版社。

北塔，2004，《〈哈姆雷特〉剧本的汉译》，《南阳师范学院学报》（社会科学版）第8期：36—41页。

蔡登山，2007，《另眼看作家》，秀威资讯。

陈丽娟，2011，《翻译研究中的后殖民女性主义视角：自我反思的立场》，博士学位论文，岭南大学哲学系。

陈良运，1992，《中国诗学体系论》，中国社会科学出版社。

丁罗男，1999，《二十世纪中国戏剧整体观》，文汇出版社。

丁罗男，2008，《上海话剧百年史述》，广西师大出版社。

董健，1996，《田汉传》，北京十月文艺出版社。

段峰，2006a，《民族志与翻译：翻译研究的人类学视野》，《四川师范大学学报》（社会科学版）第01期：91—95页。

段峰，2006b，《深度描写、新历史主义及深度翻译——文化人类学视阈中的翻译研究》，《西华师范大学学报》（哲学社会科学版）第 02 期：90—93 页。

［美］詹姆逊，弗雷德里克，1999，《政治无意识》，王逢振、陈永国译，中国社会科学出版社。

葛校琴，2002，《当前归化 / 异化策略讨论的后殖民视阈——对国内归化 / 异化论者的一个提醒》，《中国翻译》第 05 期：32—35 页。

葛一虹，1997，《中国话剧通史》，文化艺术出版社。

［美］根茨勒，2004，《当代翻译理论》，上海外语教育出版社。

耿传明，2006，《周作人与古希腊、罗马文学》，《书屋》第 7 期：26—31 页。

顾燮光，1960，《小说经眼录》，载阿英主编《晚清文学丛钞 · 小说戏曲研究卷》，中华书局。

郭沫若，1979，《少年时代》，人民文学出版社。

郭英德，2005，《中国古代文体学论稿》，北京大学出版社。

［德］哈贝马斯，尤尔根，2002，《包容他者》，曹卫东译，上海人民出版社。

［美］郝大维，安乐哲，2005，《通过孔子而思》，何金俐译，北京大学出版社。

何佳乐，2012，《论田汉戏剧的悲剧意识》，硕士学位论文，辽宁师范大学文学院。

贺爱军，2015，《译者主体性的社会话语分析》，科学出版社。

［德］黑格尔，1979，《美学（第二卷）》，朱光潜译，商务印书馆。

［德］洪堡特，威廉 · 冯，1999，《论人类语言结构的差异及其对人类精神发展的影响》，姚小平译，商务印书馆。

［德］洪堡特，威廉 · 冯，2001，《洪堡特语言哲学文集》，姚小平译，湖南教育出版社。

胡适，1981，《介绍我自己的思想》，载葛懋春、李兴芝编辑《胡适哲学思想资料选（上）》，华东师范大学出版社。

胡志毅，2009，《模仿与献祭：〈莎乐美〉及其他》，《文化艺术研究》5 月第 2 卷第 3 期：178—182 页。

黄德先，2006，《翻译的网络化存在》，《上海翻译》第 4 期：6—11 页。

黄会林，1990，《中国现代话剧文学史略》，安徽教育出版社。

季羡林，1998，《翻译的危机》，《语文建设》第 10 期：45—46 页。

姜秋霞，2007，《对翻译转换范式的思考——兼论翻译的学科特性》，《中国外语》第 6 期：84—88 页。

［法］孔德，奥古斯特，1996，《论实证精神》，黄建华译，商务印书馆。

［美］拉兹洛，E.，1985，《用系统论的观点看世界》，闵家胤译，中国社会科学出版社。

［日］濑户宏，2017，《莎士比亚在中国——中国人的莎士比亚接受史》，陈凌虹译，广东人民出版社。

李昌集，1997，《中国古代曲学史·第1卷》，华东师范大学出版社。

李盛平（主编），1987，《中国现代史词典》，中国国际广播出版社。

李伟昉，2019，《朱东润〈莎氏乐府谈〉价值论》，《外国文学研究》第02期：147—160页。

李泽厚，1982，《中国近代思想史论》，人民出版社。

梁实秋，1929，《看八月三日南国第二次公演之后》，《戏剧与文艺》第05期。

梁漱溟，1987，《中国文化要义》，学林出版社。

廖七一，2012，《由"器"入"道"：翻译研究的学科疆界与方向》，《中国社会科学报》1月30日，第B06版。

林语堂，1984，《论翻译》，载罗新璋编《翻译论集》，商务印书馆。

［美］刘禾，2002，《跨语际实践：文学，民族文化与被译介的现代性（中国，1900—1937）》，宋伟杰等译，生活·读书·新知三联书店。

刘纳，1999，《创造社与泰东图书局》，广西教育出版社。

刘云虹，2010，《从林纾、鲁迅的翻译看翻译批评的多重视野》，《外语教学》第006期：101—104页。

鲁迅，1977，《鲁迅论翻译》，中央民族学院少数民族语文系汉语文教研组编，延边人民出版社。

吕俊，2006，《翻译学：一个建构主义的视角》，上海外语教育出版社。

孟宪强，1994，《中国莎学简史》，东北师范大学出版社。

［美］普特南，2006，《事实与价值二分法的崩溃》，应奇译，东方出版社。

钱理群，2002，《中国现代文学三十年》，五南出版社。

钱锺书，1983，《文学翻译的最高标准》，载中国对外翻译出版公司选编《翻译理论与翻译技巧论文集》，中国对外翻译出版公司：125—127页。

乔宗玉，1999，《飘荡在中国现代剧坛的一缕湘魂》，《戏剧春秋》第5期。

丘为君，2000，《导读》，载刘京建译《中国启蒙运动：知识分子与五四遗产》，桂冠图书股份有限公司。

裘克安，1991，《李白〈送友人〉一诗的英译研究》，《外语教学与研究》第3期：34—38页。

群力（译），1983，《费道罗夫关于可译性问题的说明及确切翻译的原则》，载中国对外翻译出版公司编《外国翻译理论评介文集》，中国对外翻译出版公司：20—29 页。

[法] 热奈特，热拉尔，2001，《热奈特论文集》，史忠义译，百花文艺出版社。

孙隆基，2004，《中国文化的深层结构》，广西师范大学出版社。

孙宁宁，2010，《翻译研究的文化人类学纬度：深度翻译》，《上海翻译》第 01 期：14—17 页。

谭燕保，2017，《斯奈德寒山诗英译与诗歌创作的互文性研究》，武汉大学出版社。

谭载喜，1991，《西方翻译简史》，商务印书馆。

[美] 特纳，史蒂芬、马克・瑞斯乔德（主编），2015，《爱思唯尔科学哲学手册：人类学与社会学哲学》，尤洋译，北京师范大学出版社。

田本相（主编），1993，《中国现代比较戏剧史》，文化艺术出版社。

田寿昌、宗白华、郭沫若，2006，《三叶集》，安徽教育出版社。

田汉，1920，《新罗曼主义及其他》，《少年中国》第 1 卷第 12 期：24—52 页。

田汉，1922，《蔷薇之路》，上海泰东图书局。

田汉，1930，《我们自己的批判》，《南国月刊》第 01 期。

田汉，1932，《田汉戏曲集》第 4 集，现代书局。

田汉，1955，《田汉剧作选》，人民文学出版社。

田汉，1983a，《田汉论创作》，上海文艺出版社。

田汉，1983b，《田汉文集》第 14 卷，中国戏剧出版社。

田汉，1998a，《田汉全集》第 18 卷，花山文艺出版社。

田汉，1998b，《田汉全集》第 20 卷，花山文艺出版社。

[俄] 托马舍夫斯基，1999，《诗学的定义》，载王先霈、王又平主编《文学批语术语词典》，上海文艺出版社。

汪宝荣，2014a，《葛浩文英译〈红高粱〉生产过程社会学分析》，《北京第二外国语学院学报》第 12 期：20—30 页。

汪宝荣，2014b，《资本与行动者网路的运作：〈红高粱〉英译本生产及传播之社会学探析》，《编译论丛》第 2 期：35—72 页。

汪宝荣，2017a，《社会翻译学学科结构与研究框架构建述评》，《解放军外国语学院学报》第 5 期：110—118 页。

汪宝荣，2017b，《中国文学译作在西方传播的社会学分析模式》，《天津外国语大学学报》第 4 期：1—7 页。

王东风，1998，《论“达”——为纪念严复〈天演论〉问世 100 周年而作》，《福建外语》第 3 期：4—13 页。

王东风，2000，《翻译文学的文化地位与译者的文化态度》，《中国翻译》第 4 期：2—8 页。

王东风，2004，《解构“忠实”——翻译神话的终结》，《中国翻译》第 6 期：3—9 页。

[英] 王尔德，奥斯卡，1937，《莎乐美》，汪宏声译，启明书局。

王洪涛，2011，《建构“社会翻译学”：名与实的辨析》，《中国翻译》第 1 期：14—18 页。

王洪涛，2016，《“社会翻译学”研究：考辨与反思》，《中国翻译》第 4 期：6—13 页。

王力，1954，《中国现代语法》，中华书局。

王林，2004，《论田汉的戏剧译介与艺术实践》，博士学位论文，复旦大学中国语言文学系。

王栻（主编），1986，《严复集》（第五册），中华书局。

王岫庐，2013，《解读行间的深意：从圈点角度解读田汉译剧〈沙乐美〉》，《外国语文研究》第 1 期。

王岫庐，2017，《行动者网络理论视角下的田汉译剧〈沙乐美〉研究》，《翻译季刊》第 85 期：51—70 页。

王一川，2013，《层累涵濡的现代性——中国现代文艺理论的发生与演变》，《文艺争鸣》第 7 期：6—14 页。

王寅，2012，《认知翻译研究》，《中国翻译》第 4 期：17—23 页。

王悦晨，2011，《从社会学角度看翻译现象：布迪厄社会学理论关键词解读》，《中国翻译》第 1 期：13。

王佐良，1989，《翻译：思考与试笔》，外语教学与研究出版社。

魏义霞，2011，《矛盾与困惑：近代国学家的时代语境》，《光明日报》9 月 5 日，第 15 版。

温侯廷，王岫庐，2018，《凤为撇，凰为捺：一次中国当代诗歌的跨文化飞行——对欧阳江河〈凤凰〉英译者温侯廷的访谈》，《东方翻译》第 2 期：49—53 页。

翁显良，1983，《意态由来画不成——文学翻译丛谈》，中国对外翻译出版公司。

吴戈，1998，《漂泊的浪漫 诗意的感伤——论田汉“南国”时期的抒情戏剧》，《戏剧》第 03 期：37—48 页。

吴莎、屠国元，2007，《论中国近代翻译选材与意识形态的关系（1840—1919）》，

《外语与外语教学》第 11 期：38—40 页。

吴学平，2003,《国内王尔德研究述评》,《外国文学研究》第 01 期：154—159 页。

吴莹，卢雨霞，陈家建等，2008,《跟随行动者重组社会——读拉图尔的〈重组社会：行动者网络理论〉》,《社会学研究》第 2 期：218—234 页。

武光军，2008,《翻译社会学研究的现状与问题》,《外国语》第 1 期：76—82 页。

[日] 小谷一郎，1989,《创造社与日本——青年田汉与那个时代》，刘平译，《中国现代文学研究丛刊》第 3 期：244—258 页。

谢世坚，2002,《从中国近代翻译文学看多元系统理论的局限性》,《四川外语学院学报》第 4 期：103—105，108 页。

[英] 休谟，1980,《人性论（下册）》，关文运译，商务印书馆。

徐志摩，1992,《关于女子》，载何乃放编《浪漫人生》，花城出版社。

许钧，1992,《关于文学翻译批评的思考》,《中国翻译》第 4 期：30—33 页，39 页。

许钧，2003,《“创造性叛逆”和翻译主体性的确立》,《中国翻译》第 1 期：8—13 页。

许钧，2005,《翻译的危机与批评的缺席》,《中国图书评论》第 9 期：12—15 页。

许诗焱，2016,《原文与译文之间——俄克拉荷马大学中国文学翻译档案馆简介》,《翻译论坛》第 4 期：85—87 页。

严复，1975,《严复诗文选注》，南京大学历史系、国营红卫机械厂《严复诗文选注》注释组选注，江苏人民出版社。

杨平，2009,《当代中西译学范式比较研究》，博士学位论文，中山大学外国语学院。

叶嘉莹，1997,《王国维及其文学批评》，河北教育出版社。

[以] 埃文－佐哈尔，伊塔玛、张南峰，2002,《多元系统论》,《中国翻译》第 4 期：19—25 页。

余光中，1993,《自豪与自幸——我的国文启蒙》,《台港文学选刊》第 9 期。

余虹，2005,《再谈中国古代文论与西方诗学的不可通约性》,《思想战线》第 05 期：116—118 页。

郁达夫，1985,《创造社出版部的第一周年》，载饶鸿竞等编《创造社资料（下）》，福建人民出版社。

袁秀凤，2002，《译者的文化态度与翻译策略》，《外语教学》第23期：39—43页。

查明建，2003，《意识形态、诗学与文学翻译选择规范——20世纪50—80年代中国的（后）现代主义文学翻译研究》，博士学位论文，岭南大学哲学系。

［美］詹姆逊，弗雷德里克，1999，《政治无意识》，王逢振、陈永国译，中国社会科学出版社。

詹萍萍，2008，《田汉与湖湘文化的浪漫情致》，《理论与创作》第2期：105—108页。

张保红，2003，《汉英诗歌翻译与比较研究》，中国地质大学出版社。

张灏，1996，《重访五四——论五四思想的两歧性》，载王化元主编《学术集林（卷八）》，上海远东出版社：267—298页。

张向华，1992，《田汉年谱》，中国戏剧出版社。

赵英若，1919，《现代新浪漫派之戏曲》，《新中国》1卷5号，9月10日。

赵勇，2010，《"深度翻译"与意义阐释：以梭罗〈瓦尔登湖〉的典故翻译为例》，《外语与外语教学》第02期：77—81页。

中央民族学院少数民族语文系汉语文教研组（编），1977，《鲁迅论翻译》，延边人民出版社。

钟玲，2003，《美国诗与中国梦：美国现代诗里的中国文化模式》，广西师范大学出版社。

周小仪，2001，《莎乐美之吻：唯美主义、消费主义与中国启蒙现代性》，《中国比较文学》第2期：67—89页。

周作人，1922，《〈育婴刍议〉译记》，《晨报副刊》5月15日。

周作人，1987，《苦竹杂记》，岳麓书社。

周作人，2002，《瓜豆集》，止庵校订，河北教育出版社。

朱东润，1917a，《莎氏乐府谈（一）》，《太平洋》第1卷第5号：1—9页。

朱东润，1917b，《莎氏乐府谈（三）》，《太平洋》第1卷第8号：1—9页。

朱东润，1918，《莎氏乐府谈（四）》，《太平洋》第1卷第9号：1—9页。

朱光潜，1982，《抗战版序》，载《朱光潜美学文集（第二卷）》，上海文艺出版社：3—4页。

朱双云，1914，《新剧史·春秋》，新剧小说出版社。

邹川雄，2003，《生活世界与默会知识：诠释学观点的质性研究》，载齐力、林本炫主编《质性研究方法与资料分析》，南华教社所：19—53页。

邹振环，1996，《影响中国近代社会的一百种译作》，中国对外翻译出版公司。